LA MAL-AIMÉE

est le trois cent cinquante-quatrième livre
publié par Les éditions JCL inc.

LES ÉDITIONS JCL
30 ans
1977
2007

Catalogage avant publication de Bibliothèque et Archives Canada

T., Élisa, 1957-

La Mal-aimée

(Collection Second souffle)
Autobiographie
Fait suite à : Un nœud dans le cœur.

ISBN 978-2-89431-354-1

1. T., Élisa, 1957- . 2. Enfants maltraités - Québec (Province) - Biographies. 3. Enfants maltraités devenus adultes - Québec (Province) - Biographies. I. Titre. II. Collection.

HV745.Q8T325 2006 362.76'092 C2005-942351-X

Édition originale : septembre 1996
Édition format de poche : février 2006
Première réimpression : décembre 2007
Deuxième réimpression : août 2009
Troisième réimpression : septembre 2011

La Mal-aimée

Collection Second Souffle

Les éditions JCL inc.
930, rue Jacques-Cartier Est, CHICOUTIMI (Québec, Canada) G7H 7K9
Tél. : (418) 696-0536 – Téléc. : (418) 696-3132 – www.jcl.qc.ca
ISBN 978-2-89431-354-1

ÉLISA T.

La Mal-aimée

LES ÉDITIONS JCL

DE LA MÊME AUTEURE :

Des fleurs sur la neige, Chicoutimi, Éditions JCL, 1985, 370 p.

Un nœud dans le cœur, Chicoutimi, Éditions JCL, 1990, 412 p.

La Mal-aimée, Chicoutimi, Éditions JCL, 1996, 357 p.

Pourquoi ne m'as-tu jamais aimée?, Chicoutimi, Éditions JCL, 2010, 368 p.

Des fleurs sur la neige, Chicoutimi, Éditions JCL, 2002, 308 p. (format poche).

Un nœud dans le cœur, Chicoutimi, Éditions JCL, 2002, 300 p. (format poche).

Nous reconnaissons l'aide financière du gouvernement du Canada par l'entremise du Fonds du livre du Canada pour nos activités d'édition. Nous bénéficions également du soutien de la SODEC et, enfin, nous tenons à remercier le Conseil des Arts du Canada pour l'aide accordée à notre programme de publication.

Gouvernement du Québec – Programme de crédit d'impôt pour l'édition de livres – Gestion SODEC

À ma mère,
À mes frères et sœurs,
À Denise,
À Jean-Claude!

Note de l'éditeur

Ce livre est autobiographique.
Cependant, par souci de discrétion,
la plupart des noms ainsi que certains détails,
qui auraient permis d'identifier
les personnages, ont été changés.

La première fois que je l'ai vu

Je m'en souviens trop bien, c'est en juillet 1990 que j'ai vu Dany pour la première fois. Ç'a tout de suite été le grand coup de foudre. Mais le grand coup de foudre n'est pas toujours ce que l'on a pu imaginer.

Je travaillais depuis plus d'un an au magasin de vêtements Marie-Soleil et, ce jour-là, comme ça m'arrivait souvent pour me désennuyer en dehors de mon shift, j'allais jaser avec les filles dans un restaurant ou un autre. Je me rappelle encore que c'était une belle journée, chaude et ensoleillée, avec juste ce qu'il faut de vent pour ne pas que ce soit étouffant. Comme j'en avais l'habitude, je suis allée prendre une place au comptoir et, en m'asseyant, j'ai tourné la tête pour voir qui était là. C'est comme ça que je l'ai vu pour la première fois. Le regard perdu vers son verre de liqueur, il avait l'air si triste que ça m'a toute remuée en dedans.

J'ai aussitôt pensé qu'un garçon comme ça, n'importe quelle femme devait en tomber amoureuse, puis, tout de suite après, je me suis dit de ne pas me faire d'illusions, que ça ne servait à rien, parce que je n'étais pas assez belle pour lui. Jamais il ne pourrait s'intéresser à moi. Peut-être pour me consoler, je me suis fait la réflexion que de toute façon il n'était pas mon genre. Mon genre d'homme, c'est plutôt un grand six pieds avec les cheveux noirs, le torse poilu et très costaud. Je ne sais pas pourquoi et il faudrait peut-être que je me pose la question, c'est comme ça que j'imagine l'homme qui me plaira.

Pour dire vrai, je me racontais des histoires, car, lui, s'il n'avait pas tout à fait les six pieds, il possédait quand même le reste.

Alors je me suis traitée de niaiseuse; je n'allais quand même pas lever le nez sur un homme qui avait tout ce qu'il fallait juste parce qu'il lui manquait deux ou trois pouces… Après tout, c'était peut-être lui, l'homme de ma vie!

Il me paraissait mystérieux. Je n'arrêtais pas de me poser des questions à son sujet. Il y avait Yves qui travaillait ce jour-là; je lui ai fait signe de s'approcher et lui ai demandé s'il savait qui était ce garçon.

— Jamais vu, peut-être ben un touriste.

J'ai pensé qu'il devait être de passage, parce qu'un beau gars de même, en ville, je l'aurais remarqué tout de suite. Et je me suis dit aussi que c'était dommage, car il allait sans doute passer son chemin et je ne le reverrais plus. À ce moment-là, la serveuse a quitté un autre client et s'est tournée vers moi.

— Salut, ma belle! s'est-elle écriée en me reconnaissant.

— Jocelyne! C'est vrai, c'est toi! Qu'est-ce que tu fais ici?

— Je travaille, c't'affaire! Mais toé? Je croyais que tu restais en dehors astheure?

— Plus maintenant. Je reste par ici, seule avec mon fils. Je travaille comme vendeuse dans un magasin de linge. Mais toi, tu travailles ici depuis combien de temps?

— Ça fait plus de trois semaines.

— C'est drôle, je viens faire mon petit tour et prendre mon café quasiment à tous les jours et je ne t'ai encore jamais vue!

— D'habitude, je travaillais la nuit, mais Lily a jumpé, alors j'ai demandé le shift de jour. C'est plus d'adon.

— Lily est partie? Alors il y a peut-être de la place. Crois-tu que je pourrais rentrer travailler ici? J'aimerais ça! Tu sais, quand ça fait quinze ans que tu travailles là-dedans et que tu tombes dans une boutique de linge… C'est pas pire, mais c'est pas mon domaine. Moi, j'aime ça quand ça bouge pis qu'y se passe de quoi.

— Ce serait le fun si tu travaillais icitte. Donne-moé donc ton téléphone, je vais en parler avec la gérante.

J'avais connu Jocelyne à l'école. On se voyait assez souvent à l'époque, et parfois même on s'entraidait. Ce jour-là, je la trouvai bien vieillie. Je me demandais ce qui se passait dans sa vie et si elle buvait encore. C'est que, plus jeune, elle ne détestait pas la boisson, se menait la vie dure et avait l'habitude de se tenir avec des camarades pas trop catholiques. Tout le contraire de moi. Dans ce temps-là, j'étais trop gênée, j'avais peur de tout, même de mon ombre. Il faut dire aussi que j'avais vu à la maison les ravages de l'alcool, j'avais subi plus qu'à mon tour les violences que ça amène.

Je la remerciai et lui assurai encore que j'aimerais vraiment travailler dans ce restaurant, puis, alors qu'elle allait s'occuper d'un autre client, j'en profitai pour jeter un œil à mon bel inconnu.

Il avait un air mystérieux qui me fascinait. Je me posais toutes sortes de questions à son sujet. J'aurais bien voulu entamer la conversation, mais je n'arrêtais pas de me dire que je n'étais pas assez belle pour un gars comme ça, qu'il rirait de moi si j'étais seulement assez effrontée pour lui adresser la parole. Ma mère m'avait assez répété que j'étais rien qu'un chicot, j'avais fini par la croire.

J'en étais encore à tirer des plans sur la comète lorsqu'il s'est levé, puis est parti sans dire un mot. J'avais l'impression qu'on venait de me retirer des mains une assiette de dessert.

Seconde rencontre

Jocelyne a dû bien parler en ma faveur, car trois jours plus tard j'étais à l'ouvrage au restaurant. Aujourd'hui, je ne sais plus si c'était pour le mieux, mais à cette époque, même si ça me faisait un peu mal au cœur de quitter une job où j'ai jamais eu de misère, j'étais bien contente de me retrouver dans mon élément. Pour moi, il fallait que ça bouge.

Cela faisait presque un mois que je travaillais, mais ce jour-là j'étais juste allée prendre un café pour m'informer des dernières nouvelles.

Il était là. J'en étais toute tremblante.

Jocelyne est venue s'asseoir à côté de moi et a commencé à me parler de choses qui me passaient cent pieds par-dessus la tête. Tous les placotages habituels d'une petite paroisse, les rumeurs plus ou moins vraies et jamais intéressantes pour ceux qui en font les frais, tout ça était très loin de mes préoccupations. Sans cesse je regardais dans la direction de l'inconnu.

Je venais juste d'allumer une cigarette – je n'avais pas encore trouvé le courage d'arrêter. En relevant les yeux, j'ai rencontré les siens qui me fixaient. Aussitôt j'ai baissé les miens. Je me sentais fondre sur place. Dieu merci, je ne travaillais pas; avoir été sur mon shift, j'aurais certainement cassé de la vaisselle.

Je ne savais plus ce que je voulais, j'avais hâte qu'il parte, j'espérais qu'il reste. Je voulais me retrouver moi-même, mais je voulais aussi l'avoir tout le temps près de moi.

Pour ma plus grande stupéfaction, je ne devais

pas lui être indifférente, car il continuait à me regarder. Il m'a même adressé un petit sourire qui m'a paralysée bien net sur mon tabouret.

Je crois que c'est exactement à cet instant que je suis tombée folle de lui. Rien qu'à le sentir tout près, j'avais le cœur tout désordonné. Qui était-il pour me faire cet effet? Je ne lui avais seulement jamais parlé. Il m'attirait comme un aimant. Je crois que s'il avait ouvert les bras à ce moment-là je m'y serais jetée sans réfléchir. Pourquoi est-ce qu'il me faisait cette impression? Sans que je sache qui exactement, il me rappelait quelqu'un. Quelqu'un que j'avais connu, qui était très présent dans ma mémoire et dont, pourtant, je n'arrivais pas à me souvenir. Peut-être qu'à ce moment il aurait fallu que je fasse l'effort de chercher plus loin. On est toujours un peu paresseux dans les pensées.

Jocelyne continuait à jaser et je ne l'entendais même pas. Je m'apprêtais à l'interrompre pour lui demander tout bas si elle connaissait ce gars quand Louise est entrée. Elle aussi, elle travaillait sur un autre shift et venait faire son petit tour.

— Salut, tout le monde! a-t-elle lancé en venant s'asseoir entre Jocelyne et moi.

— Bonjour, ma belle, je lui ai répondu avec une peur bleue que le gars parte sans que je sache qui il était.

Louise aussi avait vu l'inconnu et, d'une voix plus basse, elle nous demanda:

— C'est qui le beau p'tit mec derrière?

J'étais déjà jalouse qu'une autre puisse s'intéresser à lui. Je m'apprêtais à lui répondre que je n'en savais pas plus qu'elle lorsqu'il s'est levé et, à ma plus grande surprise, s'est dirigé vers Jocelyne et lui a tendu un sou noir.

— Pour ma cousine préférée, a-t-il dit.

— Arrête donc de m'appeler ta cousine, a répondu Jocelyne. Tantôt je suis ta cousine, tantôt ta blonde, qu'est-ce qu'il y a, je ne te plais pas comme sœur?

Jocelyne s'est adressée à nous:

— Je vous présente mon p'tit frère. Il est arrivé de Québec il y a trois semaines et il habite chez nous en attendant de savoir ce qu'il va faire.

Je respirais mieux. Un instant, j'ai vraiment cru que c'était le petit ami de Jocelyne. D'autant plus qu'elle était déjà mariée.

— T'es pas drôle, a-t-il dit à sa sœur. Mais prends quand même la cenne, ça te portera bonheur.

— T'es bien gentil, mais donne-la plutôt à une autre, elle en sera sûrement plus heureuse que moi. Non mais, t'imagines-tu si tous les clients nous donnaient une cenne noire pour le tip…

Louise semblait déjà tout épanouie. Je suis certaine qu'elle s'attendait à ce qu'il lui donne la pièce. Mais ce n'est pas du tout ça qui s'est passé. Il s'est tourné vers moi, il m'a fait un grand sourire et il me l'a tendue. Je voulais mourir. J'étais figée là. Il m'a semblé que mon bras pesait une tonne lorsque je me suis enfin décidée à prendre la pièce. Je ne comprenais plus rien à ce qui m'arrivait. Jamais un homme ne m'avait fait cet effet-là. Bien sûr, j'avais déjà aimé un homme avant, mais ce n'était pas du tout pareil. Cet homme-là, qui n'était ni mon ex-mari ni mon deuxième conjoint, il s'appelait Anthony. Je l'avais connu après avoir quitté Louis et, dans le fond de mon cœur, je l'aimais toujours, mais, parce que nous étions trop différents, nous avions choisi de nous séparer et de rester amis. Une séparation pénible pour le moral et après laquelle je m'étais dit que je ne pourrais plus jamais aimer un autre homme, et voilà justement qu'il y en avait un qui me rendait à moitié folle en ne faisant rien de plus que d'être là et de me donner une cenne porte-bonheur.

Je ne portais plus à terre, je flottais. Il me regardait et j'avais de l'électricité partout dans le corps. C'était tellement bon de se sentir ainsi. Il me souriait et cela me transperçait jusqu'au cœur. J'aurais passé ma vie là, rien qu'à le regarder. Être capable d'arrêter le temps, je l'aurais fait sans réfléchir.

Mais ce n'était pas possible. Il fallait que je m'en aille préparer le souper de mon fils. Je me répétais que j'étais folle, bonne à enfermer à l'asile, que c'était complètement anormal de tomber comme ça en amour avec un gars dont je ne savais rien.

Lorsque j'ai réussi à dire que je m'en allais, il m'a fait un nouveau sourire et m'a dit salut comme s'il savait que l'on allait bientôt se revoir.

Je le voulais de toutes mes forces et en même temps j'espérais quelque part que cela ne se produise pas. Parti comme ça l'était, ce gars-là pourrait me demander n'importe quoi, j'étais certaine de ne jamais pouvoir refuser.

Première invitation et déclaration

Le lendemain matin, je terminais mon shift, Jocelyne et son mari Bruno sont arrivés, elle pour prendre son quart, lui pour déjeuner. Bruno, je le connaissais depuis que je travaillais dans ce restaurant. C'était un garçon bien sympathique, mais j'étais vraiment déçue que Jocelyne ne soit pas venue avec son frère.

— La nuit a été tranquille? m'a-t-elle demandé.

— Pas pire…

— T'as pas l'air causante à matin!

Je m'apprêtais à lui répondre que tout allait bien lorsque j'ai soudain aperçu son frère qui entrait. D'abord, ça m'a fait tout chaud dans le ventre, ensuite, pendant qu'il s'installait au comptoir en face du cash où je m'apprêtais justement à faire ma caisse, je me suis retrouvée avec les jambes comme de la guimauve. J'ai oublié la question de Jocelyne. Je crois que j'ai eu un très grand sourire et j'ai lancé à l'arrivant un grand bonjour qui devait être beaucoup plus énervé que celui que j'avais donné un peu plus tôt à sa sœur.

Je faisais la caisse, pendant que Jocelyne commençait à préparer leur petit déjeuner. Ça me rendait malade de le voir assis juste en face de moi. Je n'arrivais à rien dans mes comptes. Il a fallu que je recommence en essayant d'oublier qu'il était là. Rien à faire, je n'arrivais toujours pas au bon résultat. Et lui qui n'arrêtait pas de me dévisager avec son sourire qui me faisait mourir. Encore une fois il a fallu que je recommence avant d'y arriver.

Lorsque j'ai eu enfin fini, comme s'il n'avait pas voulu me distraire jusque-là, il m'a demandé si j'avais l'habitude d'aller dormir tout de suite après mon service. Cela me faisait tout drôle de penser que lui pouvait m'imaginer en train de dormir.

— Je fais le cash de nuit, mais je finis rien qu'à dix heures. Il faut que je fasse le dépôt à la Caisse qui n'ouvre pas avant et il faut aussi qu'on soit deux sur le shift du matin.

— Après, tu vas dormir?

— Après, oui.

— Tu vis seule?

— Avec mon fils.

— Y a personne dans ta vie?

— Merci bien! J'ai eu assez de misère de même…

— Oui, Jocelyne m'a un peu parlé de toi, de ce qui t'est arrivé. Tu es connue…

— Malheureusement.

— Ça ne te plaît pas d'être connue?

— Pantoute! Si c'était à refaire, je resterais tranquille dans mon coin. C'est la meilleure façon d'éviter bien du trouble. Mais, toi, je ne te connais pas, qu'est-ce que tu fais dans la vie?

— Comme c'est là, j'arrive de Québec. Ça n'allait plus là-bas, et puis je voulais rentrer un peu au Lac pour voir…

— Tu… tu es seul, toi aussi?

— Complètement seul. Célibataire et pas d'enfants. Et puis tu dois savoir par Jocelyne que nos parents sont morts tous les deux.

— C'est vrai, elle m'a raconté.

Peu importe ce qu'on disait, j'étais au paradis. Nous jasions comme ça nous plaisait et on nous laissait tranquilles. Jamais je ne m'étais sentie aussi heureuse. Tout paraissait à sa place. Le temps passait beaucoup trop vite. À un moment, il avait besoin d'un briquet et je lui ai passé le mien. Nos mains se sont frôlées. Maintenant je sais que c'est vrai quand il y en a qui disent dans les téléromans que, sous l'émotion, leur cœur s'est arrêté. C'est ce qui a dû se produire à ce moment-là.

À mesure que nous parlions, je me rendais compte, à ce qu'il disait, combien il était un garçon prévenant, généreux et sincère. D'après ses mots, il devait être d'une douceur rare. Mes expériences passées avec les hommes m'avaient appris qu'il peut s'en cacher des coquins sous les plus jolies phrases, mais celui-ci était différent: à aucun moment je n'avais l'impression qu'il essayait de se mettre en avant comme les autres le faisaient. Avant, c'était toujours des «moi, j'ai fait ci», «moi, j'ai connu ça». Ils voulaient qu'on les admire; lui était différent.

Je me demandais pourquoi il me parlait à moi. Qu'est-ce que j'avais qui pouvait bien le retenir? Avec toutes ses qualités et sa beauté, c'était certain que toutes les femmes devaient tomber amoureuses de lui. Il avait dû en connaître autant qu'il en avait voulu.

Jamais la fin d'un shift ne m'avait rendue aussi malheureuse. Je voyais venir avec dépit l'heure où il allait falloir se quitter.

— Est-ce que tu travailles cette nuit? me demanda-t-il.

— Non, c'est mon jour de congé.

— Tu vas te coucher quand même aujourd'hui?

Je ne savais trop comment lui dire que c'était prévu ainsi, mais que l'énervement de cette rencontre me tiendrait sans doute sur les nerfs pour le reste de la journée.

— Je ne sais pas encore…

— Qu'est-ce que tu dirais de venir à la plage avec moi et quelques copains?

— Je ne sais pas, on se connaît à peine…

— Allez, Élisa, laisse-toi tenter. Élisa… Tu as un beau nom, tu sais…

— Merci… Merci…

— Et pour la plage, tu viens avec nous? Ça me ferait vraiment plaisir.

— Bon, eh bien, d'accord! Mais laisse-moi quand même une heure, le temps que je prenne une douche et que je me change.

— Prends le temps qu'il te faut. Ce qui compte, c'est que tu viennes.

Une sortie pas ordinaire

J'ai filé chez nous comme une fusée, sans même penser à faire mon dépôt à la Caisse. Une douche rapide, un coup de peigne, un moment d'angoisse parce que je ne sais pas comment m'habiller, mais j'ai fini par passer un pantalon blanc puis un gilet noir à manches courtes. Tout allait bien jusqu'à ce que je m'arrête devant la glace. Mon doux Seigneur! Qu'est-ce que j'allais faire de moi! Ce que je voyais n'avait rien d'agréable à regarder. Comment ce gars-là pouvait-il seulement penser à m'inviter à la plage?

Je me suis demandé un moment s'il ne voulait pas rire de moi, mais je me suis vite répondu que non. On ne prend pas la peine de discuter gentiment deux heures avec quelqu'un juste pour en rire. Et puis ça n'avait pas l'air d'être son genre.

Dans le fond, j'étais peut-être pas si pire que ça; s'il m'avait remarquée, c'est que je devais bien avoir quelque chose. Bon, d'accord, j'avais les yeux pochés, mais tous ceux qui passent la nuit debout sont comme ça, ce n'est pas une raison pour se diminuer. Allez, à la plage!

Il arrivait à ma rencontre lorsque je suis sortie. Il me souriait et j'ai tout de suite oublié mes craintes. En marchant nous avons repris notre conversation. C'était bon de marcher comme ça, ensemble sous le soleil.

— Est-ce qu'il y a quelque chose que tu n'aimes pas chez un homme? m'a-t-il demandé.

— Y a une affaire, j'ai horreur d'un gars qui prend de la boisson. Bon, un verre durant le temps des fêtes, c'est pas un crime, mais parle-moi pas d'un gars qui a tout le temps la bouteille à la main. J'ai trop vu ce que ça faisait chez nous, la boisson. Toi, tu bois pas?

— Je te ferai pas de menteries, Élisa, ça m'est arrivé de prendre un coup, pas mal à part de ça, mais c'est fini, j'en prends plus depuis une secousse.

— Y a encore une autre affaire que je peux pas supporter, c'est un homme qui me respecte pas. Je viens en beau maudit quand je vois un gars qui parle à sa blonde pour en rire devant ses chums ou bien qui lui poignasse les fesses ou les tétons devant tout le monde. Faut-ti être écœurant un peu!

— T'as raison. J'en connais qui sont de même et moé, ça m'insulte ben noir. Comme ceusses qui trouvent comique de tromper leur blonde pis qui s'en vantent comme d'un bon coup. Ils sont pas corrects pantoute.

En plus d'être beau, il avait toutes les qualités que je recherchais. Cette promenade était merveilleuse. Tellement que ce bonheur me paraissait fragile comme de la porcelaine. Mon cœur a fini de fondre lorsqu'il m'a parlé des enfants qu'il pensait ne pas pouvoir avoir.

— Je crois que le bon Dieu ne m'a pas permis d'en avoir. Ça me fait ben de la peine, parce que pour moé, les enfants, y a rien de plus joli sur la terre. J'aurais tellement voulu avoir un petit bébé qui soit de moé…

Il paraissait si triste en disant cela que j'en aurais pleuré. Pour lui remonter le moral, je lui ai dit qu'il en aurait peut-être un jour, qu'on ne pouvait pas toujours tout savoir ce qui allait arriver.

— T'as peut-être raison… m'a-t-il répondu d'un air mystérieux.

Il avait oublié ses cigarettes au restaurant et nous avons dû y repasser.

— T'as eu un téléphone, lui a dit Jocelyne. Je sais pas qui c'était, il a laissé son numéro. Il dit qu'y fallait que tu rappelles.

Dany a rappelé. Il avait l'air soucieux et je l'ai entendu dire:

— Attends, je vais demander à ma blonde.

J'étais toute chavirée. Il disait déjà que j'étais sa blonde. Ça aurait dû m'insulter, mais, au contraire, j'en étais toute fière. Il a posé sa main sur le combiné puis, l'air contrit, il m'a dit:

— Je suis désolé, Élisa, mais hier j'ai promis à un type de l'aider à faire ses foins quand il aurait besoin. C'est aujourd'hui qu'il a besoin…

— Bah… Faut ben que tu y ailles.

— Je suis vraiment désolé, mais j'y ai donné ma parole.

— Je suis capable de comprendre ça.

Il a dit au bonhomme qu'il allait venir puis il a raccroché. J'essayais de ne laisser rien paraître, mais j'étais pas mal désappointée.

— Notre après-midi est à l'eau, m'a-t-il dit, l'air penaud.

— À l'eau, c'est pas ça que je dirais, vu qu'on va pas à la plage…

Il a ri et, tout en riant, il a semblé penser à quelque chose de particulier.

— Mais j'y pense, dit-il, pourquoi tu viendrais pas avec nous?

— Qui ça, nous?

— Les chums avec qui je dois y aller.

Cela ne me tentait pas d'avoir un tas de monde autour de nous. J'étais toujours sur mon désappointement.

— Je ne sais pas…

— Envoye! Tu t'étendras dans l'herbe et tu nous regarderas faire. Tu verras, c'est beau à voir des muscles d'hommes qui travaillent sous le soleil.

— Bon, d'accord, je vais avec toi. À propos, je les connais-ti, tes chums?

— C'est Sylvain, le chum à Claudia, qui travaille icitte.

— Oh! lui, je le connais, même que je le connais trop bien…

— À cause, il est pas correct?

— J'aime mieux pas en parler, je travaille avec Claudia.

— Tu ne veux plus venir?

— Je vais y aller pareil, mais je viens de penser qu'il faut que je me rechange, c'est pas une tenue pour aller dans les foins que j'ai là.

Je pris mon courage à deux mains avant d'ajouter ce qui me tracassait depuis deux minutes:

— Pourquoi t'as dit « ma blonde » en parlant de moi au téléphone?

Il a eu un air qui m'a complètement retournée. Je m'en voulais d'avoir pu lui causer de la peine.

— Tu ne veux pas être ma blonde? m'a-t-il demandé. Je sais que ça peut paraître pas mal direct, mais depuis que je t'ai vue, j'ai su que toi et moi on était faits l'un pour l'autre. Je saurais pas te dire pourquoi, mais c'est de même.

J'avais chaud partout. Je me serais jetée dans ses bras.

— Sûr que je veux bien devenir ta petite amie. Je l'ai voulu à partir du moment où je t'ai vu. J'ai eu tout de suite le coup de foudre pour toi.

— Moi pareil, Élisa. Et c'est pas des paroles en l'air; demande à Jocelyne, elle te le dira, j'ai pas arrêté de lui parler de toi.

Accoudée au comptoir, Jocelyne nous écoutait. Elle a fait oui de la tête.

— C'est pourtant ben trop vrai, dit-elle.

Je ne savais plus ce qui m'arrivait. J'ai dû rester bouche bée un grand moment. Tous les deux! Lui et moi! « C'est pas croyable, je vais bientôt me réveiller, je fais un trop beau rêve, c'est certain que je vais me réveiller. » J'étais embarquée sur un nuage, je volais, j'étais au paradis, je voulais crier mon bonheur au monde entier.

Enfin, c'était à mon tour!

Comme il ne devait commencer à travailler qu'en après-midi, nous avons décidé de dîner au restaurant. Le rêve se poursuivait, nous mangions en nous tenant la main, les yeux dans les yeux. Peut-être pour être certaine que je ne me trompais pas, je lui ai demandé encore une fois s'il buvait ou s'il prenait des drogues.

— Je te l'ai dit, m'a-t-il répondu en secouant la tête. Pour moé, c'est fini ces affaires-là. Et puis j'ai une job sérieuse qui m'attend à Québec. Là, comme c'est là, je me suis mis sur le chômage parce qu'il fallait que je me refasse des forces. Tu comprends, j'étais à bout, il fallait que je me repose, et je vois astheure que c'est pas perdu, car chus pas mal certain que j'ai enfin trouvé la femme que je cherchais depuis toujours.

— Oh! c'est fou, Dany, moi aussi j'ai tellement attendu ce moment-là, si tu savais…

J'avais hâte à présent que mon fils David le connaisse. J'étais certaine qu'ils allaient bien s'entendre. Après cela mon bonheur serait complet.

Les foins et le chalet

J'ai été me changer, puis, en nous tenant par la main, nous avons été à pied jusque chez Claudia et Sylvain, d'où nous sommes partis en voiture pour la ferme.

Il faisait vraiment beau. Une vraie belle journée d'été comme on les voudrait toutes. En plus celle-là était vraiment spéciale pour moi. Comme Dany m'avait dit de le faire, je me suis étendue dans l'herbe pour regarder les autres à l'ouvrage. Claudia travaillait comme un homme; j'avais même l'impression qu'elle essayait d'en faire plus qu'eux. Je me demandais ce qu'elle voulait prouver. Dany, lui, c'était clair qu'il n'était pas habitué à faire ce genre de travail: les balles de foin lui échappaient souvent des mains. Pour tout dire, je n'étais pas trop renversée par «le travail des muscles sous le soleil».

Lorsque le tracteur était à l'autre bout du champ, je me laissais aller à contempler le ciel bleu. C'était comme si j'étais dedans. Je volais avec les petits nuages blancs qui y passaient. J'étais bien, en paix. Comme au paradis.

Lorsque le tracteur revenait, je regardais Dany, je l'étudiais. Il avait l'air si doux, si calme. Je ne voyais aucune malice en lui. Chaque fois qu'il levait les yeux vers moi, il m'envoyait aussitôt un joli sourire. J'étais presque inquiète de ne lui trouver aucun défaut. Tout ça était trop beau, trop vite.

À chaque fois que le tracteur revenait, je leur demandais s'ils n'avaient pas besoin d'aide, Dany me répondait que j'avais ma nuit de travail dans le corps, que j'étais là pour me relaxer.

Mon Dieu! Il prenait même soin de moi. Ça, je n'étais vraiment pas habituée.

La journée terminée, Claudia a proposé qu'on aille tous au chalet de son père. On pourrait s'y baigner, disait-elle.

Malgré tout, je commençais à tomber de sommeil. J'ai dit à Dany que ce serait peut-être plus sage pour moi d'aller me coucher.

— Si tu préfères, m'a-t-il répondu.

Je voyais nettement à son regard qu'il était un peu déçu. Je m'en voulais presque et j'ai fait volte-face:

— Oh! pis non! Je viens avec vous autres. De toute façon, je ne travaille pas cette nuit.

— On va souper là-bas, a dit Claudia. Je vais aller chercher ce qui faut chez nous. Élisa, tu viens avec moi, on va jaser entre filles.

J'aurais préféré continuer à jaser avec Dany, mais c'était inutile d'être impolie. Je ne comprendrai jamais pourquoi les gars se retirent entre eux pour parler et les filles pareil. C'est peut-être pour ça qu'on ne se comprend pas toujours. Un gars qui a toujours parlé avec ses chums quand il était jeune, quand vient le temps de connaître une fille, il ne peut pas toujours comprendre pourquoi elle réagit différemment des gars. Pareil pour les filles. Mais je crois que je m'étends pour retarder le moment de dire ce qui me revient sans arrêt en tête lorsque je repense à cette fois où j'ai accompagné Claudia chez elle : c'était horriblement sale. Tout était à l'envers, quasiment pas de place où mettre les pieds. Il a fallu que je tasse un tas d'ustensiles avant de pouvoir laver la salade. Mais il y avait pire : prise d'un besoin d'uriner, je me suis rendue à la salle de bains. J'y suis restée juste le temps de voir et j'ai reviré de bord. Pas question de m'asseoir sur le siège. Je préférais attendre d'être au chalet. Je ne voulais pas pogner une maladie dans cette soue. Un coup d'œil par une porte entrouverte m'a également permis de voir la chambre à coucher; c'était pas beau à voir non plus. Sans parler du chantier, les draps étaient gris comme un ciel d'orage. Je ne comprenais pas comment du monde pouvait faire pour manger et dormir là-dedans. Même respirer m'était difficile. Je n'avais qu'une maudite hâte, c'était de sortir de là pour reprendre mon souffle.

Qu'est-ce que Dany faisait avec des gens comme ça? J'ai toujours eu pour mon dire que des gens sales au dehors, ça ne pouvait pas être bien mieux en dedans. Mais ça, c'est peut-être juste une impression, et on se laisse trop souvent guider par les impressions.

En tout cas, quel bonheur après ce détour d'arriver au chalet des parents de Claudia! Le lac, les arbres, la maison, quelle différence! Et là, au moins, c'était propre.

Il y avait beaucoup de monde pour le souper; pour la plupart, des gens que je ne connaissais pas. C'était gênant. On me posait des questions sur mes livres et bien sûr, comme d'habitude, sur combien ça pouvait rapporter. Dans les salons du livre, c'est différent, les gens viennent pour parler du contenu du livre, pour donner leur propre témoignage; à l'extérieur, c'est souvent de savoir combien ça rapporte qui les intéresse. Heureusement que Dany était là pour m'encourager de ses sourires. Toutefois ça m'a paru un peu curieux lorsqu'il a dit en riant qu'il devait bien me rester un peu d'argent de collé…

Après le repas nous sommes allés faire une marche sur la plage. Pour la première fois, il me tenait par la taille. Je me demandais si ce n'était pas un peu rapide. Puis Sylvain a proposé à Dany de le rejoindre dans le lac pour nager et, voyant que je restais seule, Claudia m'a proposé de faire du pédalo.

Sur l'eau, je me suis sentie à l'aise pour échanger quelques confidences. Je ne savais encore rien sur Dany et je voulais en apprendre de la bouche des étrangers. Je demandai à Claudia ce qu'elle pensait de lui.

— Je crois que c'est un bon gars.

— Tu crois que je peux lui faire confiance?

Elle a ri.

— Je fais bien confiance au mien, moé.

Je n'étais pas beaucoup plus renseignée, d'autant plus que je ne portais pas son Sylvain dans mon cœur. D'après ce que j'en savais, il ne valait pas grand-chose. Lorsque nous sommes revenus sur la plage, je m'attendais à ce que Dany me propose de poursuivre la soirée ensemble, mais au lieu de ça il est venu vers moi pour me dire qu'il s'en allait avec Sylvain chercher une guitare dans je ne sais plus quelle maison.

— Tu reviens vite?

— Certain, je m'ennuie déjà.

Ils sont restés partis une bonne demi-heure. Je trouvais que les minutes n'en finissaient pas. Je me disais que ce n'était pas possible, que je me faisais du cinéma, que je ne pouvais pas l'avoir déjà dans la peau. Mais c'était pourtant le cas.

Quand je l'ai vu revenir avec une bouteille de bière à la main, j'aurais hurlé. Il venait pourtant de me dire qu'il n'en prenait plus.

— Tu prends de la bière? lui ai-je demandé en essayant de ne pas avoir l'air trop désolé.

— Non, je prends juste une petite bière, parce qu'il fait chaud. Je ne suis pas un alcoolique, Élisa, je ne suis pas aux AA. Je suis capable de prendre une bière en bonne compagnie sans en vider toute une caisse.

— Excuse-moi, j'ai tellement pâti de ça, la boisson…

— Oh! je te comprends, je sais ce que c'est, quelqu'un qui boit.

Je ne savais pas comment il le savait, mais mon attention a bien vite été détournée, car il était vraiment revenu avec une guitare et, le temps qu'il s'installe, il a commencé à jouer devant tout le monde qui s'est mis à l'écouter.

Il ne m'avait pas encore dit qu'il jouait de la guitare. Figée sur place, je l'écoutais en me répétant que c'était trop, que j'allais me réveiller. Il avait tout ce que je désirais; jamais, même dans mes rêves les plus fous, je n'avais osé espérer un musicien. Et ce n'était pas tout: à la seconde toune, non seulement il jouait de la guitare, mais il a commencé à chanter. Il manquait peut-être un peu de pratique, mais sa voix me transperçait. Avec elle il pouvait faire de moi ce qu'il voulait. Oui, s'il me l'avait demandé à ce moment-là, je suis certaine que je me serais mise à courir à quatre pattes par terre en jappant comme un chien.

Il avait tellement tout pour lui que, soudain, je suis devenue jalouse: il devait avoir une petite amie à Québec et il me l'avait caché! Un gars comme ça ne pouvait pas rester tout seul, ça ne se pouvait pas!

La soirée se poursuivait. Il chantait des succès de Patrick Norman, de Tex Lecor, et tout le monde frappait des mains en reprenant les refrains. Moi, j'étais transportée, je volais, j'avais décroché le gros lot. Un moment, au milieu d'une chanson, je me suis imaginé qu'il était chez nous et que c'était ma parenté qui chantait avec lui. C'est là que l'orgueil m'a prise. Je ne portais plus à terre. J'étais la blonde de ce gars qui faisait danser et chanter tout un chacun, c'était moi, le chicot, la sans-génie, la maudite écornifleuse, la crisse de senteuse, la noire plate comme une planche, la câlisse de niaiseuse, oui, c'était moi qu'il avait choisie!

Puis soudain, brusquement glacée, je me suis souvenue que le chum de ma mère, Arthur, le maudit Arthur, lui aussi avait joué de la musique. Voulant l'écarter de ma mémoire, j'ai secoué la tête. Il fallait oublier cette idée-là. Dany n'avait rien à voir avec Arthur. Dany était bien, Arthur était mauvais, vicieux; aucun rapport entre les deux.

Vers onze heures, tout le monde a commencé à s'en aller et Dany s'est enfin approché de moi.

— T'as passé une belle veillée?

— Sûr!

— Je chante pas trop pire?

— T'es bon, t'es même plus que bon. Comment ça se fait que tu ne chantes pas dans un orchestre? Tu pourrais quasiment faire un chanteur de toi…

— Ça m'arrive de jouer pour du monde… J'ai encore ma guitare à Québec.

— T'es certain que tu as juste ta guitare, là-bas?

— Qu'est-ce que tu veux dire?

— T'es bien certain que tu n'as pas une petite amie qui t'attend?

— Ben voyons donc, pour qui tu me prends?

— Je ne sais pas, moi, un gars comme toi, tout seul, c'est dur à croire.

— Et toi, t'es sûre aussi que t'as pas un chum qui traîne à quelque part?

— Non, tu vois, moi j'ai personne.

— Moi non plus, pas de blonde, pas de petite amie, rien pantoute.

Sylvain passait par là et il a dû entendre ce qu'on disait, car, avec son rire niaiseux, il a rajouté :

— Le pauvre, il lui restait juste la veuve Poignet.

Pourquoi est-ce qu'il y a toujours un imbécile qui croit que c'est avoir de l'esprit que d'être vulgaire? Dany l'a regardé sans sourire, puis il a haussé les épaules.

— Il faut que tu me croies, Élisa. Quand je dis que j'ai personne, j'ai personne. Et quand je te dis que je tiens à toi et que tu me plais, c'est parce que c'est la vérité. Tiens, quand je vais retourner à Québec, je t'emmène avec moi.

Même si pour moi il n'était pas encore question que j'accompagne un presque étranger à Québec, je ne parvenais pas à croire à son invitation. C'est pour me convaincre que je lui ai rappelé ce qu'il m'avait dit.

— Dans combien de temps tu y retournes? Je croyais que tu devais retirer du chômage ici avant d'y retourner?

Il s'est avancé plus près pour me parler à voix basse.

— Dis rien à personne, mais dès que je touche le premier chèque, je veux y retourner pour travailler en dessous de la table. Tu sais, je suis incapable de rester deux semaines sans travailler, c'est plus fort que moi. Je suis comme mon père était; dans la famille, il faut que ça travaille.

— Alors je ne rêve pas...

— Mais non, tu ne rêves pas, Élisa, on est bien là, tous les deux, ensemble.

Un peu plus et je me mettais à chialer, comme au théâtre quand c'est trop beau.

Le premier baiser

Nous sommes repartis dans la voiture de Claudia et de Sylvain, eux devant, nous derrière. Claudia a mis une cassette de belles chansons romantiques, Dany a passé son bras par-dessus mon épaule et nous nous sommes regardés dans l'obscurité un peu troublée par les phares des voitures. Il y a eu une chanson des Classels et c'est à ce moment-là qu'il a approché ses lèvres des miennes. Un instant on est restés comme suspendus dans le vide, puis ça a été plus fort que tout, on s'est embrassés, comme emportés par une tornade.

Je n'étais plus moi-même, j'étais une autre. Le sang bouillonnant dans mes veines, je me suis blottie tout contre lui et j'ai posé ma tête sur son épaule.

Maudit que ce voyage a été court! Si ça n'avait été que de moi, on aurait pu faire le tour de la Terre, mais ils nous ont déposés au restaurant où nous sommes entrés prendre un café.

— Je prends ça et je vais dormir, ai-je dit à Dany. Il est déjà près de minuit et je travaille demain à onze heures.

— Oh! tu pourrais bien rester encore un petit peu. On est bien tous les deux.

— Je le sais, Dany, mais je ne veux pas perdre ma job; il faut que je m'occupe de mon garçon.

Il a secoué la tête d'un air confus.

— Excuse-moi, je pensais rien qu'à moé, c'est sûr qu'il faut que tu ailles te coucher.

Il m'a attirée par les épaules et de nouveau nous nous sommes embrassés.

— Je viendrai te voir demain, a-t-il dit. Dors bien.

— Toi aussi tu devrais aller te coucher. Veille pas trop tard.

Il m'a souri d'un air complice.

Ce n'est que dans la rue que je me suis demandé pourquoi il n'avait pas proposé de me raccompagner jusqu'à mon loyer. Mais la question me faisait un peu mal et je n'ai pas voulu y penser davantage. Au lieu de ça, j'ai commencé à rêver de lui et de moi, de nous, ensemble et heureux.

La main aux fesses et la demande...

Le lendemain, avant d'aller à mon travail, je suis passée par le petit bois, pas loin de chez moi. Il me semblait que j'avais besoin de me retrouver un peu dans la nature pour réfléchir. Là, je me sens libre; là, je peux reprendre des forces. Ce matin-là, dans ma clairière préférée, j'ai pris une grande goulée d'air pur et je me suis sentie envahie d'un sang neuf. J'étais déjà presque dans un état de bonheur total lorsque j'ai aperçu un écureuil qui me fixait attentivement. Il était le long d'un tronc d'arbre tout près de moi et ne semblait pas effrayé et nerveux comme la plupart des écureuils lorsqu'ils nous aperçoivent. Je lui ai dit salut et il n'a toujours pas bougé; alors j'ai pensé que peut-être j'allais pouvoir le toucher et, doucement, je me suis approchée. Très lentement, j'ai posé mon doigt sur son dos. Il me fixait toujours, comme s'il me faisait totalement confiance. Tellement que je me suis dit que ça ne devait pas être un écureuil comme les autres. Et, comme je pensais beaucoup à mon ange gardien depuis quelque temps, je me suis même demandé si ce n'était pas lui qui avait pris la forme d'un écureuil et était là pour me donner la force et l'énergie d'aller de l'avant et d'affronter les problèmes avec plus de sérénité. «Merci d'être là», je lui ai dit. Puis ensuite je me suis rendu compte que pour avoir eu cette pensée il fallait que quelque part en moi il y ait un sombre pressentiment. Encore une fois j'ai secoué la tête pour oublier. Pour le moment, je me sentais parfaitement heureuse dans cette clairière et j'aurais voulu que tous les instants de ma vie soient comme celui-là. Il y avait eu celui qui dansait avec les loups, j'étais celle qui parlait aux écureuils.

Avant de partir, je me suis promis de revenir bien vite ici avec tous mes enfants : Jessie, Jack et David. Car parfois nous nous retrouvions, tous les quatre, pour des promenades dans le bois. Là, nous pouvions parler de tout. Ils me racontaient leurs peines et leurs joies, j'essayais de les conseiller et je leur parlais de mes espoirs et de mes craintes. Je voulais leur toucher un mot sur Dany, leur demander ce qu'ils pensaient de lui et de ce qui était en train de m'arriver.

Claudia était déjà là lorsque je suis arrivée au restaurant. Je lui ai demandé comment la veillée s'était terminée et avec qui Dany était parti. Elle a souri.

— T'as-ti peur qu'il soit parti avec une autre…

— Ben non ! Je demandais ça de même, pour jaser.

— En tout cas, tu peux être tranquille : il est parti tout seul.

— Vous avez-ti veillé tard?

— On a juste pris quelques bières.

— Dany aussi?

— Il en a pris quelques-unes, mais pas de quoi se mettre chaud, t'inquiète pas.

— Il m'a dit qu'il n'y touchait plus…

— Oh! il en a peut-être avalé une, j'en sais rien, je l'ai pas surveillé, moi.

Je ne savais pas comment prendre tout ça et, lorsque Dany est arrivé, je vis d'un mauvais œil qu'il soit accompagné de Sylvain. Mais je n'ai pas eu le temps d'y penser trop longtemps. Aussitôt il m'a enlacée et m'a embrassée. Il a fallu que je réagisse.

— Dany! Dany! Arrête, on est dans un endroit public et je suis supposée être en service. Imagine si la gérante arrivait, ou un client qui la connaît bien.

— Qu'est-ce que ça peut faire? On a plus le droit d'embrasser sa blonde? Parce que t'es ma blonde, hein?

— Ben oui, je suis ta blonde. Je sais bien que c'est des habitudes niaiseuses, mais c'est de même.

Ça ne me plaisait pas d'avoir à lui dire ce qui se faisait ou pas comme à un jeune flo. Il me semblait un peu différent de la veille. Je me demandais si Sylvain ne lui avait pas déjà mis toutes sortes d'idées dans la tête et, comme pour me donner raison, Dany m'a dit qu'il comptait passer la journée au chalet avec lui.

— Ça te fait rien si j'y vais? a-t-il demandé.

— Pauvre toi, tu es libre de faire ce que tu veux. Il faut que je travaille douze heures en ligne, t'es pas pour te morfondre dans un coin en m'attendant. Occupe-toi.

— Je te promets qu'à onze heures chus icitte et inquiète-toi pas pour moi, d'accord?

— D'accord. Tu ne veux pas déjeuner avant de partir. J'ai du bon pain de viande?

— Envoye donc, j'ai faim.

Pendant que je préparais son assiette, il est allé mettre un trente sous dans la machine à musique, et un beau slow en anglais a envahi le restaurant. Comme j'arrivais avec son assiette, il m'a prise dans ses bras pour danser.

— Arrête, je vais tout renverser. Arrête, Dany…

Je le trouvais un peu fou, mais ça me faisait rire. Toutefois, j'ai arrêté de rire net quand il m'a passé la main sur les fesses. Je me suis reculée vivement.

— Qu'est-ce que tu fais là! C'est quoi, ces affaires-là? Tu m'as dit hier que t'étais un gars qui respectait les filles. T'apprendras que ce que tu viens de faire là, c'est pas mon genre pantoute, je suis pas une fille facile. Les guidounes, si c'est ça que tu veux, c'est ailleurs, y en a plein les rues, alors laisse tranquilles les filles honnêtes, O.K.?

— O.K., Élisa. Pour te dire toute la vérité, tu me paraissais trop bien et j'arrivais pas à y croire, c'est pour ça que j'ai voulu te tester, je regrette. Des filles faciles, c'est pas ça qui manque et je veux pas risquer de m'embarquer dans une histoire qui n'aurait pas d'allure. Astheure, je l'ai ma réponse, t'es pas le genre à te laisser faire et c'est ça que je veux.

J'étais totalement convaincue. Je m'en voulais presque de lui avoir crié après.

— Tu aurais pu trouver un autre moyen. Je ne sais pas comment je dois prendre ça... T'as bien failli prendre une claque dans la figure, tu sais.

Il m'a attirée contre lui et encore une fois il m'a embrassée. J'étais incapable de réagir.

— T'es maligne, dis donc. Ça me plaît, une femme qui a du caractère.

— Dany, arrête ça, des clients vont arriver, pis ton assiette va refroidir.

— Laisse faire mon assiette. J'ai une question à te poser, une question sérieuse...

— Quoi donc?

— J'ai le coup de foudre, Élisa. Tu veux-tu m'épouser?

J'ai dû rester une bonne secousse sans être capable de rien dire. J'ai aperçu Claudia qui demeurait la bouche ouverte et Sylvain qui n'avait pas l'air de comprendre.

— Peux-tu répéter ça?

— Tu veux-tu m'épouser, Élisa?

— Me demande pas ça tout de suite, Dany, c'est trop vite, je peux pas te répondre. Je ne te dis pas non, c'est pas ça, mais c'est trop vite pour moi, je peux vraiment pas te répondre.

— Je t'attendrai le temps qu'il faut, Élisa.

Cette fois des clients sont arrivés et je ne savais plus trop ce que je faisais. J'étais dans le brouillard. Dany mangeait son assiette sans arrêter de me regarder et j'avais comme du courant qui me passait partout. Je n'ai pu retrouver mes esprits que lorsqu'il est parti avec Sylvain.

Qui était ce gars qui pouvait me passer la main sur les fesses soi-disant pour me tester et, la minute d'après, me demander en mariage? J'étais complètement perdue, je ne savais plus quoi penser. Je l'aimais comme une folle, ça, il n'y avait aucun doute, mais est-ce que j'avais raison de l'aimer? J'étais incapable de me répondre oui.

Des révélations

Jocelyne et son mari sont venus faire un tour en après-midi. Je savais que plus jeune Jocelyne prenait un coup, mais là, j'étais surprise de la voir arriver chaude au restaurant au beau milieu de la journée. Elle était d'humeur à parler et, assise sur l'évier de la cuisine, elle s'est mise à me conter la vie de son frère.

— Tu sais, quand il est arrivé, ça faisait deux ans qu'on avait pas eu de ses nouvelles. Souvent, je me disais même qu'il devait être mort, qu'on ne pouvait pas rester aussi longtemps sans faire signe à sa parenté. Je l'aime ben gros, mon p'tit frère, tu sais...

Je voyais bien qu'elle avait les yeux pleins d'eau, mais je savais aussi qu'il fallait mettre une partie de cette sensibilité sur le compte de la bière.

— Tu devrais pas boire de même, je lui ai dit.

— Oh! t'inquiète pas pour moi. Ça m'arrive d'en prendre comme ça juste pour me défouler, mais je sais me contrôler.

Je me suis souvenue que son frère m'avait dit la

même chose la veille. Qu'est-ce qu'ils appelaient se contrôler? Prendre un coup toutes les semaines, par exemple, ce n'est pas ce que j'appelais se contrôler.

— Tiens, donne-m'en deux autres sans les ouvrir, m'a demandé Jocelyne. Faut que j'aille voir quelqu'un en ville et il fait chaud pas mal… Tu sais, pour mon p'tit frère, il a souffert pas mal pendant qu'il était à Québec.

— Il avait pas d'ouvrage là-bas?

— C'est ce qu'il disait en arrivant, mais un soir qu'on était tous les deux pis qu'on avait peut-être pris un verre de trop, il m'a conté toute la vraie vérité, comme quoi la plupart du temps il dormait dehors dans le quartier Saint-Roch, que le plus souvent il avait rien à manger et qu'il faisait le tour des poubelles de restaurant. Il avait même pas de quoi appeler au téléphone pour demander de l'aide. On sait bien que si j'avais su qu'il était sans un sou à Québec, je me serais arrangée pour le faire remonter au Lac. Ça devait pas être drôle, il a même essayé de se suicider, mais ça, ne lui dis pas que je te l'ai dit, il m'en voudrait. Je te le dis, quand je l'ai vu apparaître devant moi l'autre jour, moi qui le croyais mort, même que des fois je guettais aux nouvelles voir si on avait pas trouvé un corps à quelque part… Tu sais, c'était un bon p'tit diable quand il était jeune. S'il le veut, il peut recommencer une nouvelle vie avec toi et devenir quelqu'un de bien. Tu vois, moi, je crois que vous deux ensemble ça pourrait coller… Quand il m'a dit qu'il avait le coup de foudre pour toi, je lui ai bien dit que tu avais eu ta part de souffrance et même que tu y avais goûté en masse, ça fait qu'il sait qu'il ne doit pas te faire souffrir, je l'ai mis en garde. Mais je crois que c'est un gars correct et que tu peux y faire confiance… Eh! faut que j'y aille, elle doit m'attendre…

Elle m'a laissée sur ces mots et cette fois c'est moi qui étais bien proche de pleurer en imaginant Dany couchant dans les rues de Québec. J'avais déjà traversé Québec la nuit et j'essayais de m'imaginer l'enfer que ça pouvait être d'avoir faim et de coucher dehors dans les vieilles rues tristes et froides. Lui non plus il n'avait pas eu une vie facile. Je me suis dit que tous les deux, avec ce qu'on avait connu de misère, on devait être capables de prendre la bonne route et de se faire une bonne vie ensemble. Le bon Dieu avait eu pitié et il nous avait réunis pour qu'on soit enfin heureux tous les deux.

Je me rappelle que je me suis dit: «Oui, je vais l'aider à s'en sortir, je vais faire un homme de lui et on sera heureux comme c'est pas possible!»

Bruno, le mari de Jocelyne, était resté au comptoir pour manger un club. Je me suis installée en face de lui pour jaser en me disant que lui aussi il pouvait m'apprendre des choses sur Dany. Je m'apprêtais à lui poser une question détournée, mais je n'ai pas eu besoin.

— Tu sais, ma belle, m'a-t-il dit, pendant que Jocelyne n'est pas là, il faut que je te mette en garde contre Dany… Ah! je sais pas si je dois t'en parler…

— Continue, astheure que t'as commencé.

— Ah! je sais pas…

— Envoye, Bruno, j'ai le droit de savoir, je suis impliquée, moi, là-dedans.

— Bon… Répète pas que c'est moi qui te l'ai dit, mais il se trouve que Dany avait deux gros problèmes dans le passé…

— Quoi donc?

— La boisson pis la drogue. Par contre je dois pas le charger plus qu'il le mérite, je sais qu'il n'en a pas pris depuis qu'il est revenu et que ça se peut qu'il se soit assagi. Ça arrive, il y en a qui font leur jeunesse pis après c'est fini. Il a peut-être changé. Tout ce que je veux, c'est juste te mettre en garde et que, si jamais ça arrive, tu ne dises pas que t'étais pas prévenue. Mais je te le répète, ça se peut aussi qu'il ait changé et qu'il veuille vraiment refaire sa vie. Avec toi, il a toutes les chances. Je sais que depuis trois jours il ne parle que de toi, et c'est des Élisa par-ci et des Élisa par-là, et Élisa je l'aime et Élisa je vais lui faire une si belle vie qu'elle se rappellera plus de l'ancienne. Pour tenir à toi, c'est sûr qu'il tient à toi. Tout ce que j'espère, c'est que la boisson ne sera pas plus forte.

Ces paroles me rassuraient. Elles étaient la preuve que Dany ne m'avait pas menti.

— Je te remercie de m'avoir parlé, Bruno. Tu peux être certain que je vais tout faire pour ne pas qu'il retombe dans la boisson. Non, j'ai trop souffert de ça, je serais plus capable de le supporter… La drogue, je ne sais pas, je connais rien là-dedans, absolument rien, et puis j'ai jamais entendu dire qu'un type frappait sa femme ou ses enfants parce qu'il était drogué; alors la drogue je m'en fiche, ça m'est égal; ce que je veux pas, c'est de la boisson.

Bruno regardait son assiette et balançait la tête comme on fait lorsqu'on approuve quelque chose.

— On dirait bien que les portes s'ouvrent pour lui, a-t-il dit.

— J'espère qu'elles s'ouvrent pour lui et pour moi.

Jocelyne est revenue à ce moment-là. Cette fois elle paraissait vraiment ivre.

— Donne-m'en deux autres, Élisa. C'est aujourd'hui qu'on fête. Pas vrai, mon mari, que c'est la fête? Ça te fait rien, hein, mon minou, que ta p'tite femme prenne une p'tite bière… Il fait si chaud…

Bruno a hoché tristement la tête. Je me voyais à sa place et mon Dieu que je trouvais qu'il faisait pitié. Je me promettais bien qu'avec Dany ce serait différent.

Ils étaient partis lorsque ma patronne est arrivée pour luncher. Je ne sais pas qui avait parlé: elle savait déjà pour moi et Dany. Tout en mangeant, elle me regardait attentivement et ses yeux avaient l'air de dire: «Méfie-toi, ma fille. Méfie-toi...»

Un dernier client est parti. Nous étions seules et elle s'est mise à me parler:

— C'est pas vraiment de mes affaires, Élisa, mais j'ai entendu dire que, toi pis le frère à Jocelyne, vous vous entendiez bien?

— Pas mal... Il me semble un bon gars.

— Ouais, bon... Je veux pas te décevoir, mais te précipite pas dans les bras du premier venu, prends tout ton temps.

— À cause? Il est pas bien?

— Pour te dire les choses comme je les vois, puisque tu poses la question, je vais te dire ce que je crois. Pour moi, il t'a séduite et t'es tombée dans ses bras sans réfléchir. Pour lui la pêche est belle, il a gagné le gros lot. Un pauvre type qui sait rien faire de ses dix doigts, qui n'est même pas capable de se faire vivre, il lui suffit de faire le beau devant toi et l'affaire est dans le sac...

— Je comprends rien à ce que vous dites!

— Ben voyons donc, ma fille! Ouvre les yeux. Il a rien, il n'est rien et il est connu pour boire. Il te rencontre, tu travailles, tu as un appartement et un peu d'argent devant toi. C'est pas une pêche miraculeuse, ça?

— Il m'a dit qu'il avait bu, mais que c'était fini. Je crois que vous vous trompez sur son compte. Il veut refaire sa vie.

— Moi, ce que je t'en dis... Je t'aime ben gros, Élisa. Je voudrais pas que t'ailles encore te mettre dans une sale situation comme on dirait que tu en as l'habitude.

— Moi aussi, je vous aime bien, mais cette fois je crois que vous vous trompez. Le cœur ne peut pas se tromper à ce point-là. Je vous dis que c'est un gars correct. Il a pas eu de chance jusqu'ici, mais maintenant qu'on est ensemble, ça va se replacer, pour lui comme pour moi.

Elle a haussé les épaules comme pour dire qu'elle ne pouvait rien faire de plus, puis elle s'est levée en faisant des recommandations pour le restaurant. Pour tout dire, je la trouvais un peu niaiseuse de ne pas comprendre que pour Dany et moi c'était du sérieux. Même si je me demandais pourquoi elle avait si mal parlé de lui, ce n'était pas une personne que je connaissais pour être mauvaise langue. Elle savait peut-être quelque chose que j'ignorais.

Mais à peine avait-elle quitté le restaurant, je me suis dépêchée d'oublier tout ce qu'elle venait de me dire. J'avais confiance en Dany et je ne voulais rien entendre qui puisse laisser croire que ce n'était pas un bon gars. Peut-être qu'il avait eu des mauvaises passes, mais, dans la vie, c'est permis à tout le monde de pouvoir se racheter. Si je l'aimais, pourquoi je lui aurais refusé ça?

Je ne suis pas toute seule

À onze heures, jamais encore je n'avais trouvé une soirée aussi longue. J'avais regardé la pendule toutes les deux minutes et calculé chaque fois le temps qu'il restait avant qu'il revienne. Mais à onze heures dix, il n'était pas encore là. J'aurais crié. Il m'avait prise pour une cruche, ça devait le faire rire de me faire attendre. Eh bien, j'allais rentrer et il ne me trouverait pas en arrivant. Il allait voir ce que ça fait de niaiser les gens.

Je me disais tout cela, mais, même si mon service était fini, je restais assise au comptoir, comme si je n'avais pas encore passé assez de temps dans le restaurant. Je devais avoir l'air d'une vraie folle lorsque le téléphone a sonné. Claudia a répondu et elle riait en disant:

— Si elle est là? Sûrement qu'elle est là! Elle arrête pas de tourner sur son tabouret comme une vraie toupie.

Je me suis précipitée vers le téléphone.

— C'est pour moi?

— On dirait bien, a-t-elle fait en ayant l'air de se moquer. Un type qui te demande...

— Élisa? C'est moi, Dany. Je voulais te dire que j'allais être un peu en retard.

— Tu m'avais dit que tu serais ici à onze heures, Dany!

— Je le sais bien, mais c'est pas moi qui chauffe. Je suis avec Sylvain, il prend une bière avec des chums et y a rien à faire pour le faire décoller d'icitte.

— Tu peux pas y demander qu'il te reconduise?

— J'aimerais mieux qu'il me passe les clefs. Il est rond comme une queue de pelle.

— Toi, t'en prends-ti?

— Une p'tite, c'est tout.

— Tu devrais pas, Dany; si t'as soif, pourquoi tu prends pas une liqueur?

— J'en bois, de la liqueur, j'arrête pas d'en boire, de la liqueur... Est-ce que tu m'attends?

— Je voudrais d'abord savoir quand tu comptes arriver.

— Le temps de décider Sylvain et je suis là. Ça devrait plus être bien long.

— O.K., d'abord, je t'attends jusqu'à minuit, pas plus long. Après ça, je serai partie.

— Je serai là avant. Tu sais quoi?

— Non?

— Je t'aime. Je crois que j't'aime comme un fou. C'est la première fois que j'appelle une fille pour lui dire que chus pas à l'heure.

— Moi aussi, je t'aime, Dany, mais dépêche-toi. Attendre, j'haï ça comme la peste.

En retournant m'asseoir au comptoir, j'étais un peu fâchée après lui, mais encore bien davantage après Sylvain. Au point que j'ai dit à Claudia:

— Sais-tu ce qu'il fait, ton mari? Tu sais-tu ce qu'il fait pendant que toi tu travailles?

— Il doit ben être en train de prendre un coup à quelque part, je suppose.

— Pis ça t'est égal?

— J'y pense pas, je veux rien savoir. Il fait ce qu'il veut et je fais ce que je veux…

Ce n'était pas l'idée que je me faisais d'un couple et je m'apprêtais à le lui dire, lorsque Marielle, une de mes anciennes camarades de classe, est entrée, aussi heureuse que si elle venait de gagner le million à la loto. Au point que je lui ai demandé ce qu'il lui arrivait, si elle aussi n'était pas tombée en amour.

— Parce que toi aussi? a-t-elle répondu.

— Ben oui, j'ai rencontré un crime de beau gars. Il va venir tout à l'heure, je vais te le présenter.

— Ça c'est drôle, le mien aussi il doit venir. Lui, il ne sait pas que je vais être là, mais je l'ai entendu parler à un de ses chums. C'est pour ça que je suis là. Tu vas le voir, il est beau comme un cœur, des p'tites fesses, tout ce qui faut!

— Il ne pourra pas être mieux que le mien, lui ai-je dit en riant.

Elle a éclaté de rire et commandé un café à Claudia qui semblait se poser des questions.

— Hé! les filles, vous êtes ben certaines que vous avez pas pigé le même gars?

C'était trop drôle. J'ai tendu le doigt vers Marielle en lui disant qu'elle était mieux de ne pas m'avoir «piqué mon mec». Cette fois nous avons éclaté de rire à en avoir mal au ventre.

— Sans joke, c'est qui, tu l'as connu où? lui ai-je demandé en reprenant un peu mon souffle.

— Oh! c'est un gars d'en dehors. Je l'ai rencontré à la brasserie, en jouant au pool.

— Ça s'est passé comment?

— Y a rien eu d'extraordinaire. Il était là, il m'a souri, je lui ai rendu son sourire, puis on a commencé à se parler. C'est un gars qui sait écouter, pas le genre à parler rien que de lui. À un moment, tu sais, il a posé sa main sur la mienne et je me sens encore toute drôle.

— C'est vrai qu'il te fait de l'effet. Comment il s'appelle, envoye?

— Je dois être folle comme un balai. Il s'appelle Dany.

— Dany! Dany qui?

— J'en sais rien, Dany.

— Est-ce qu'il porte des jeans moulés, ben sexés?

— Ben... oui. Comment tu sais ça?

Je restais sans répondre, figée comme une barre de fer. Ce n'était pas possible, ça ne pouvait pas être le même. Il y avait sûrement deux Dany d'en dehors qui portaient des jeans serrés. Claudia s'est avancée et a demandé à Marielle si celui qu'elle appelait son Dany était avec Sylvain.

— Oui, astheure que tu le dis, je les ai vus ensemble à un moment donné. Pourquoi?

Il était net que Claudia se retenait pour ne pas rire, mais elle est restée sérieuse.

— Parce qu'on dirait bien que ton Dany, c'est le chum à Élisa.

Marielle a complètement changé de face.

— C'est pas possible, a-t-elle dit. Je ne le connais pas depuis longtemps, mais je suis sûre que c'est un gars honnête, et il m'a bien dit qu'il était tout seul. C'est sûrement un autre Dany. Lui que je parle, chus certaine qu'il s'intéresse à moi.

Je secouai la tête.

— En tout cas, si c'est le mien dont tu parles, tu te trompes, parce qu'on est ensemble depuis quelques jours. On est tombés fous amoureux l'un de l'autre dès qu'on s'est vus. Si c'est le même gars, je suis désolée, Marielle, mais tu te trompes sur son compte, c'est à moi qu'il s'intéresse.

Elle restait bouche bée et secouait la tête.

— Non, c'est pas possible, ça ne doit pas être le même. Il m'aurait pas fait ça...

Il était minuit. Nerveuse, j'allumai une cigarette en me disant que si j'avais eu un peu d'orgueil je me serais levée pour partir. Mais maintenant il y avait cette histoire avec Marielle et je voulais savoir. J'étais certaine que ça devait être le même Dany, mais j'étais également convaincue que Marielle s'était laissé emporter par son imagination. Peut-être que Dany lui avait dit deux ou trois mots en passant et aussitôt elle était partie en peur et en avait fait toute une histoire. Le téléphone a sonné et Claudia me l'a tendu.

— Encore pour toi, Élisa.

J'ai pris l'appareil. C'était Dany qui me disait qu'il était encore en train d'attendre que Sylvain se décide, qu'il ne savait plus quoi faire.

— Chus tanné de l'attendre, me disait-il. Je voudrais te tenir dans mes bras. Je vais lui prendre ses clefs et je m'en viens.

— Pourquoi tu te prends pas un taxi? Je peux pas rester là toute la nuit, je travaille demain. Si tu me niaises, Dany, dis-le-moi tout de suite et que ça finisse.

— Mais pourquoi tu le prends de même, Élisa? Je te jure que j'attends rien que d'être avec toi depuis plus d'une heure. Donne-moi encore quinze minutes.

— Pas une de plus.

À ce moment, Claudia m'a fait signe et m'a demandé que je dise à Dany qu'elle voulait parler à Sylvain. Dix secondes plus tard, elle avait son mari au bout du fil et, en beau fusil, elle commençait à lui faire une scène:

— Ioù c'que t'es, Sylvain Robidoux? Je sais que t'es encore après prendre un coup pis que si j'te laisse faire, tu vas partir avec mon char sur les chemins, rond comme une bine; j'veux pas de ça! T'as-ti compris, Sylvain Robidoux? Alors tu donnes drette là les clefs à Dany, pis j'veux mon char dans la cour icitte dans dix minutes, sinon tu l'auras pus jamais une crisse de minute, aussi vrai que j'te le dis.

Encore une fois la grande demande

Dix minutes plus tard, Dany entrait dans le restaurant en tendant les clefs à Claudia. J'ai bien vu le coup d'œil qu'il a eu en voyant Marielle. Ça n'avait pas l'air de lui plaire qu'elle soit là.

— Excuse-moi, m'a-t-il dit tout de suite. Sylvain est parti sur une go et pas moyen de le ramener...

Je lui ai désigné Marielle et lui ai demandé s'il la connaissait.

— On s'est rencontrés... a-t-il répondu en la saluant vaguement et sans en dire plus. Ça te fait rien, Élisa, si je prends une bière? Il me semble que ça me calmerait les nerfs, ça fait plus d'une heure que j'attends de te retrouver.

— Si tu y tiens vraiment...

— J'en prends juste une, pour me calmer.

Je voyais bien que Marielle avait l'air dépitée pas mal. J'ai essayé de lui sourire; elle a haussé les épaules et est allée vers le juke-box où elle a sélectionné de la musique romantique. La première était une vieille chanson de Michel Louvain: «Qui est la belle inconnue, la femme en bleu seule à sa table...» Aussitôt, Dany s'est mis à chanter sur la musique et, tout en chantant, il me fixait droit dans les yeux. Je ne savais plus où me mettre, d'autant plus que ce jour-là, je portais du linge bleu. Marielle semblait se ressaisir. Elle a commencé à faire des farces à propos de nous.

— Est-ce que vous allez danser si je mets un slow collé? a-t-elle demandé.

— Moi, je suis d'accord, a répondu Dany.

— J'aimerais mieux pas danser ici, j'ai dit. C'est ma place de travail.

— Tu as raison, a dit Dany.

— Moi, je peux danser, a dit Marielle.

Il l'a regardée puis a secoué la tête.

— Je voudrais bien, a-t-il dit, mais j'ai de quoi de sérieux à demander à Élisa.

— Qu'est-ce que c'est?

— Je veux la réponse ce soir...

— Comment veux-tu que je sache si je ne connais pas la question?

Il s'est rapproché, il a pris ma main dans les siennes et m'a regardée profondément dans les yeux.

— Élisa, je te le dis sérieusement, je te demande en mariage, veux-tu m'épouser?

Je ne pouvais croire que ce soit sérieux, même que je n'étais pas très contente; je ne trouvais pas ça drôle du tout.

— Dany, je ne t'ai pas attendu jusqu'à minuit passé pour que tu viennes rire de moi.

— Je ne ris pas de toi, crime! Je te jure que je suis sincère. Je ris pas de toi!

Je le regardais. Oui, son regard paraissait tout à

fait sincère, mais pourtant ce n'était pas possible! Comment peut-on demander quelqu'un en mariage après quelques heures passées ensemble?

— On ne se connaît même pas, Dany! On ne peut pas décider de se marier comme ça, sur un coup de tête; le mariage, c'est pour la vie.

— Je le sais, je le sais! Et je sais aussi que ça peut te paraître bizarre, mais dès que je t'ai vue, j'ai su que t'allais être ma femme. Je ne veux pas que tu appartiennes à un autre, tu es à moi, Élisa. Est-ce que tu ne ressens pas ça pour moi? Ça ne te ferait rien, toi, de penser que je pourrais aller avec une autre?

— Évidemment, mais…

Je regardai Marielle et me souvenais trop bien de l'effet que ça m'avait fait d'imaginer que Dany puisse être avec elle. Oui, il avait raison: je le voulais pour moi toute seule, je le voulais à moi. Seulement, c'était quand même un peu précipité. J'ai eu alors une idée.

— Tu sais, dans le temps, comme ils trouvaient que c'était trop rapide pour vraiment décider de se marier avant de se connaître, ils avaient les fiançailles. Je trouve que ça avait pas mal de bon sens…

— Ça veut-tu dire que si tu me trouves toujours aussi d'adon comme aujourd'hui dans un mois ou deux, tu serais prête à me marier?

— Si c'est ce que tu veux vraiment, oui. Oui, Dany, je serais prête à me marier avec toi.

Il s'est levé, m'a prise dans ses bras et m'a embrassée. J'entendais Marielle et Claudia qui frappaient dans leurs mains en nous félicitant. Je m'envolais, j'étais comme saoule de joie. Il était là, tout contre moi, il me faisait de l'électricité partout et nous allions rester ensemble, il m'avait demandé que je sois sienne, j'étais la blonde et peut-être bientôt la femme de ce gars superbe.

Lorsque nous nous sommes rassis, il a dit que pour fêter ça il allait se permettre une autre bière. Je lui ai dit que ce n'était pas nécessaire, qu'il n'avait pas besoin de fêter notre amour avec de l'alcool. Il a ri comme s'il était d'accord, mais il a quand même commandé la bière. Je me suis dit alors que s'il ne respectait pas plus que ça mes opinions sur la boisson, il n'y aurait pas de mariage, même si je l'aimais comme une vraie folle. « S'il continue, je ne l'épouserai pas, c'est à lui de choisir! » Mais lui n'était pas du tout sur la même longueur d'onde à ce moment-là. Il m'a même demandé si moi aussi je voulais une bière.

— Non merci, pas pour moi, je dois travailler demain et il est déjà tard. Il va falloir que je rentre.

Il m'a pris le bras et a baissé la tête, comme lorsqu'on a quelque chose d'embarrassant à demander.

— J'ai autre chose, Élisa. Ça te ferait-tu rien si j'allais coucher chez toi ce soir? Sur le divan, bien sûr!

— Ça, c'est un peu vite, Dany. Tu ne me crois pas comme ça quand même? Nous ne sommes pas mariés, tu sais, et je ne suis pas le genre à coucher le premier, le deuxième ou même le dixième soir.

— C'est pas du tout ce que je t'ai demandé. Je t'ai dit sur le divan. Je te demande ça comme on peut le demander à un ami. Il est tard et je n'ai pas envie de déranger mon beau-frère qui doit être couché pour lui demander de venir me chercher. Tu comprends ce que je veux dire?

— Bon, d'accord, mais il ne faudra pas profiter de la situation, tu promets?

— Je promets! fit-il avec la mine d'un petit gars qui vient de se voir décerner un trophée.

Je ne savais pas si j'avais eu raison d'accepter.

J'avais peur de ce qui pouvait se passer. Est-ce que rendu chez moi il n'allait pas m'embrasser? Et puis après on sait comment ça fait, les mains vont plus loin? Et puis on se laisse emporter et on ne sait plus dire non. Et puis je voyais Marielle et Claudia qui riaient; je savais à quoi elles pensaient et je savais aussi que ça ne servait à rien de les détromper.

— Faudra pas faire de bêtises, les jeunes, a dit Claudia en prenant le ton de la mère inquiète que je n'ai jamais eue.

— Et puis est-ce qu'on vous a tout expliqué comme il faut sur les MTS? a ajouté Marielle. Ça prend un emballage astheure…

— Toi, t'es jalouse, lui lança Dany un peu en farce. Avoue que t'aurais pas dit non si je t'avais demandé pour loger chez vous à soir.

Marielle a baissé la tête et l'a regardé par-dessous ses cils, d'une façon un peu chatte.

— Si tu m'avais demandé à moi, a-t-elle dit sans que l'on puisse vraiment savoir si elle plaisantait ou non, je t'aurais pas demandé de coucher sur le divan certain.

— Oh! ben là, je sais plus, lui renvoya Dany, vraiment en farce. C'est que c'est tentant en maudit un bon grand lit chaud…

Ça ne me plaisait pas. Je n'aimais pas du tout ce qu'il venait de dire. En vérité j'étais jalouse. Même pour une plaisanterie, je n'aimais pas qu'il laisse entendre à une autre qu'il serait bien dans son lit. C'est un peu hargneuse que je lui ai lancé:

— En tout cas, moi je m'en vais, si tu veux venir sur mon divan, c'est maintenant, autrement… tu pourras aller où tu voudras.

— Ben voyons, Élisa, tu sais bien que je viens avec toi. C'était juste une joke.

À peine dans la rue, il m'a pris la main et nous

avons avancé tranquillement le long du trottoir en contemplant les étoiles. Jamais je n'en avais vu autant. C'était tellement beau, tellement romantique! Je me suis dit que nous formions un couple magnifique et que les gens qui nous voyaient devaient être envieux. C'était comme dans les vues, le monde autour de nous n'existait plus. L'avenir s'annonçait si beau que j'ai pensé que, s'il était vraiment comme je le voyais, ça vaudrait quand même la peine d'être passée par toutes les misères que j'avais connues.

Seuls dans la nuit

En passant la porte de l'appartement, Dany s'est arrêté sur le seuil. Du regard, il a fait le tour des lieux et il était clair qu'il trouvait ça de son goût.

— Tout ça pour toi et ton fils? a-t-il dit, comme si c'était extravagant.

— C'est un loyer normal. J'essaie de l'arranger comme je peux pis de le garder propre. Je supporte pas quand c'est crotté.

Il m'a prise par l'épaule et m'a dit que cette fois il était certain d'avoir déniché la perle rare. Je trouvais le compliment presque trop grand pour moi. Moi une perle rare! C'était vraiment beaucoup, je n'avais pas du tout été habituée à ça. Je me suis souvenue de la mise en garde de ma patronne et, aussi, je me suis demandé une seconde s'il n'en rajoutait pas, mais non, ses yeux brillaient avec conviction. C'est drôle, je crois que les compliments doivent améliorer, car, après les avoir reçus, on veut au moins rester à leur hauteur. En tout cas, ce soir-là, je me suis fait la promesse que, pour lui, j'allais essayer d'être la meilleure des épouses. Je ferais de délicieux petits plats, je tiendrais le loyer propre comme un sou neuf, je l'arrangerais chaque jour pour qu'on s'y sente toujours bien et qu'on n'ait jamais envie d'aller ailleurs, dans ces ailleurs où l'on fait des rencontres pas toujours très catholiques et où l'on prend souvent un coup. Oui, je voulais être la perle rare qu'il avait vue en moi, celle qui saurait le garder heureux dans notre nid d'amour.

— Installe-toi comme chez vous, je lui ai dit. Je vais prendre une douche et me changer.

— Hum… a-t-il fait avec un air gourmand.

— Non, non, Dany, ce n'est pas pour toi, ôte-toi ça de la tête pour cette nuit. J'ai toujours l'habitude de me changer et de me doucher quand j'arrive du restaurant. J'aime pas ça que mes cheveux et mon linge sentent la friture.

Je l'ai laissé seul dans le salon devant la télé. Ça l'avait tout énervé de voir que j'avais le canal payant pour les films. Sous la douche, je trouvais vraiment que la situation était bizarre, pas seulement bizarre, excitante. Pour la première fois de ma vie, j'étais chez moi, dans un loyer à moi seule, et j'avais un invité qui se trouvait être un très beau gars. Nous allions dormir non loin l'un de l'autre, sous le même toit, partager la même intimité. C'était troublant.

J'ai enfilé ma chemise de nuit et, avant de sortir de la salle de bains, je me suis regardée dans le miroir et je me suis dit que la jaquette était peut-être un peu légère, que ça risquait de créer une situation pas vivable; aussi, malgré la chaleur étouffante, j'ai enfilé la robe de chambre suspendue à la porte. Il faisait chaud là-dessous!

Dans le salon, j'ai trouvé mon Dany absorbé par la télé. Il avait ôté sa chemise et défait la boucle de sa ceinture. J'ai dû rester un bon moment, là, debout à le regarder. Pas une once de graisse, il avait l'estomac poilu, exactement comme je les aime, et musclé à part de ça! Je l'avais vu au lac en costume de bain, mais ce n'était pas pareil à là, dans mon salon, dans la lumière qui venait de la télé. Et puis il n'y avait rien que nous!

Je regrettais un peu de l'avoir invité, car je me rendais compte que le danger ne venait pas de lui, mais bien de moi. La situation était difficile, il allait falloir que je garde mon contrôle. Il me passait des images par la tête! Je n'en revenais pas moi-même. Je louchais sur l'endroit où il avait détaché le bouton de ses jeans et m'attardais un peu trop longtemps à contempler le poil noir sous son nombril qui disparaissait vers... Ça me faisait tout chaud partout. Pourquoi donc est-ce qu'il restait à regarder cette mautadite vue plate! J'étais là, pourquoi est-ce qu'il ne se levait pas pour venir me prendre dans ses bras? Ce n'était tout de même pas à moi d'aller le trouver pour me tortiller autour comme une chatte en chaleur! S'il me prenait dans ses bras, je le sentirais, là, tout contre moi, il n'aurait pas besoin de vendre longtemps la marchandise...

Oh! À quoi je songeais, là! Il fallait que je me ressaisisse! Qu'allait-il penser de moi, que j'étais une fille de rien? Et moi-même, je ne me reconnaissais pas. Est-ce que c'étaient là les réactions d'une bonne fille? Il fallait à tout prix que je me reprenne. Ça devait être la chaleur qui me jouait des mauvais tours. Au Lac, on est pas trop accoutumé à ça, les grosses chaleurs. Je croyais me reprendre en main, retrouver mon contrôle, mais aussitôt, voilà que ça recommençait, de nouvelles images me passaient par la tête, j'en avais mal partout. Et lui qui ne se rendait compte de rien! Monsieur regardait la télé, comme si ça pouvait être plus intéressant que sur le sofa...

Peut-être pour sauver ma cause, le téléphone a sonné. C'était Claudia. Elle devait s'ennuyer au restaurant, car elle appelait pour niaiser.

— Raconte-moi donc ce que vous êtes en train de faire comme c'est là? m'a-t-elle dit en riant.

— Si tu savais…

— Quoi? Allez! raconte.

— Eh bien… Eh bien, Dany écoute la télé et moi, je viens de prendre ma douche. Je m'apprêtais à me faire une tisane avant d'aller au lit. C'est tout ce que tu voulais savoir?

— Oh, je vous dérange, hein, c'est ça? Vous en étiez à un passage intéressant?

— Pantoute! On en était exactement où je t'ai dit. Va pas t'imaginer toutes sortes de choses simplement parce que Dany est venu coucher chez moi. Tu me vois d'une drôle de façon. Je suis pas comme ça.

— Qu'est-ce que tu veux dire par «je suis pas comme ça»? Tu veux me faire accroire que tu as un beau mec dans ton salon et que ça ne te fait rien pantoute?

— C'est pas ça que j'ai dit, Claudia.

— Ouf! Tu me rassures… Bon, ben, je vous laisse. Dans le fond, vous n'avez pas besoin que je vous dérange… Tu me raconteras, hein?

— C'est ça, bonne nuit.

Dany a levé la tête lorsque j'ai raccroché. Il a ri.

— C'était le restaurant, hein? a-t-il deviné. Ils ont dû te demander ce qu'on faisait.

— Ouais…

— J'ai pas bien compris ce que tu as répondu lorsque Claudia t'a demandé si j'étais bien monté…

— Quoi? Elle n'a jamais… Dany! Mon torrieux, tu me fais marcher. Ben, je vais te dire ce que je lui ai dit, je lui ai dit que… que…

— Que quoi?

— Je lui ai rien dit, voyons donc. Elle me faisait niaiser, elle avait rien à faire. Tu veux-ti un café avant de dormir?

— O.K. pour un café. Tu sais, je faisais juste plaisanter. Pour te dire la vérité, je suis un peu mal à l'aise avec les choses du sexe. Je te dis pas que je connais pas ça, ni que j'ai pas fait ma jeunesse comme tout le monde, mais j'aime pas trop en parler, je trouve que ça gâche un peu.

— Je suis comme ça aussi... O.K., je vais préparer le café.

Je n'étais pas mécontente de me retrouver seule un petit moment dans la cuisine. J'allais pouvoir reprendre mes esprits. En voulant l'humilier un peu pour rire, j'avais bien failli lui laisser entendre que j'avais dit à Claudia qu'il était monté comme un petit enfant. Heureusement que je m'étais retenue à temps! J'osais à peine imaginer où ça aurait pu nous conduire. Je dis «j'osais à peine», mais je devrais dire que j'imaginais trop bien. Et le pire, c'est que j'ai repassé plusieurs fois cette séquence dans ma tête.

De retour dans le salon, je me suis assise sur le divan, mais lui restait toujours dans le fauteuil. Nous prenions notre café en nous regardant et en fumant. Je ne savais comment lui dire qu'il pouvait venir s'asseoir sur le divan, que ce n'était pas parce qu'on était chez moi qu'il ne pouvait pas m'embrasser. À force de chercher, j'ai trouvé une solution un peu ratoureuse.

— Viens donc t'asseoir sur le divan, devant la petite table, y a pas de place près du fauteuil pour poser ta tasse.

Il ne s'est pas fait prier. J'en ai déduit que lui aussi devait chercher un moyen honorable de venir me retrouver.

— Qu'est-ce qu'il fait chaud! a-t-il dit en s'étirant puis en passant une main sous sa ceinture comme pour donner de l'air là où y en avait pas. T'as pas trop chaud, toi, avec ta grosse robe de chambre?

— Un peu…

— Tu peux l'ôter, tu sais. Je vais pas te sauter dessus comme un violeur.

— Je sais bien…

J'ai fait comme il m'avait suggéré, mais là j'ai regretté mon affaire. Dans ma petite jaquette légère, j'avais l'impression qu'il pouvait tout voir. Et il a dû tout voir, car cette fois il s'est approché de moi sans que je lui demande rien et il m'a prise dans ses bras.

La situation était en train de s'aggraver. Il fallait que je réagisse, sans compter que l'heure passait et que je travaillais le lendemain. Je ne suis propre à rien lorsque je n'ai pas une bonne nuit de sommeil. C'est curieux comme des détails au fond sans importance viennent parfois se mêler à des questions beaucoup plus sérieuses, car c'était toute ma réputation et même la perception que j'avais de moi qui étaient en jeu. J'ai eu soudain une idée un peu tordue, une idée qui pouvait satisfaire à la fois mon besoin de le garder près de moi, de m'assurer de notre sagesse et aussi qui pourrait peut-être me permettre de me reposer avant de reprendre mon shift.

— Écoute, je lui ai dit, le divan est pas terrible pour dormir et, d'un autre côté, il faut que je dorme pour être en forme demain. Est-ce que tu serais capable de dormir à côté de moi en me respectant? On peut s'embrasser, se caresser, tout ça c'est correct, mais je ne suis pas prête à aller plus loin. T'es d'accord?

— Je te promets que je vais te respecter, Élisa. Je te l'ai dit, je ne suis pas le gars à courir les aventures d'un soir. Je te dis pas que ça ne m'est pas arrivé, mais astheure c'est fini, je sais que ça mène nulle part. Non, c'est pas ce que je veux. Avec toi, j'ai toute la vie devant moi et je ne veux rien gâcher. Je te l'ai dit, quand je t'ai vue, j'ai su que tu serais ma femme.

— Tu es merveilleux! lui ai-je dit en me jetant dans ses bras. C'est la première fois que je rencontre un garçon comme toi. Tu es un ange gardien; je me sens si bien dans tes bras! Ça doit vraiment être ça, l'amour.

En disant ces mots, c'était mal placé, mais j'ai repensé soudain à Anthony. Lui aussi je l'avais aimé, d'un amour qu'à l'époque je croyais au-dessus de tout, mais, parce que nous avions des vues différentes et aussi parce qu'il se trouvait que c'était le cousin de mon premier mari et que rester avec moi le mettait mal avec toute sa famille, nous avions rompu. Je pensais toujours à lui avec une certaine émotion. Il était toujours dans mon cœur et je me disais souvent que jamais plus je ne pourrais aimer comme je l'avais aimé, lui. Je me trompais, parce que je m'apercevais que Dany aurait pu me faire faire ce que j'aurais su refuser à Anthony. Ce que je croyais être l'amour en pensant à Anthony, c'était un feu de camp à côté du feu de forêt qui m'embrasait en pensant à Dany.

Une fois dans le lit, moi en jaquette et Dany en bobettes, je dois dire que le sommeil ne venait pas aussi vite que prévu. Il se tenait tranquille de son bord, mais je sentais trop bien qu'il était là. Je voulais me serrer très fort contre lui, mais je savais aussi que ce n'était pas possible: je n'aurais plus eu aucune défense. Et puis on ne peut tout de même pas demander de dormir sagement à un homme dans la force de ses jeunes années lorsqu'il est rendu presque nu tout contre vous. Il faut être réaliste. C'est lui qui a trouvé les mots qu'il fallait pour m'apaiser.

— Je sais ce que tu ressens, a-t-il dit doucement dans le silence de la chambre, moi aussi je le ressens, moi aussi je voudrais bien te serrer tout contre moi, te prendre et te faire l'amour, mais je sais aussi qu'il faut qu'on attende, c'est le sacrifice que l'on se fixe pour se prouver que l'un pour l'autre on est autre chose qu'un passe-temps. Il faut essayer de dormir, Élisa, nous sommes là, l'un à côté de l'autre, nous sommes bien et il faut pas en demander plus pour le moment.

Il avait raison. Nous nous sommes embrassés sagement et, tranquillisée, j'ai pu m'endormir comme un bébé.

Au réveil, ma première pensée fut de me sentir heureuse. Dans la lumière du jour, je le regardais qui dormait encore et j'étais fière de l'avoir à côté de moi. Enfin, j'avais rencontré quelqu'un de bien. Qui pourrait jamais croire que nous avions passé cette nuit sans rien faire? C'est pourtant ce qui est arrivé, ça prouvait vraiment que je n'avais pas affaire à une brute.

Lorsque je me suis redressée pour me lever, il m'a prise dans ses bras pour m'embrasser.

— Je t'aime, m'a-t-il murmuré.

Je baignais dans le bonheur quand je me suis levée. Je chantonnais en allant faire ma toilette. Tout était fantastique.

J'étais prête à partir et lui était encore au lit. Je n'ai pas eu le cœur de lui dire de se dépêcher.

— Repose-toi tant que tu veux, je lui ai proposé. Il y a de quoi déjeuner dans le frigidaire quand tu te lèveras. Il y a des serviettes dans la salle de bains. La seule chose que je te demande, c'est de ne pas oublier de bien fermer derrière toi en sortant.

— Tu es un ange.

— Prends garde, ai-je répondu en plaisantant, les pires démons étaient d'abord des anges.

Il a ri très fort, un peu trop fort même pour ce que je trouvais que ma repartie était drôle.

— Pourquoi tu ne restes pas un peu? m'a-t-il

ensuite demandé. Tu iras travailler plus tard et c'est tout.

— Je ne suis pas comme ça, Dany. Lorsque je donne ma parole pour un travail, je veux la respecter. Et puis j'aime mon travail, j'aime mes clients et je m'ennuierais comme les pierres si je ne faisais rien.

— Tu as raison, moi aussi, je pense comme ça, une parole c'est une parole. Je voulais seulement t'avoir un peu plus…

J'étais tellement euphorique que pour un peu je serais allée au restaurant en dansant d'un pied sur l'autre comme une gamine. Nous allions être heureux!

J'avais la tête pleine d'images. Je me laissais aller à rêvasser que nous nous retrouvions dans ma clairière. Nous étions assis dans la mousse tendre. Des rayons dorés traversaient le feuillage des grands arbres et nous baignaient dans une lumière irréelle. Il y avait une ambiance de début du monde, avant que tout ne soit gâché.

À un moment donné, je me suis reprise: est-ce que je n'étais pas en train de déguiser nos sentiments avec des rêves? Je ne savais pas comment me répondre.

Il s'est passé plusieurs heures avant qu'il vienne me rejoindre au restaurant. J'avais trouvé le temps un peu long et je me demandais ce qu'il faisait. Je lui ai fait à manger et ensuite il est resté là à regarder autour de lui. J'avais des clients et pas beaucoup de temps pour lui. Je trouvais qu'il faisait pitié de rester comme ça à se morfondre.

— Si tu veux, je lui ai proposé, tu peux retourner chez moi et écouter des films à Super Écran.

— Tu es gentille! Tu sais, les vues, moi, j'adore ça, c'est ma drogue.

— Ça, c'est pas une drogue qui me fait peur.

— On en sait rien, j'en connais qui restent accrochés là-dessus à la journée longue.

Je ne voyais pas vraiment le problème et je lui ai demandé s'il savait quand Bruno ou sa sœur devait venir le chercher.

— J'en sais rien. Tu sais, j'ai pas vraiment le goût de m'en retourner chez eux. Je suis bien avec toi…

— Moi aussi, Dany! Moi aussi, je suis bien avec toi, mais c'est-ti bien sérieux de s'accoter drette bang de même?

— Je vois, je vois… Je vais les appeler.

Il était déçu et ça me faisait mal, mais je ne pouvais tout de même pas lui ouvrir ma porte tout de suite.

— J'y repense, a-t-il dit. Ça ne sert à rien de les appeler tout de suite. Le dimanche, ils montent à Jonquière. Ils vont sûrement repasser au restaurant en redescendant. T'auras qu'à m'appeler chez vous pour me dire quand ils seront là.

— D'accord, je t'appellerai chez nous. Sois pas fâché, mais je crois que c'est trop vite pour qu'on partage tout tout de suite. Tu ne crois pas?

— Oh! j'ai compris…

— Non, Dany, je vois bien à ta face que tu ne veux pas comprendre. Je vois bien que ça n'a pas l'air de te plaire. C'est pas contre toi que je fais ça, au contraire, c'est pour nous donner le temps qu'il nous faut.

Il a souri un peu et son visage s'est éclairé.

— Excuse-moi, a-t-il dit. Je t'avoue que sur le coup j'ai été un peu déçu, mais tu as raison, je comprends que c'est mieux comme ça.

Il a appelé plusieurs fois au cours de la journée pour me demander si je n'avais pas du nouveau, si je n'avais pas vu sa sœur. À chaque fois il terminait en me disant qu'il m'aimait et que je lui manquais.

— À moi aussi, Dany, tu me manques.

À minuit, nous n'avions pas de nouvelles de Jocelyne, mais au fond ça m'était devenu égal. Je me suis dépêchée de faire ma caisse et j'ai presque couru pour le rejoindre en me disant que malgré tout c'était vraiment bon d'avoir quelqu'un qui vous aime et qui vous attend à la maison.

En arrivant, j'ai quand même été un peu déçue, car au lieu de m'attendre impatiemment comme je l'avais supposé, il était étendu sur le sofa, profondément endormi.

Je n'ai pas tout perdu. J'en ai profité pour l'examiner tant que je voulais. Ça me faisait tout drôle de voir un homme étendu là, sur mon divan. Encore une fois il avait enlevé son gilet et déboutonné ses jeans. Je ne savais comment me retenir de poser mes mains sur lui, de le caresser et de glisser mes doigts dans l'ouverture de son zipper pour descendre là où ses jeans serrés laissaient deviner qu'il était équipé pour la grosse ouvrage. J'avais honte de mes pensées et plus j'avais honte, plus c'était excitant. Je ne me comprenais plus.

J'en étais là quand brusquement il a ouvert les yeux.

— Hein! tu es là…

Je me suis empressée de bafouiller que je venais tout juste d'arriver et lui ai demandé s'il avait bien dormi.

— Comme un enfant. Excuse-moi.

— De quoi donc?

— Ben de m'être endormi avant que tu arrives, mais, tu sais, c'est tellement confortable chez toi, tellement calme.

— Attends voir demain, ça va être beaucoup moins calme. Ce sont mes trois jours de repos et mon fils sera ici. Je profite toujours de toutes mes journées de congé pour les passer avec lui. Il s'ennuie, le pauvre, tout seul. Mais il faut aussi que je travaille, d'abord pour les sous, mais aussi je deviens folle si je ne fais rien.

— Est-ce qu'au moins tu t'es ennuyée de moi? a-t-il demandé en tendant les bras pour m'attraper.

— Pantoute…

— Ah non?

— Tu le sais bien, j'ai répondu en riant. Tu dois très bien te douter de ce que tu me fais.

— Non, qu'est-ce que je te fais?

— Tu me rends à moitié folle, voilà ce que tu me fais. Tu ne te rends pas compte de ce que tu me fais accepter. Voilà que tu es chez moi pour une seconde nuit et nous ne nous connaissons pas encore vraiment. Y a pas personne d'autre qui aurait pu me faire accepter ça.

Il m'a attirée davantage et je suis tombée sur lui. Je sentais trop nettement que je ne lui étais pas indifférente. J'ai protesté:

— Il faut que j'aille me doucher pis que j'aille me changer.

— Tu reviens vite?

— Bien sûr…

J'espérais que l'eau fraîche pourrait me calmer, mais rien du tout. En retournant dans le salon, je n'avais qu'une envie, c'était qu'il me prenne très, très fort contre lui.

Alors je me suis dit que nous nous connaissions assez, qu'il m'avait prouvé la nuit passée qu'il n'était pas un animal et qu'il pouvait me respecter, alors à quoi ça servirait de se faire souffrir plus longtemps?

Je me laissais aller et, il n'y a pas à dire, il savait y faire! Pour la première fois de ma vie, je comprenais enfin ce que voulait dire l'expression «brûler», puis le sens du mot «extase». Jusqu'à ce soir-là, j'étais toujours un peu restée sur l'idée qu'on faisait beaucoup trop d'histoires pour pas grand-chose à propos de l'amour. Dany me faisait découvrir que j'avais encore tout à apprendre. Il allait chercher au fond de moi des sensations inconnues. Pour la première fois j'ai su ce que c'était que de décoller. Pas seulement un titillement du nerf de la jouissance, mais un véritable vol. Jamais je n'aurais cru que l'on puisse jouir autant.

Un peu plus tard, dans l'obscurité silencieuse de la chambre, sentant son corps encore humide contre ma hanche, je me demandais pourquoi tout ce bonheur m'arrivait tout d'un coup. Je me demandais pourquoi Dany m'avait choisie, moi, ce que j'avais que d'autres, sans doute beaucoup mieux, n'avaient pas. Ce gars-là était un véritable bijou. Était-il possible qu'il soit vraiment pour moi? Il m'apportait tout ce que je n'avais jamais eu : la tendresse, l'attention, l'affection et même la jouissance, dont j'avais fini par croire que c'était juste une invention pour faire rêver dans les films. C'était le paradis! Le bon Dieu venait de se pencher sur moi et, malgré tout le respect que je Lui porte, je trouvais que ça Lui avait pris du temps.

J'ai toujours voulu une guitare

Le lendemain matin, il dormait encore quand je me suis levée. Je me suis habillée en silence, heureuse, goûtant même à la beauté du rayon de soleil qui passait sous le rideau. Était-il possible que le monde ait changé?

Avant de sortir, j'ai toutefois réveillé Dany et l'ai prévenu que j'allais chercher mon fils et que, même si celui-ci n'était encore qu'un petit garçon, je préférais qu'il soit levé et habillé lorsque je reviendrais.

En voyant Dany, David a tout de suite eu un peu peur de lui.

— Ben voyons, David, il ne te mangera pas!

— C'est une police! C'est une police, pleurnichait mon fils.

— Mais non ce n'est pas une police. Pourquoi tu dis ça?

— Il a les cheveux courts, comme une police. C'est une police!

Dany riait un peu. Il s'est approché et s'est agenouillé devant mon garçon.

— Tu n'aimes pas les polices? lui a-t-il demandé.

— Non!

— Ben je vais te dire un secret: je les aime pas gros non plus. Tu sais, c'est pas parce qu'on a les cheveux courts qu'on est policier.

— Alors c'est vrai, t'es pas une police? Qu'est-ce que t'es d'abord?

C'est moi qui lui ai répondu que Dany était mon ami, un très bon ami, et que sans doute il allait maintenant le voir souvent. Et, comme David insistait sur ce que faisait Dany, je lui ai dit qu'il était musicien. Dany a eu l'air surpris et heureux et il a approuvé:

— C'est ça, je suis un musicien.

— Si t'es un musicien pour vrai, où est-ce qu'elle est ta musique?

— À Québec, j'ai laissé ma guitare à Québec.

Ce qui a eu l'air d'impressionner David et il a fait un beau grand sourire à Dany. J'étais aux anges.

Un peu plus tard, ma sœur est arrivée avec son mari et je leur ai présenté Dany. D'abord ils ont eu l'air surpris, puis ils ont dû voir que Dany et moi avions l'air vraiment amoureux; l'atmosphère s'est détendue et nous avons commencé à plaisanter. De nouveau la conversation est revenue sur la musique et tout à coup j'ai eu l'idée de m'acheter une guitare. Il y avait longtemps que je projetais d'en avoir une, ça avait toujours été un rêve, mais ce jour-là je me suis dit que c'était l'occasion. Je me disais qu'en attendant que Dany retourne à Québec chercher la sienne, je pourrais lui prêter la mienne et qu'en plus il pourrait m'apprendre à en jouer.

En annonçant mon intention, j'ai vu tout de suite à quel point ça faisait plaisir à Dany, et mon beau-frère a proposé de nous emmener en voiture.

C'est comme ça que nous sommes partis tous les cinq sur la route d'Albanel pour acheter une guitare. Dans le magasin, j'avais imaginé que Dany m'aiderait à choisir celle qu'il me fallait, mais ça ne s'est pas exactement passé comme ça.

En entrant, il a tout de suite annoncé au vendeur qu'il venait pour une guitare. Sur le coup, je n'y ai pas fait trop attention. Je me suis dit que, puisque c'est lui qui s'y connaissait, le vendeur n'essaierait pas de lui repasser n'importe quoi. Mais à mesure que le vendeur montrait ses modèles, à aucun moment il n'a été question que la guitare soit pour moi, pas davantage qu'elle puisse ou non me convenir. Une fois, j'ai bien essayé de dire que des cordes en nylon, ce serait peut-être moins dur pour mes doigts, mais aussitôt il a balayé cette idée en disant que ce n'était pas du tout professionnel. Finalement, il est tombé en arrêt sur la plus dispendieuse et c'est sur celle-là qu'il n'a pas cessé de poser des questions au vendeur. Je m'apprêtais à dire qu'il y en avait sans doute de presque aussi bonnes à beaucoup moins cher, mais, avant que je puisse dire un mot, il a déclaré :

— C'est bon, je prends celle-là. Elle va vous faire un chèque.

Trop surprise, je n'ai pas dit un mot. J'ai sorti le carnet de chèques et j'ai payé une guitare que je n'aurais jamais songé à m'acheter toute seule. Je ne savais pas du tout comment je devais prendre ça. Pourquoi avait-il dit « je prends » sans seulement me demander si elle me plaisait? Pensait-il que parce que quelque chose lui plaisait c'était obligatoire qu'elle me plaise? J'aurais bien voulu lui en parler tout de suite, mais je ne voulais pas donner une mauvaise impression sur lui à ma sœur et à mon beau-frère.

Cela dit, ils avaient un drôle d'air en sortant du magasin. Je voyais bien qu'il y avait quelque chose qui ne passait pas et que donc je ne me faisais pas des idées. Le vendeur cherchait la boîte de la guitare. J'ai dit à Dany qu'on allait l'attendre dans l'auto.

À peine la porte refermée, ma sœur m'a demandé:

— C'est qui, ce gars-là?

— C'est Dany, et trompe-toi pas, on s'aime.

— Toi, tu l'aimes, tu veux dire! Mais lui, d'après ce que je viens de voir, c'est ton argent qu'il aime. J'ai encore jamais vu ça! Non mais, t'as vu! «Je la prends, elle va vous faire un chèque.» C'est pas croyable! Faut avoir du front tout le tour de la tête, c'est pas possible! Réveille-toi, Élisa, ce type-là sait qu'il s'est vendu pas mal de tes livres. Il doit s'imaginer que t'es pleine à craquer et il en veut à tes sous.

— Tu te trompes, il ne sait rien sur moi. Je ne lui ai rien dit sur les livres.

— T'as pas besoin de rien dire. Tout le monde sait que ça s'est vendu partout dans la province. Crois-tu que t'es une inconnue?

— J'en sais rien… Mais je commence à le connaître. Je t'assure que c'est un gars bien. Je ne sais pas ce qui s'est passé, je me suis peut-être mal expliquée, ou il a sans doute cru que la guitare était pour lui.

— Si c'était ça, il aurait au moins fallu qu'il te dise merci, et puis il n'aurait pas pris la plus chère de la boutique. Un gars bien, comme tu dis, aurait dit que la moins chère était en masse suffisante pour lui.

— Oui, mais c'est pas pareil: lui c'est un vrai

musicien; il ne peut pas prendre n'importe quoi. Il faut voir la situation comme il la voit.

— J'ai l'impression qu'il la voit trop bien, la situation... En tout cas, moi, ce que je t'en dis, c'est pour toi, c'est à toi les oreilles... Simplement, fais attention, moi, ce type-là ne me plaît pas.

Dany est arrivé avec la guitare, heureux comme un roi. À croire vraiment que la guitare était pour lui. Il nous a expliqué qu'il valait mieux mettre plus cher et avoir de la qualité, que ça ne servait à rien de dépenser de l'argent pour un instrument qui n'aurait pas un beau son. Ma sœur lui a quand même dit que cette guitare-là était vraiment dispendieuse, mais il a haussé les épaules et a dit qu'il y en avait de bien plus chères que ça dans les vrais magasins de musique à Québec. J'ai failli lui dire qu'à ce prix-là, on aurait été mieux d'aller à Québec acheter une vraie guitare.

De retour à la maison, il s'est tout de suite installé sur un bras du divan et, en jouant, il a commencé à chanter une toune de Patrick Norman. Il chantait vraiment bien et cela détendait l'atmosphère.

Je ne comprenais pas ce qui s'était passé; je ne pouvais pas imaginer que l'homme qui m'avait rendue si heureuse durant la nuit puisse être tel que ma sœur l'avait prétendu. Il avait dû y avoir une incompréhension des deux côtés. Mais ça paraissait les rassurer un peu qu'il chante et joue aussi bien. Je voulais oublier cette affaire. Je souhaitais que tout s'arrange et je voulais qu'ils l'aiment, qu'ils soient heureux de me voir avec lui.

Nous avons soupé ensemble et tout semblait s'être arrangé. Après le repas, nous avons même décidé d'aller prendre le café au restaurant. David était ravi, car il allait pouvoir se coucher un peu plus tard.

C'était Sara qui me remplaçait sur le shift, une vraie belle fille avec tout ce qu'il faut partout où il faut, et je regrettais presque d'être venue au restaurant, car il était visible que Dany n'était pas insensible à ses charmes. Il n'arrêtait pas de faire le spirituel. C'était clair qu'il faisait le beau. Ma sœur m'a regardée et j'ai haussé les épaules. Après tout Sara était vraiment belle; c'était normal qu'un gars tourne un peu autour. N'importe qui l'aurait fait. Et puis j'avais confiance en Dany. Il avait le droit de parler aux femmes, quand même. Je n'allais pas faire la jalouse. Ç'aurait été le meilleur moyen de le perdre.

Puis ma sœur et son mari sont rentrés, car il commençait à être tard. Nous restions tous les trois, mon fils, Dany et moi. Je n'y avais plus repensé, mais la question se posait de nouveau: est-ce que Dany allait revenir chez moi pour la nuit? Je lui ai demandé franchement:

— Qu'est-ce que tu veux faire ce soir? Est-ce que tu retournes chez Jocelyne?

— Tu sais bien que je préfère rester avec toi, Élisa. Mais c'est sûr que c'est toi qui décides…

— Je ne sais pas quoi te dire, Dany. D'un côté je veux que tu reviennes, je n'ai vraiment plus le goût de rester seule; d'un autre côté je me demande si tout ça, c'est pas un peu vite…

— On sait qu'on s'aime, non? Combien de temps tu crois qu'il faudrait qu'on attende?

— Je ne sais pas, Dany. Je crois qu'à un moment on sait si c'est correct ou non.

— Alors tu veux que je retourne chez Jocelyne, c'est ça?

— Non, j'ai pas dit ça… Tu sais, je m'ennuie un peu toute seule chez nous. J'ai pas d'amie de femme qui vient prendre un café. Ma sœur quelquefois, c'est tout. Même David, il n'a pas encore de petit copain qui vienne jouer à la maison. C'est plate…

— C'est plate pour moi aussi, Élisa, alors pourquoi toujours remettre à plus tard, si on peut être heureux tout de suite? Tu n'étais pas bien dans mes bras cette nuit?

— Bien sûr!

— Eh ben, tu vois…

— Tu as raison : t'as qu'à venir à la maison, ce sera mieux comme ça… Mais avant, il y a une chose qu'il ne faut pas que tu oublies, Dany. Il faut que tu saches que c'est chez moi que tu viens. On est d'accord là-dessus? C'est pas encore chez nous, c'est chez moi.

— J'ai jamais pensé autrement.

C'est comme ça que nous sommes repartis tous les trois vers le loyer. En chemin, je me disais que nous formions une belle petite famille.

En attendant le chèque de chômage

Dany s'est installé et les jours ont commencé à se ressembler. Il ne faisait pas de mal, il ne prenait pas un coup, mais il avait dit vrai : il était drogué par les films. Quand il ne dormait pas, il écoutait Super Écran. Il était dans le loyer, mais il n'était pas avec moi. Quand je rentrais le soir, il était devant la télé. Il me faisait parfois un salut de la main, puis c'était tout. Je me couchais toute seule et je m'endormais en entendant la télé dans le salon.

Est-ce que c'était déjà fini, la passion? Tout était venu si vite. J'avais l'impression que c'était reparti encore plus vite. Au travail, j'étais préoccupée par lui. Maintenant j'avais un peu l'impression d'avoir un grand enfant gâté à la maison. J'avais cru rencontrer un homme et je me retrouvais avec un grand garçon. En tout cas, c'était l'effet que ça me faisait. Est-ce que j'étais juste bonne à lui offrir un toit et à lui faire à manger? C'était tellement déprimant que je chassais ces idées et me disais que lorsqu'il aurait vu un certain nombre de films et qu'il serait enfin reposé, j'allais retrouver le Dany que j'avais connu. Après tout il l'avait dit : il était revenu au Lac pour se remettre de la vie qu'il avait eue à Québec pendant près de deux ans. Ça pouvait prendre plusieurs semaines avant qu'il récupère. Je n'avais pas le droit d'être exigeante. Est-ce que je n'avais pas le plus beau gars de la paroisse sous mon toit?

Un après-midi où j'étais justement avec lui au loyer, il s'est tout à coup levé de devant la télé, il s'est étiré longuement et il a dit qu'il allait faire un tour pour prendre l'air. Une demi-heure plus tard, il était de retour, tout fringant, et en entrant il est tout de suite venu me prendre dans ses bras. « Ça y est! je me suis dit. Il s'est enfin réveillé. »

— Devine quoi, il m'a dit.

— Non, quoi?

— Je viens d'aller magasiner. Comme j'ai laissé tout mon linge à Québec, j'ai été en acheter du neuf. Le type ne me connaissait pas, alors j'ai tout fait mettre de côté à ton nom.

— À mon nom! Mais tu ne me l'avais pas demandé, Dany!

— Je sais bien, mais le linge était choisi et il voulait pas me faire confiance, comme je t'ai dit. J'avais pas le choix.

— Là, je trouve que tu y vas fort pas mal… Tu te sers de moi.

— C'est juste un prêt que je te demande, Élisa. J'ai besoin d'aide. J'ai plus rien à me mettre sur le dos. Chus pas mal écœuré de ce que je porte. J'ose même plus sortir d'icitte. De toute façon, je te rembourse dès que je touche mon chômage. T'as confiance en moi tout de même?

— Je trouve quand même que tu aurais pu me le demander avant. En tout cas, je vais te faire le chèque… C'est vrai que t'as rien que ce que tu portes et qu'une paire de bobettes, c'est pas assez dans la vie d'un homme. De combien t'as besoin?

— Trois cent vingt-cinq piastres. Chus tombé sur une vente.

— Trois cent vingt-cinq piastres! Quelle sorte de vente c'est ça? T'as dû prendre tout ce qu'il y avait dans la boutique. Une paire de jeans, un gilet pis des bobettes, ça peut pas coûter autant. Chez qui t'as été? C'est pas chez Liquidon certain.

— Je me suis aussi acheté des bottes. Mes espadrilles sont finies. Tu vas voir, des super bottes de cow-boy…

Je lui ai fait le chèque, mais je n'aimais pas ça. J'avais vraiment l'impression qu'il me forçait la main. Il m'a donné toutes sortes de noms agréables lorsque je lui ai tendu le chèque. Cela m'a un peu remise d'aplomb.

— Pis ça prendra pas de temps que je vais te rembourser, a-t-il ajouté. Comme c'est là, le chômage me doit déjà deux chèques.

— J'espère…

— Inquiète-toi pas. Mon nom est bon partout où je suis passé. Ici chus pas encore connu, mais tu vas voir, ce sera pas long que je vais me faire un nom.

— O.K., j'ai confiance. Tiens, si tu veux me remercier, viens donc prendre un café avec moi au restaurant.

À ma plus grande surprise, il a secoué négativement la tête.

— Non, Élisa, je ne veux pas sortir avec toi tant que j'aurai pas d'argent. Quelle impression tu crois que ça me fait quand c'est toi qui es obligée de payer mon café? Non, je sortirai quand c'est moi qui pourrai payer.

— Mais ça m'est égal de t'offrir un café. Ça me fait plaisir.

— Moi, ça me met mal à l'aise. Si tu veux vraiment que j'aille prendre un café avec toi, prête-moi cinquante piastres, je te les remettrai avec l'argent du linge.

Je n'ai pas discuté. C'est vrai que ça ne devait pas être drôle sans une cenne dans les poches. David, lui et moi, on est partis, heureux, prendre le fameux café.

Mais à peine au restaurant, il m'a dit qu'il venait tout juste de repenser qu'il fallait qu'il aille parler à un copain au sujet d'une petite job.

— Quel copain?

— Tu le connais pas. Je te laisse un peu avec Sara et je reviens tout de suite.

Le tout de suite a duré plus de deux heures. David commençait à être fatigué et, pour corser l'affaire, Sara me racontait combien son chum à elle était attentionné, affectueux et comme il lui apportait sans arrêt des petits cadeaux. Moi, j'avais rien à dire, ou alors il aurait fallu inventer. Je ne pouvais même pas me plaindre; de quoi j'aurais eu l'air si j'avais dit à Sara que Dany préférait Super Écran à sa blonde?

J'étais à bout de nerfs lorsqu'il est revenu. Je m'étais promis de le mettre en face de son comportement et de lui dire ses vérités. Pourtant, je ne lui ai fait aucun reproche. En le voyant, j'ai soudain eu peur de le perdre. Je le regardais et je trouvais qu'il avait l'air un peu bizarre. Je l'ai embrassé, mais il ne sentait pas la robine.

— Qu'est-ce que tu as? je lui ai demandé. Tu parais un peu drôle.

— Rien, j'ai rien pantoute. Je suis juste un peu fatigué, c'est tout.

Je me demandais bien de quoi il pouvait être

fatigué, mais je ne l'ai pas questionné. J'avais sûrement peur d'apprendre des choses que je voulais ignorer. Il n'avait pas pris un coup et, pour moi, c'était le principal.

La fin des illusions

Le lendemain matin, j'ai pris l'autobus pour reconduire David chez ma sœur. Rendue chez elle, nous avons décidé toutes les deux de consacrer la journée à magasiner et je ne suis revenue chez moi qu'en soirée. J'appelai Dany en entrant, mais pas de réponse. Je me suis dit qu'il avait dû sortir. Mais, en passant dans le salon, je l'aperçois étendu sur le divan, un pied sur l'accoudoir, l'autre par terre, pas déchaussé, débraillé et dégageant une odeur qui ne me laisse aucun doute : il a bu!

J'ai essayé de le secouer, mais je n'arrivai à lui tirer que quelques grognements. J'avais l'impression que tout s'écroulait autour de moi, comme dans les films où l'on voit tous les murs qui s'effondrent autour des gens sans qu'ils arrivent à se sauver. La seule différence était que si moi je n'avais pas peur, par contre ça me faisait très mal.

Je m'énervais et commençais à voir rouge. Qu'est-ce que c'était que toutes ces belles histoires qu'il m'avait racontées? Un menteur! C'était un menteur et un lâche! Et il se vautrait chez moi comme s'il était chez lui.

Je le secouai plus fort en hurlant :

— Réveille-toé et ça presse. T'es un bel écœurant! Réveille-toé que j'te dis. Tu te lèves de sur mon divan et tu sapres ton camp d'icitte. Des gars comme toé, j'en veux pas! Tu m'as-ti compris?

Il a ouvert des yeux vitreux, m'a regardée méchamment puis il s'est redressé en grimaçant.

— Qu'est-ce que t'as à brailler de même? Ôte-toé de là, ma crisse de face, ou je t'étripe! Ôte-toé d'icitte que je te dis, viarge de sans-génie!

Ses poings étaient serrés, ses yeux voulaient sortir de leurs orbites, tout son visage n'était que de la haine. J'avais vu ça trop souvent et j'ai eu peur. La vieille peur refaisait surface. Quelqu'un voulait me faire du mal. Pour la première fois depuis longtemps, je sentais de nouveau sur moi le poids énorme de l'ombre d'Arthur. Des images me traversaient l'esprit. Le rire méchant d'Arthur, son regard jaune lorsque... Non! ça n'existait plus, il ne fallait plus que tout cela existe, jamais! Dany et Arthur, ce n'était pas pareil! Pourtant la peur était bien là, de nouveau...

J'essayais de ne pas le laisser paraître. Bizarrement aussi, je me disais qu'il fallait empêcher que cette chicane aille trop loin si je voulais récupérer l'argent que je lui avais prêté. Ça n'avait aucun rapport avec la situation, je le savais, mais j'y pensais. C'est peut-être ça qui m'aidait à surmonter ma peur. Il avait l'air tellement enragé que je me voyais déjà faisant la première page d'*Allô Police* avec une grande photo couleur me représentant toute désarticulée au milieu de mon salon. J'essayais de le calmer:

— T'as pris un coup, Dany. Tu veux-ti que je te fasse chauffer quelque chose à manger? Veux-tu de la pizza?

Il a ouvert tout grand la bouche comme pour crier. Je commençais déjà à rentrer la tête dans les épaules et soudain il a eu l'air complètement ahuri, comme s'il venait de se retrouver dans un lieu inconnu.

— Heu... Excuse-moé, je crois ben que la boisson me rend fou. Je sais pas ce qui s'est passé...

— Il s'est passé que t'as bu après avoir dit que t'avais arrêté. En veux-tu, de la pizza?

J'avais peut-être repris le dessus trop vite. Il redevenait mauvais.

— Je préfère un six-pack.

— Détrompe-toi, Dany, y rentrera pas une goutte de boisson icitte, juste de la liqueur. Si t'as encore le goût d'en prendre, tu vas ailleurs. Des ivrognes, je te l'ai dit, j'en veux pas chez moi, O.K.?

— Va chier, crisse de fatigante. Calle-toé-la, ta pizza, pis ta maudite liqueur, pis ton ostie de morale avec.

Puis, comme si tout ça était normal, il s'est recouché sur le divan et s'est rendormi aussitôt.

Moi, je pleurais. Je me disais que j'avais encore fait une gaffe en faisant confiance à quelqu'un. Il m'avait fait le grand jeu de l'amour et moi, niaiseuse, j'y avais cru.

Avoir continué à penser comme ça, peut-être qu'au matin j'aurais eu le courage de le mettre dehors, quitte à perdre l'argent que je lui avais prêté, mais il s'est réveillé au milieu de la nuit et, de nouveau comme avant, il est venu me trouver dans la chambre.

— Excuse-moi, qu'il m'a dit, je sais pas ce qui m'a pris.

Cette fois je ne lui ai pas dit qu'il avait été lâche, je lui ai seulement raconté que toute ma vie avait été gâchée par deux choses : une mère qui ne m'aimait pas et la boisson. Pour ma mère, je ne pouvais pas faire grand-chose, mais, pour la boisson, il me semblait normal de ne pas vouloir en tolérer une goutte chez moi. C'était à lui de choisir, la boisson ou moi. Et s'il me choisissait, qu'il tienne sa parole. Est-ce qu'il ne m'avait pas dit que sa parole était bonne? Est-ce qu'il ne pouvait pas prendre une résolution et s'y tenir?

— Je vais essayer, m'a-t-il dit.

— Faut pas juste essayer, faut réussir.

— Je vais réussir, d'abord.

Des jours ont passé et tout était rentré dans l'ordre, c'est-à-dire le travail, le ménage et la cuisine pour moi, et Super Écran pour Dany. J'essayais de me contenter de ce que j'avais. Après tout, quelquefois, il m'apportait un peu d'affection et c'était mieux que rien. Un après-midi que je travaillais au restaurant, il est arrivé et c'était visible qu'il avait un petit coup dans le nez.

— Tu en as encore pris, Dany?

— Juste une. Une ou deux…

— Tu m'avais dit que…

— Qu'est-ce que je t'ai dit, maudite marde? J'ai dit que je prendrais plus de brosse. Est-ce que j'ai l'air d'avoir pris une brosse? J'en ai-tu l'air?

— Choque-toi pas de même. Je pensais juste que t'avais dit que t'en prendrais plus pantoute. Quand on aime ça, la boisson, pis qu'on veut plus en prendre, il me semble qu'on en prend pas pantoute.

Il s'est mis à frapper sur le comptoir et à hurler qu'il prendrait ce qu'il voudrait quand ça lui plairait, que c'était pas «une crisse de fendue» qui allait lui dire comment vivre. Même Claudia, qui travaillait avec moi, a eu l'air d'avoir peur.

— Il est après virer fou, m'a-t-elle dit à voix basse. Je vais appeler Jocelyne qu'elle vienne s'occuper de lui. Il va tout casser icitte s'il continue de même, pis c'est sur ton dos que ça retomberait.

— Qu'est-ce que vous êtes en train de bavasser dans mon dos? a-t-il hurlé.

Puis, s'adressant à Claudia:

— Eille! toé, la poudrée, prends-moé pas pour un cave, je vois bien que tu bavasses contre moé! Je m'en vas te la fermer, ta maudite grand-gueule.

Claudia avait peur, mais elle faisait face.

— Essaye un peu de me toucher, mon espèce de…

Il l'a regardée comme si elle arrivait d'une autre planète. Il voulait dire quelque chose, mais les mots n'arrivaient plus à sortir. Puis il s'est mis à se bourrer lui-même de coups de poing. Je ne savais plus quoi faire. D'une part, je lui en voulais, mais, de l'autre, je me disais qu'il devait vraiment souffrir de lui-même pour se frapper comme il le faisait.

Je me suis approchée et j'ai voulu l'empêcher de continuer à se frapper. Il m'a regardée, les yeux fous, et ça m'a vraiment fait pitié. J'avais plus mal pour lui que pour moi.

— Arrête ça, Dany. Arrête de te faire du mal de même.

Quand Jocelyne est arrivée, il s'est mis à chialer comme un enfant. Je me sentais presque coupable. Il était bien loin, le beau mystérieux que j'avais vu assis, tranquille, devant sa liqueur. Que s'était-il produit depuis si peu de temps?

Dans les jours qui ont suivi, Bruno est passé par le restaurant et on s'est mis à parler des ravages de l'alcool. C'est ainsi qu'il m'a appris que Jocelyne avait le même problème et que ça lui faisait mal à lui aussi.

— Toi, tu n'en prends pas? je lui ai demandé.

Il a eu l'air vraiment gêné, comme si je lui avais demandé s'il était impuissant ou quelque chose du genre.

— J'ai dit quelque chose qui ne fallait pas, Bruno?

— Oh! rien, c'est juste que… Tu sais, moi aussi j'en ai pris, et pendant des années à part ça. L'enfer, c'était l'enfer. J'étais devenu fou.

— Et tu dis que Jocelyne a ce problème-là, elle aussi?

— Elle a le problème, mais elle n'en prend pas tant que ça. Une fois ou l'autre elle va s'oublier et prendre une brosse, mais la plupart du temps elle sait résister à la tentation.

Je réalisai que c'était comme ça pour Dany. Je

me suis dit que je lui en demandais peut-être beaucoup tout d'un coup, que je n'avais pas su voir les efforts qu'il faisait chaque jour pour ne pas en prendre et que je ne voyais que ses faiblesses. Il était peut-être inévitable qu'il prenne une brosse de temps en temps, comme une soupape de sécurité. J'ai dit cela à Bruno qui a fait oui de la tête mais a ajouté que lorsqu'on est alcoolique il est important de s'arrêter complètement, sinon on ne sait jamais quand est-ce qu'on retombera pour de bon dans son vice.

— Tu as l'air de connaître ça…

— Si tu savais tout ce que j'ai perdu à cause de la boisson… Pendant une grande secousse, je n'ai même pas pu faire mon métier.

— Vendre des assurances?

— Oui. J'aime ça, ce métier-là. Tu rencontres un tas de gens et ça remplit bien les journées. Mais dis-moi, Élisa, tu prends jamais un coup, toi?

— Il y a longtemps que j'ai fait mon choix. Oh, c'est pas que j'aime pas ça. Si je me laissais aller, le marteau et la crème de menthe, je déteste pas ça… Je crois même que je dois être alcoolique dans le sang. Je te jure qu'il y a des fois où je dois faire un effort pour ne pas me laisser aller, mais dans la vie il faut faire un choix. Je voudrais bien que Dany fasse ce choix-là une bonne fois.

— Je t'avais prévenue, tu ne peux pas dire le contraire.

— C'est vrai.

— Mais dans l'ensemble tu peux te compter chanceuse: il fait vraiment des efforts; ça pourrait être bien pire…

— Tu as raison, Bruno, il y a des hauts et des bas dans la vie, et il faut savoir prendre les bas, même si des fois c'est difficile en chien. Faut pas baisser les bras.

Toutes les illusions ne sont pas perdues

Je ne sais pas ce qui s'est passé dans sa tête après cette scène qu'il avait faite au restaurant, mais, brusquement, Dany est redevenu comme aux premiers jours. De nouveau il me donnait de l'affection et me disait plein de petits mots doux. Il écoutait bien toujours Super Écran jusqu'à quatre ou cinq heures du matin, mais, chaque fois que j'arrivais, chaque fois qu'il venait se coucher, il ne manquait pas de me donner au moins un bec.

Et moi, au fond, c'est tout ce que je demandais.

Un jour, il a proposé qu'on aille passer une journée et la nuit chez sa sœur. Ça ne me tentait pas tellement, car je suis mal à l'aise lorsqu'il faut coucher chez les autres. Mais il m'a dit qu'il s'ennuyait d'elle un peu et que ce serait agréable de se retrouver ensemble, comme une famille. C'est comme ça que nous sommes partis dans le petit village de Jocelyne.

Nous avons fait de la popote toute la journée, le soir on a jasé tard, puis Dany et Bruno se sont mis à chanter et à jouer de la guitare. On était tellement bien que finalement on a passé la nuit debout sans s'en rendre compte.

J'aimais la paix qui régnait dans ce petit village. Dehors ça sentait si bon, à croire que tous les arbres et toutes les plantes s'entendaient pour donner un concert de parfums dans la nuit. Je suis allée m'étendre dans l'herbe. Le ciel était plein d'étoiles, je pensais à ces distances inimaginables qui nous séparent d'elles, tout était si grand, si vaste. Comment pouvait-on parfois se créer autant de soucis avec de si petites choses alors qu'il y avait tant de beauté dans tout l'univers? Mais là, j'étais parfaitement bien. La bouche ouverte, je prenais de grandes bouffées de la nuit, j'avais l'impression qu'elle me nettoyait tout le dedans, que mon esprit était tout léger et que, si j'avais osé, il aurait pu aller danser là-haut avec les étoiles.

Dany est venu me rejoindre et il m'a pris la main.

— On est bien, m'a-t-il dit. Maintenant, je te le promets, toute la vie sera comme ça. On va s'arranger pour être heureux. Dans le fond, tu vois, c'est pas difficile : un peu de musique, des gens qu'on aime et de l'amour, tout le reste est là, autour de nous.

Puis il s'est redressé au-dessus de moi et m'a embrassée. C'était comme un premier baiser.

Le conte de fées a continué dans les jours qui ont suivi. Tout était redevenu comme aux premiers temps. Il n'arrêtait pas de m'embrasser chaque fois que l'occasion se présentait. Il me répétait souvent qu'il avait besoin de mon amour et moi, à chaque fois, je me persuadais que je l'aimais un peu plus.

Je recevais ce qui m'avait tant manqué et, en retour de toute cette affection, de toute cette tendresse, j'étais aux petits soins pour lui. Je confectionnais des plats spéciaux, je tenais la maison propre, propre, propre, je faisais en sorte de lui donner tout ce qu'il voulait, y compris de l'argent. Il ne se passait pas deux jours sans que je lui donne un vingt, un cinquante et même parfois un cent. Même si je me doutais bien qu'il devait y avoir de la drogue et de la boisson là-dessous, je ne voulais pas savoir ce qu'il en faisait. La réalité fait parfois trop mal et, je ne sais pas si c'est à cause de l'enfance que j'ai eue, je m'arrange toujours pour éviter de penser à ce qui peut faire souffrir. Peut-être est-ce que je devrais essayer de corriger cette façon de contourner la réalité! Ça m'éviterait sans doute justement d'avoir mal.

Michelle, treize ans et des connaissances

Les jours où je ne travaillais pas, j'ai fini par remarquer qu'il s'absentait toujours quinze ou vingt minutes; à chaque fois il disait que c'était pour faire une commission pour quelqu'un, déménager un meuble, voir un ami, n'importe quoi. Un après-midi, sortie après lui, je l'ai vu en compagnie d'une toute jeune fille.

— Élisa, je te présente une amie, Michelle. C'est la fille de mon meilleur copain. Elle voulait te connaître parce qu'elle garde les enfants et elle s'est dit que si des fois tu cherchais quelqu'un pour garder David…

— On verra, si j'ai besoin…

— Mais qu'est-ce que tu as? C'est la fille de mon grand chum Joël, le seul qui vient me rendre visite…

— Enchantée, Michelle. Si jamais j'ai besoin, je t'appelle.

J'avais été surprise de les voir ensemble, apparemment si bons amis; ça devait se voir et j'avais un peu l'impression qu'ils avaient inventé cette histoire de gardienne pour faire taire mes soupçons. Elle est revenue souvent en compagnie de Dany. Je n'en revenais pas de ce que savait cette fille. La vie, les goûts et les habitudes de chacun en ville, le connu et l'inconnu. Je trouvais ça épouvantable qu'une fille de son âge puisse en savoir autant. Il y avait même des sujets où elle en savait plus que moi et dont je n'oserais pas parler. Elle écoutait tout, savait tout sur la boisson, la drogue, les effets de chaque alcool, de chaque drogue. Elle ne pouvait pas parler sans glisser un sacre dans chaque phrase; si on lui disait quelque chose qui lui déplaisait, elle nous insultait et il fallait toujours faire selon ses caprices, sinon elle était toujours prête à dévoiler un secret appris on ne savait jamais comment. À côté de ça, c'est elle qui faisait la mère pour sa petite sœur.

Rapidement, j'ai arrêté de lui parler, car je savais que, d'une manière ou d'une autre, ça me retomberait sur le nez. C'était ainsi pour tous les autres. Cela n'empêchait pas que je la voyais de plus en plus souvent. Elle venait même au restaurant à présent, elle écoutait tout ce qui se racontait. Les autres disaient avoir pitié, mais je commençais à trouver que ce n'était pas lui rendre service que de la laisser pousser comme une mauvaise herbe. Au bout de quelque temps, elle a pris l'habitude de se coller sur tous les hommes qui passaient. Dany aussi y avait droit, et des minouchages par-ci et des je-m'assois-sur-tes-genoux, ben collés, par-là. Un jour qu'elle était sur ses genoux, elle m'a regardée, elle a souri comme un vrai petit démon et, d'une voix innocente, elle a dit:

— C'est quoi, ça, Dany, que je sens qui grouille sous mes fesses?

J'étais en beau fusil.

Rapidement, elle s'est aperçue que je n'étais pas aussi coulante que les autres et elle a entrepris de me provoquer.

— Je sais plus de choses sur Dany que toi tu peux en savoir, m'a-t-elle dit un jour. Tu serais vraiment surprise…

— Ah oui?

— Ça ne t'intéresse pas de savoir?

— Non.

— Je vais quand même te dire, il y a beaucoup de femmes qui tournent autour. Il ne les laisse pas indifférentes. Tu devrais voir ça quand tu n'es pas là… Et le pire, c'est que je crois qu'il déteste pas ça… Moi, à ta place…

Je savais bien que c'était pour me provoquer. Elle espérait toujours qu'à un moment j'allais craquer, et c'est vrai qu'il fallait parfois que je prenne vraiment sur moi pour ne pas m'emporter.

En visite un jour chez Jocelyne, à ma grande surprise, je m'aperçois qu'elle est là avec son père, Joël. Pendant que je parlais dans la cuisine avec Jocelyne, je les vois descendre vers le sous-sol avec Dany. J'aurais bien voulu aller voir ce qui s'y passait, mais Jocelyne s'était lancée dans une grande conversation et c'était impossible de la quitter comme ça. Chaque fois que je faisais un pas vers l'escalier, elle se déplaçait au fur et à mesure, comme pour me barrer le passage.

Lorsque Dany est remonté, je lui ai demandé ce qu'il y avait d'intéressant en bas et il m'a parlé d'une histoire de dessins qu'ils avaient cherchés mais qui n'étaient pas là.

Il se passait des choses dont on ne me disait rien, des choses desquelles j'étais tenue à l'écart par mon propre chum. C'était difficile à avaler.

C'est là, malgré toute l'horreur que ça m'inspirait, que j'ai commencé à me demander si Dany ne faisait pas des cochonneries avec Michelle. Ce que je ne comprenais pas, c'est ce que Joël, le père de la jeune, faisait dans tout ça.

Mon imagination s'emportait et j'étais tellement écœurée que je songeais à quitter Dany sur-le-champ. Il a dû remarquer que je n'étais pas dans les meilleures dispositions à son égard; il m'a demandé ce qui n'allait pas.

— Tu le sais parfaitement ce qui ne va pas, je lui ai répondu.

— Quoi? Qu'est-ce que j'ai fait encore?

— Qu'est-ce que tu faisais en bas?

— Je crois que je ne t'aime pas assez, m'a-t-il dit sans vraiment répondre à ma question, mais avec un air si triste que ça m'a déboussolée. Je ne suis pas digne d'être avec toi, Élisa.

— Qu'est-ce que tu veux dire?

— Je ne dois pas t'aimer assez…

— Pourquoi tu dis ça, Dany? C'est moi qui ai fait quelque chose? Je n'aime pas te voir comme ça.

— Je me fais simplement du souci pour toi. J'ai l'impression que tu n'es plus aussi heureuse avec moi.

Il avait renversé la situation et je ne m'en rendais pas compte. Je lui donnai des explications:

— J'ai l'impression que tu me caches des affaires, Dany. Je ne comprends pas ce que tu fais tout le temps avec Michelle.

— Michelle! Mais voyons, c'est une petite fille qui a beaucoup souffert. Elle me parle de sa vie et je l'écoute. C'est tout ce que je peux faire pour elle.

Je me demandais pourquoi alors il s'entendait si bien avec Joël. Dans le fond, c'était de sa faute si sa fille souffrait, comme Dany le prétendait. Comment pouvait-il être ami avec un type qui laisse souffrir sa fille?

De nouveau une voix m'a dit que je serais mieux de le laisser tomber, mais, sans doute parce que je n'en avais pas le courage, une autre voix m'a dit que je ne pouvais pas le quitter maintenant puisqu'il me devait plus de mille piastres. C'était la raison que je me donnais, mais au fond je sais bien que c'est parce que j'étais trop accrochée à lui.

Un vol

Quelque temps plus tard, Dany, David et moi, nous sommes allés en ville avec Bruno. Il y avait plusieurs jours que David demandait pour avoir une petite voiture. Aussi, voulant lui faire la surprise, je les ai laissés tous les trois au restaurant, le temps d'aller acheter le jouet. Lorsque je suis revenu, j'ai trouvé Dany et Bruno passablement surexcités.

— Qu'est-ce qu'il y a, les gars? j'ai demandé.

— Il faut y aller, a dit Dany sans répondre. Bruno a un rendez-vous urgent.

— Un rendez-vous? Lequel?

— Il avait oublié, allons-y, vite!

Bruno était écarlate, une vraie tomate. Je ne comprenais pas du tout ce qui se passait. Je m'adressai à lui:

— Qu'est-ce qui se passe, Bruno? Vas-tu me dire.

— Rien! Il ne se passe rien.

Son ton était dur. J'avais presque du mal à le reconnaître, au point que, même si j'étais persuadée qu'ils me cachaient quelque chose, j'ai préféré me taire.

En arrivant chez Bruno, Jocelyne m'a dit que ma sœur avait appelé et qu'il fallait que je la rappelle immédiatement, que c'était très urgent. J'en avais le cœur qui sautait, je voyais déjà de la mortalité dans la famille. À peine avais-je joint ma sœur qu'elle m'a demandé où je me trouvais. Lorsque je lui ai répondu que j'étais chez Bruno et Jocelyne, elle m'a presque ordonné d'aller ailleurs et de trouver une place où je pourrais l'appeler sans être entendue.

Ne sachant où aller, j'ai demandé à Jocelyne si je pouvais appeler de son sous-sol.

— Qu'est-ce qu'il y a? a demandé Dany.

— J'en sais rien, ma sœur veut que je la rappelle en privé. Ça doit être une histoire familiale.

— C'est ben curieux, ça…

— J'y peux rien, Dany.

De nouveau en communication avec ma sœur, j'ai remarqué combien elle paraissait énervée. Je me suis rappelée comme Bruno et Dany l'étaient au restaurant. Qu'est-ce que ça voulait dire?

— Élisa, tu as bien été en ville cet après-midi avec David, Bruno et Dany?

— Oui, pourquoi?

— Ça aurait de l'air que ton chum a volé vingt-cinq piastres dans la sacoche d'une femme.

— C'est pas possible, j'étais là. Je les ai juste laissés le temps d'aller acheter une petite voiture à David.

— Ça doit être durant ce temps-là. La femme a reconnu David; je l'emmène souvent déjeuner dans le restaurant où vous étiez. Elle a porté plainte à la police et comme c'est là ils doivent déjà être en route pour chez vous. Ils vont te poser des questions.

— Mais je sais rien du tout, moi! J'étais même pas là! Maudit! Pour qui je vais passer astheure? J'ai rien fait!

— Je le sais, Élisa. Écoute ce que je vais faire: je vais aller trouver la femme, je vais lui demander de retirer sa plainte.

— Si tu peux faire quelque chose, je t'en prie, fais-le, je ne veux pas passer pour une voleuse!

Lorsque je suis remontée au rez-de-chaussée, Dany, l'air innocent, m'a demandé ce qu'il y avait de si urgent. J'étais en beau maudit.

— Il y a que vous avez volé vingt-cinq piastres dans la sacoche d'une femme et que la police est en route pour chez nous, maudite marde! C'est quoi que vous avez dans la tête? Vous allez vous retrouver en dedans et ce sera bien fait pour vous, mais moi, qu'est-ce que je vais devenir dans cette histoire-là? Les gens vont me regarder comme si j'étais coupable. Voler dans une sacoche en compagnie d'un enfant! J'en reviens tout simplement pas!

— Est-ce que la police va venir icitte aussi? a demandé Bruno.

— Je suppose, oui.

Je voyais qu'il ne savait plus quoi faire et je comprenais bien que ce n'était pas lui qui avait volé l'argent. Il avait juste été témoin et il n'osait rien dire parce que Dany était son beau-frère.

Bruno m'a reconduite avec David. Dany ne

voulait pas venir, c'était clair qu'il avait peur de la police comme de la peste. Les policiers n'étaient pas chez moi. De nouveau, ma sœur m'a appelée pour me dire qu'elle avait rejoint la femme et qu'elle s'était arrangée avec elle: si elle était remboursée dans les vingt-quatre heures, elle pourrait retirer sa plainte.

— Dis-lui que je vais tout arranger, mais qu'elle retire sa plainte.

En raccrochant, je n'en revenais pas. Comment Dany avait-il pu faire ça? Voler, en compagnie de l'enfant dont il était supposé prendre soin et en compagnie de son beau-frère que du même coup il avait plongé dans l'embarras. Il n'avait donc aucune conscience! Un type capable de faire ça devait être capable de faire n'importe quoi.

Comme je pensais ainsi à lui, il a appelé pour savoir si la police était venue. J'avais envie de lui dire que oui et qu'à présent ils étaient à sa recherche pour le mettre en dedans. Mais lui, comme s'il ignorait que je savais que c'était lui, il m'a dit, d'une voix implorante:

— Élisa, Élisa, il faut que je te fasse un aveu…

— Quoi donc? Que t'es rien qu'un voleur? Comment tu as pu faire ça? Et avec David sous ta garde!

— Pardonne-moé, Élisa, pardonne-moé! Je sais pas ce qui m'a pris. J'ai fait ça sur un coup de tête, c'était comme si quelqu'un d'autre avait agi à ma place. Je vais aller me dénoncer, je ne veux pas te mettre dans le trouble.

— Et c'est aussi un autre qui comptait dépenser les piastres, je suppose? Tu n'es plus responsable de ce que tu fais astheure, ça devient dangereux. Si c'est ta main qui a été dans la sacoche de cette femme, il me semble que c'est toi le coupable, ne viens pas me dire que c'est un autre, un inconnu qui a agi à la place du pauvre petit Dany innocent! Prends-moi pas pour ce que je ne suis pas, Dany.

— Je t'en supplie, Élisa, pardonne-moé, oui tu as raison, j'ai mal agi, ça doit être quelque chose dans mon passé qui... Oh et puis je m'en vais aller trouver les polices et tout leur dire. Je mérite rien que ça...

— Oublie ça pour ce soir. Ma sœur s'est donné la peine de parler et la femme va retirer la plainte si on lui redonne son argent. Mais sache une chose, Dany, elle n'a pas fait ça pour toi, juste pour moi.

— Je sais ce que tu dois éprouver, ma chérie, mais je t'en supplie, essaie de me comprendre un tout petit peu.

— Y a rien à comprendre. T'as volé, un point c'est tout. Tu mériterais rien que...

— Je t'en supplie, viens me retrouver, je veux me faire pardonner, je ferai tout ce que tu voudras. Tu sais que je t'aime. Aller en prison, ça me fait rien, mais je ne veux pas te perdre pour un malheureux vingt-cinq.

— Pour combien alors?

— Combien quoi?

— À combien tu accepterais de me perdre?

— Pas pour tout l'or du monde, Élisa. Tu es ma femme, ma seule vraie femme et rien ne pourra jamais rien changer à ça. C'est marqué pour toujours.

Encore une fois, ses mots portaient. Je m'attendrissais, je commençais à lui trouver des excuses, il n'avait jamais eu de chance.

— Ne fais plus jamais ça, Dany, je ne pourrais pas l'accepter une autre fois.

— Je te promets de devenir un homme modèle. Tu verras, Élisa, tu le regretteras pas.

— En attendant le modèle, fais un homme de toi, ce sera déjà pas mal.

— Alors tu me pardonnes?

— Non, Dany, je ne te pardonne pas ce que tu as fait; de toute façon je ne suis pas un prêtre à confesse. Tout ce que je te dis, si tu m'aimes vraiment, c'est que je veux bien encore te donner une dernière chance.

Pourquoi, en disant ces mots, me sentais-je tout émue? Je l'aimais donc encore, malgré ce qu'il avait fait, malgré ce que je pouvais voir du vrai Dany qui tranquillement était en train d'apparaître? Je ne pouvais pas me dire non. Ça me faisait un peu mal de le reconnaître, mais c'était ça, je l'avais dans la peau. C'est comme la cigarette: on sait que c'est mauvais pour soi, on sait que ça coûte cher, on sait que par manque de courage on s'impose à soi-même un véritable esclavage, on sait même qu'on en meurt, mais c'est pas grave, on la regarde, on hausse les épaules et puis on l'allume en se disant qu'un jour on trouvera le moyen de régler ce problème. Pour Dany, ça commençait à être pareil. Un jour… Pourquoi ne s'avoue-t-on jamais que le manque de volonté est tout simplement de la lâcheté?

— Merci, chérie! Merci, tu le regretteras pas.

Le lendemain, la femme à qui il avait volé l'argent a appelé chez nous. Elle semblait très polie, très gentille. Je lui ai dit que Dany allait lui rapporter l'argent tout de suite.

J'ignorais encore que Dany avait tout bu la veille au soir et que, une fois de plus, j'allais devoir avancer l'argent.

Une voiture pour travailler

Le temps a repris son cours. Les choses n'étaient pas vraiment comme je croyais qu'elles auraient dû être; il me semblait qu'un homme devait faire autre chose que rester évaché à regarder des films. C'est pour dire que j'ai été vraiment surprise le jour où Bruno a appelé Dany et que j'ai entendu celui-ci parler de travail et de salaire.

— J'en parle à Élisa et je te rappelle, a-t-il dit à son beau-frère avant de raccrocher, de se tourner vers moi et de me demander:

— J'ai encore besoin de toi, ma chérie. Bruno m'a trouvé un char en bon état pour seulement deux cents piastres et…

— Pas question, Dany, tu m'en dois déjà pas mal trop.

— Justement! Si tu veux que je te rembourse le plus vite possible, il me faut la voiture pour me voyager au travail. C'est la chance de ma vie, Élisa. Bruno me propose de vendre des assurances; il me faut absolument un char. Dis-moi oui, il attend ma réponse. Je te jure que je vais tout te rembourser jusqu'au dernier sou. Tu te rends compte, j'ai la chance d'aller travailler à mon compte. J'ai du bagout, des assurances, je vais en vendre comme ça…

Pour le bagout, quand il avait besoin, je devais reconnaître qu'il en avait sans bon sens. Finalement, deux cents piastres, c'était pas la fin du monde, c'était même deux fois moins cher que la guitare, et c'était pour aller travailler. C'était peut-être la chance que nous attendions pour vraiment démarrer une vie normale.

— D'accord, tu as gagné.

Dany a rappelé Bruno et l'affaire a été conclue. J'avais seulement oublié qu'avec la voiture il fallait payer les assurances. Une fois engagée, je ne pouvais plus reculer. Mais, enfin, c'était pour du travail.

La voiture rendue devant le loyer, je me suis avisée qu'il ne m'avait rien dit à propos de la plaque. Je lui en ai demandé la raison.

— Je l'ai mise au nom de Bruno. Je pouvais pas

la plaquer; ils m'ont ôté mon permis et je dois encore attendre deux ans avant de le ravoir.

— Comment que tu vas chauffer si tu n'as plus tes licences?

— Je me ferai pas prendre. De toute façon, regarde ce que j'ai là...

Il a ouvert la boîte à gants et en a sorti un permis établi sous un nom qui n'était pas le sien. Ça alors!

— Où est-ce que t'as pris ça, Dany?

— Sans importance, chérie. Moins tu en sais, mieux ça vaut. Fais-moi confiance, tu ne me connais pas encore, je sais ce que je veux...

Il devait vouloir m'impressionner, mais cela ne me rassurait pas sur son compte. Par contre, pour la voiture, il fallait reconnaître que Bruno avait été de bon conseil. Pour deux cents piastres, elle était vraiment propre.

— Est-ce qu'on l'essaye? je lui ai demandé.

— Je vais d'abord l'essayer tout seul, des fois qu'il y aurait des problèmes, on serait mal pris tous les deux en panne sur le bord du chemin.

Il est parti une bonne heure avant de revenir. Je commençais à me dire qu'il m'avait oubliée, que maintenant qu'il avait une voiture il pouvait aller où il voulait, qu'il allait gagner des sous et qu'il n'avait plus besoin de moi. Il allait me laisser tomber comme une guenille sale. Je me trompais. Il a fini par revenir et même il me l'a fait essayer dans un rang de gravelle. J'ai adoré ça.

— Quand je vais commencer à gagner pas mal, m'a-t-il dit, on partira faire des grandes balades, tous les deux. On se mettra des cassettes dans le lecteur et on partira devant nous tant que ça nous plaira. Ça va être la vraie vie.

J'étais tout proche de le croire et le lendemain je vivais presque un rêve lorsqu'il m'a annoncé qu'on partait en voyage à Chibougamau et que Jocelyne et Bruno nous suivraient dans leur auto. Cependant, je gardais quand même un peu les pieds sur terre et je lui demandai où on allait prendre l'argent.

— T'inquiète pas pour ça, j'ai emprunté ce qu'il fallait. Il me faut quelques jours off. J'en peux plus d'être enfermé chez nous. Tu vas voir, ce sera comme un voyage de noces.

Je me demandais comment il avait pu emprunter pour une semaine de congé. Il ne travaillait pas encore, il regardait Super Écran toute la nuit et restait couché toute la journée. Qui avait pu les lui prêter?

Lune de miel à Chibougamau

Il faisait vraiment beau au matin du départ. Le vrai temps idéal pour partir en voyage. Tellement beau que, l'esprit déjà en vacances, j'en ai oublié les bagages. Ça y était! Nous étions sur la route, le bon air qui rentrait par toutes les vitres ouvertes, la musique qui nous emplissait les oreilles, ça c'était la vraie belle vie!

Il avait une cousine à Chibougamau. C'était chez elle que nous nous rendions. En arrivant, j'ai vu la petite maison qui n'avait que deux chambres et je me suis demandé où nous allions nous installer. Deux petites chambres pour trois couples, ce n'était pas l'idée que je me faisais d'une semaine de vacances. J'imaginais ça avec un peu plus d'intimité. Lorsqu'on a été tous les deux, je lui ai demandé ce qu'on allait faire.

— Ça se peut qu'on couche pas icitte, m'a-t-il répondu. J'ai des anciens chums à rencontrer. On s'en va chez eux.

— Quels chums?

— Des chums que ça fait plus de deux ans que j'ai pas vus. Tu vas voir, du ben bon monde.

Nous sommes arrivés dans une grande cabane où vivaient une femme avec son enfant et quatre bonhommes qui avaient tous l'air pas mal découragés de la vie. Un peu fanfaron, Dany a annoncé qu'il amenait la joie de vivre avec lui et, me laissant toute seule au milieu d'eux, il est parti dans une envolée de poussière.

Les bonhommes me regardaient et je ne savais pas quoi faire de moi-même. Je me demandais dans quelle galère je m'étais embarquée. C'était donc ça, les vacances à Chibougamau? Je n'avais pas imaginé ça de même.

Ce n'était que le début de ma déception. En entendant la voiture revenir, je me suis précipitée à sa rencontre et je l'ai vu débarquer deux grosses caisses de bière. S'avançant vers moi, un grand sourire aux lèvres, il se penche pour me donner un bec, je le repousse.

— Pas de ça avec moi, Dany.

— Qu'est-ce qu'il y a? Qu'est-ce que j'ai encore fait qui va pas?

— La bière, Dany. La bière! Tu m'avais dit que c'était fini.

— Mais là c'est pas pareil, c'est des vieux amis que je retrouve. On est pas pour fêter ça devant une caisse de Pepsi!

— Et l'argent pour l'acheter, où tu l'as pris?

— Ils me connaissent au dépanneur; ils m'ont fait crédit.

Puis il a fait la distribution. Là-dessus, il ne s'était pas trompé: à la vue des bouteilles, les sourires revenaient. Et puis il a sorti de sa poche un sac en plastique plein d'une espèce d'herbe et a roulé une petite cigarette. Je n'en avais encore jamais vu, mais il ne fallait pas me faire de dessin pour que je devine qu'il s'agissait d'un joint.

— Tu vas fumer du pot astheure? je lui ai demandé.

Tous les autres se sont mis à rire comme si c'était une bonne blague. Je me demandais quel genre d'amis il avait là. Dans le genre bum, voyou, robineux et capoté on ne pouvait pas imaginer mieux. Et toute la maison était dans le style, avec de la vaisselle sale qui traînait partout, des montagnes de tops de cigarettes dans les soucoupes, des odeurs pas trop catholiques au milieu d'une senteur de cani qui prenait un peu à la gorge. Comment ça se faisait que Dany fréquentait ces types-là?

— T'en veux-tu une puff? m'a-t-il répondu en riant avec les autres.

J'étais découragée. Pourquoi est-ce que je n'étais pas restée à l'ouvrage? J'y aurais été bien mieux que dans ce taudis avec ces quatre cloches qui ne devaient rien faire d'autre de leur vie que d'attendre l'arrivée d'une nouvelle caisse de vingt-quatre. Pourquoi est-ce que je me retrouvais toujours dans ce genre de milieu? Ça ne m'intéressait pas, moi!

Ils ont tiré sur le joint chacun leur tour, puis sur un autre. Ils ont fait passer ça avec une bière, puis, je n'ai pas su ce qu'ils avaient organisé, Dany m'a ordonné de l'attendre et ils sont partis, me laissant seule avec la femme.

Au début, je ne savais pas trop quoi lui dire. Je la voyais comme une victime au milieu de ce chantier et de ces types que je n'aurais pas voulu rencontrer au coin d'une ruelle la nuit. Petit à petit elle m'a appris la vie qu'elle vivait, qu'elle faisait tout ce qu'ils voulaient, qu'elle acceptait n'importe quoi.

— Moi, je partirais! je lui ai dit.

— Oh! mais je ne me plains pas! Si ça me plaisait pas, je partirais itou. Mais j'aime ça, moé, icitte. Parle-moé pas d'une place ioù c'qui se passe rien. Moé, y faut que ça grouille, qu'y ait de la musique par-dessus la tête, pis aussi faut dire que je déteste pas ça prendre un p'tit verre. La chicane itou ça me déplaît pas, ça met de la vie.

Lorsqu'ils sont revenus, j'étais en train de me dire que c'était peut-être une femme comme elle qu'il fallait à Dany. Avec elle il pourrait boire tant qu'il voulait, ils auraient été deux dans la même galère.

— Pis, ma blonde, c'est-ti le fun icitte ou ça l'est pas? m'a lancé Dany comme si la réponse ne pouvait être que oui.

— Je serais mieux chez nous, j'ai répondu.

Il a eu l'air insulté.

— Tu es chez mes amis, a-t-il jeté d'un ton sec. Respecte-les!

— Fâche-toé pas après, a dit l'un des types. T'es ben chanceux de l'avoir. Ioù c'que tu serais sans elle?

— Je serais avec une vraie femme! a hurlé Dany. Pas une face d'enterrement comme elle qui pense rien qu'à se tenir sur son sofa pour s'entendre raconter des niaiseries romantiques. Dès qu'on sort, c'est toujours la même maudite affaire, madame est coincée, on a pas le droit de s'amuser, faudrait toujours rester le cul serré. Pis à part de ça, ce qu'elle a c'est à moi comme à elle. Elle a voulu m'avoir, astheure elle m'a et ce qu'elle a m'appartient tout autant qu'à elle. Je vous le dis, les gars, faut pas se laisser piler sur les orteils par les poudrées.

Je le pointai du doigt.

— Je crois que tu vas regretter tes paroles, Dany R. Dès qu'on arrive chez nous, tu prends ton bagage et tu mouves.

— Tu crois que tu me fais peur, a-t-il ricané. Et qui c'est qui va te faire jouir quand je serai parti? Hein, qui c'est qui pourrait bander avec une face de carême comme toé?

— T'es rien qu'un pauvre écœurant. Tu fais pitié, au fond, si tu t'imagines que t'es meilleur qu'un autre…

— Et toé, maudit! T'es frette comme un glaçon! Regarde-toé, là, comment que t'es. T'es même pas capable de t'amuser. On est là, avec des bons chums, tu pourrais t'exciter un peu, te montrer un peu plus, prendre un verre, mais non, t'es ben trop serrée. Je peux même pas t'offrir à mes chums, ce serait pas un cadeau à leur faire.

Et là-dessus, comme si je n'étais pas là, il s'est mis à parler des danseuses avec qui il avait couché. Lesquelles étaient les mieux faites, lesquelles faisaient les meilleures pipes et comment elles faisaient ça bien.

Seul l'orgueil m'empêchait d'éclater en sanglots. J'aurais voulu disparaître, n'avoir jamais existé. Comment j'avais pu me fourvoyer autant? Était-ce bien le même Dany avec qui je me promenais main dans la main il n'y avait pas si longtemps dans les rues? Avait-il tant changé ou bien m'avait-il trompé tout ce temps?

À moins que ce ne soient là que les effets de la boisson? Je crois que c'est parce que je ne pouvais pas répondre à cette question que je ne suis pas partie, quitte à faire toute la route à pied.

Plus tard, il m'a entraînée par le poignet et m'a annoncé qu'on partait chez d'autres de ses copains. En voiture, disant qu'il avait peut-être trop bu ou trop fumé, il s'est excusé pour ce qu'il aurait pu dire de choquant.

— Tout était choquant, Dany.

— Ben, excuse-moé, je sais plus ce que je dis quand je prends un p'tit coup.

— Est-ce que tu vas en prendre encore?

— Astheure que j'ai commencé, ce serait bête d'arrêter, ça donnerait rien de plus. Une petite brosse une fois de temps en temps, Élisa, c'est pas ça qui fait d'un homme un alcoolique. C'est juste pour le fun.

Le fun! Il ne semblait vivre que pour avoir du fun tout le temps, comme si c'était dans le fun qu'on trouvait le vrai bonheur, comme s'il n'y avait rien de plus profond.

Nous sommes arrivés chez ses autres copains. Ceux-ci étaient un peu différents: c'étaient des musiciens et, aussitôt les retrouvailles faites, tout le monde a sorti les guitares… et la bière.

L'ambiance était différente également. La musique me détendait un peu et, comme Dany ne semblait plus vouloir s'en prendre à moi, j'ai retrouvé une meilleure humeur, au point que j'ai accepté plusieurs fois de danser sur des airs qu'il jouait.

Il devait être minuit lorsqu'on a décidé qu'il était temps d'aller se coucher. Trop ivre pour conduire, il ne tenait presque plus debout. Il a donné les clefs de l'auto à un de ses chums. En route, Dany trouvait que le chauffeur qu'il avait choisi n'était pas bon. Il n'arrêtait pas de lui dire qu'il ne savait pas chauffer, que, s'il avait su, il aurait donné les clefs à sa blonde. Les mots ont monté, puis des injures, et l'autre a arrêté la voiture parce que Dany venait de l'inviter à se battre dehors. Ils sont sortis, mais dehors ils se sont rendu compte qu'ils étaient trop saouls pour se battre et ils sont remontés dans la voiture dans le but de trouver un restaurant où, selon eux, une bonne poutine leur redonnerait toutes leurs forces.

— Tu veux-tu manger, ma blonde? m'a demandé Dany une fois attablé dans un restaurant minable où la lumière des fluorescents le faisait paraître presque vert tellement il avait mauvaise mine.

— Non merci, j'ai perdu l'appétit.

— T'es pas encore fâchée quand même?

— J'aime mieux rien dire. Laisse-moi tranquille et mange ta poutine.

Heureusement, lui et son chauffeur ont oublié qu'ils devaient se battre et nous sommes repartis pour la maison d'un soi-disant chum où nous devions coucher, mais qui en fait avait barré portes et fenêtres et ne voulait pas répondre.

— Pas grave, a dit Dany, j'ai une bonne copine qui demande pas mieux que de nous prêter sa piaule. Venez-vous-en, tous.

— Elle doit dormir à l'heure qu'il est, j'ai dit.

— Elle se fait griller la couenne au Mexique pour encore un mois. Y aura pas de problème…

Je me demandais quels liens exactement il avait avec cette femme dont il paraissait si bien connaître l'emploi du temps. La question devait paraître sur mon visage. Il a ri et m'a dit:

— Trompe-toi pas sur son compte, c'est une femme que je respecte. Et puis, si ça peut te rassurer, apprends qu'elle a soixante-trois ans.

— Tu t'en repentirais, Dany R., si jamais tu devais me tromper. J'engagerais quelqu'un pour te casser les jambes. J'y mettrais tout l'argent qu'il faut.

Encore une fois, il a éclaté de rire.

— C'est comme ça que je t'aime, quand tu veux faire ta maligne, même si t'es ben trop douce pour ça… Tu sais, après tout, peut-être que mon amie aimerait ça si j'y donnais des petits plaisirs…

Un de ses chums a rigolé et déclaré que ça serait sans doute un bon moyen pour hériter d'elle. Là-dessus, Dany a dit qu'il allait y penser.

— Les fesses, le cul, vous autres vous pensez rien qu'à ça, j'ai dit.

— Tu te trompes, m'a répondu un des chums. Le cul, c'est juste la moitié de notre vie, l'autre c'est pour un p'tit verre pis un p'tit joint.

— Y a rien d'autre qui compte pour vous? Les sentiments, ça ne compte pas?

— Rien qu'un embarras, juste bon pour les poudrées, a rigolé l'un en provoquant le rire des autres.

J'osais espérer qu'il disait cela pour se rendre intéressant et faire son petit dur, mais au fond je n'en étais pas vraiment certaine. Et si c'était vraiment comme ça qu'ils pensaient? Et si vraiment pour eux autres les sentiments n'étaient qu'un jeu pour attraper les filles et s'en servir?

Dans la cour de la dame partie au Mexique, Dany a fait le tour de la maison puis je l'ai aperçu qui ouvrait la porte.

— Comment tu as fait pour ouvrir? je lui ai demandé.

— Un vieux truc... a-t-il dit en prenant son air mystérieux, style de celui qui a beaucoup vu et connu, mais qui ne m'impressionnait plus beaucoup.

Qu'est-ce qu'il essayait de me faire croire? Qu'il était capable d'ouvrir les portes comme un cambrioleur professionnel? C'est l'image qu'il voulait donner de lui? Je trouvais cela triste, d'autant plus que je me doutais très bien qu'il avait dû faire le tour de la maison pour chercher une clef qu'il devait savoir cachée quelque part.

— Choisis la plus belle chambre, m'a-t-il dit, on prendra l'autre.

— Comment ça, on? Tu couches pas avec moi?

— J'ai pas envie de me coucher tout de suite. Il est encore de bonne heure, pis faut aussi que je retourne en ville chercher de la bière avant trois heures. Avec mes chums, on a encore un tas de choses à se raconter.

C'était net: il aimait mieux passer la nuit avec ses chums qu'avec moi. J'ai vu ça souvent, tous ces gars qui se disent virils mais qui préfèrent la compagnie des hommes à celle des femmes. Ils disent aimer les femmes, mais ils en ont peur. Ils préfèrent être entre eux. À croire qu'au fond ils ne les aiment pas, les femmes. À croire même qu'ils sont davantage aux hommes que ceux qu'ils appellent tapettes. J'avais vu ça dans *Les Oiseaux se cachent pour mourir*, quand le mari préfère la compagnie de ses copains buveurs de bière et, sachant qu'il va les perdre, laisse seuls sa femme et son enfant. J'avais connu ça avec mes ex et voilà que ça recommençait, toujours la même maudite histoire. Au point que je me demandais s'il y avait autre chose ou bien si ça existait seulement dans les vues et les séries, le véritable amour qui fait que l'on est bien ensemble.

Je les ai entendus une grande partie de la nuit. Ils riaient, ils faisaient du bruit. Je me demandais s'ils n'allaient rien casser chez cette femme que je ne connaissais pas et dont j'occupais le lit. Ça aussi, ça me mettait mal à l'aise. Était-elle vraiment d'accord à ce qu'un tas de monde vienne comme ça coucher chez elle quand elle n'était pas là? Je ne pouvais pas y croire.

Malgré tout, j'ai fini par m'endormir et je ne me suis réveillée qu'au matin. Pas un bruit dans la maison. J'étais seule dans le lit et j'essayais d'entendre des ronflements, des respirations dans la chambre d'à côté, mais rien. La peur m'a prise. Est-ce qu'ils m'avaient laissée seule dans la maison? Et si quelqu'un arrivait et me prenait là, qu'est-ce que je pourrais dire? Je voyais déjà les titres dans les journaux: Élisa T. surprise dans une maison qu'elle s'apprêtait vraisemblablement à cambrioler. J'avais envie de pleurer. J'avais l'impression d'être au fond d'un puits dont je ne pourrais plus jamais remonter. Le goût de disparaître. Pas celui de me tuer, celui que tout d'un coup il n'y ait plus rien, que tout n'ait jamais commencé. J'étais dans une maison inconnue, à une adresse inconnue dans une ville inconnue et je n'avais plus envie de rien faire, seulement que la maudite vue trop longue s'arrête là. Panne de courant, n'importe quoi, j'en avais assez.

Le téléphone a sonné et j'ai dû sursauter un pied de haut. Qui pouvait appeler? Ça ne pouvait pas être pour moi, je n'étais pas supposée être là. Le téléphone sonnait et sonnait encore. Tout à coup j'ai réalisé que c'était peut-être Dany qui essayait de me rejoindre. Je me suis décidée à décrocher en me disant qu'après tout si ce n'était pas lui je dirais que c'était un mauvais numéro. C'était lui.

— C'est toi, Élisa, t'es réveillée?

— Heureusement que c'est moi. Où ce que tu es? Viens me chercher tout de suite, je ne veux pas rester là-dedans une minute de plus. C'est pas chez nous, icitte.

— T'inquiète pas, y a pas de troubles, j'arrive tout de suite.

En l'attendant, je me suis dépêchée de remettre un peu d'ordre en pensant à cette femme que je ne connaissais pas. Je ne voulais pas qu'elle arrive de ses vacances et trouve sa maison à l'envers. Même si je n'y étais pour rien, ça n'aurait pas été charitable.

Il est arrivé avec un grand sourire, comme si tout était merveilleux. J'étais fâchée.

— Où étais-tu passé? Merde, tu ne vois pas ce que tu me fais vivre!

— On a rien fait de mal, on s'est promenés toute la nuit, on a été icitte et là. C'est bon pour le moral, une nuit de détente de temps en temps. Ça relâche la pression.

— La pression? Quelle pression?

— Ben… la pression, maudit! Tu sais pas ce que c'est, toi…

— Pression ou pas, c'est pas une raison pour me laisser toute seule dans une maison étrangère. Dans quel pétrin tu m'aurais mise si quelqu'un était arrivé? Mais bien sûr, tu n'as pas pensé à ça; t'étais ben trop occupé à relâcher ta pression, je suppose. Tu penses rien qu'à toi et puis, pourquoi tu m'as amenée icitte? Où est-ce que je dois me trouver heureuse, moi, dans toute cette histoire? Où est-ce que je vais pouvoir relâcher ma pression à moi, là-dedans?

— Ça y est! Voilà que tu recommences. Merde, je vais m'occuper de toi astheure, ça te va?

— Es-tu sûr de pouvoir?

Pour toute réponse, il m'a d'abord glissé la main sur la cuisse en me disant:

— Tu sais bien que je t'aime.

— J'ai des doutes, franchement, avec la façon dont tu me traites, j'ai vraiment des doutes.

— Je te comprends pas. Tu es toujours en train d'essayer de couper les cheveux en quatre. On est là pour se faire du fun, non? Qu'est-ce qu'il y a qui va pas? Allez, viens, on va chez un chum. Il nous attend pour déjeuner.

— Ça y est, ça recommence…

Il m'a regardée sans dire un mot, a haussé les épaules et nous nous sommes dirigés chez le chum en question.

Il n'y avait rien de prêt; pire, la table de la veille ou de l'avant-veille n'était pas desservie. Des canettes vides traînaient partout et le chum qui était censé nous attendre n'était pas là. Il y avait juste une jeune femme à l'air anémique, accompagnée de sa fillette. Elles étaient tellement blêmes toutes les deux que j'en avais pitié.

— On va faire un peu de ménage en l'attendant, m'a dit Dany.

Au fond, c'était bien gentil de sa part, mais ce

n'était pas vraiment l'idée que je me faisais des vacances. Nous avons fait du ménage durant trois heures. La jeune femme a pris le balai. J'avais l'impression qu'elle n'allait pas avoir la force de balayer la cuisine d'un bout à l'autre. Je me demandais quel genre de vie elle pouvait vivre là-dedans. Elle devait être alcoolique et droguée. J'avais le triste sentiment qu'elle ne pourrait pas survivre comme ça bien longtemps si elle ne se sortait pas de ce traquenard, et j'imaginais déjà un pauvre cercueil de planches qu'on mène au cimetière avec derrière un seul type presque trop saoul pour marcher, les yeux vitreux, ne sachant même pas très bien ce qui s'était passé.

Finalement, c'est Dany qui a préparé à manger, puis on a refait la vaisselle et on a décidé de rejoindre Bruno et Jocelyne chez la cousine. Je me disais que décidément Dany avait tout un don pour choisir ses chums.

Une fois en route, je cherchais une cassette dans la boîte à gants et je suis tombée sur trois bons de chômage au nom de Dany. Il avait donc reçu au moins deux chèques!

— Qu'est-ce que c'est que ça, Dany?

— Heu... Des blancs de chômage.

— Ça veut dire que tu as eu des chèques?

— Ben oui...

— Et tu ne m'as rien dit, tu ne m'en as pas parlé, rien. Ça veut dire que tu ne veux pas me rembourser ce que tu me dois! Oh! mais je comprends maintenant: c'est ça l'emprunt pour monter à Chibougamau! Merde! Tu vis à mes crochets et en plus tu me mens! Tu me le devais, cet argent-là, tu l'avais même juré.

— Je te dois rien pantoute. On reste ensemble, oui ou non?

— Ce n'est pas une raison. Comme c'est là, ce

que toi tu appelles vivre ensemble, c'est que moi je paye le loyer et le manger pour tout le monde avec ce que je gagne et toi tu te payes ta bière à toi avec ce que tu gagnes. Et puis vivre ensemble n'a rien à voir avec l'argent que je t'ai prêté.

— Quand on vit en couple, c'est normal qu'on partage ce qu'on a.

— Alors donne-moi la moitié de tes chèques. T'as touché combien?

— Proche huit cents piastres.

— Donc tu peux m'en donner quatre cents pour que j'aille magasiner.

— Il m'en reste à peine soixante, on a même pas assez pour redescendre au Lac. Je pensais justement t'en emprunter…

— Mais tu te fous de moi! Ta as gaspillé près de huit cents piastres en un peu plus d'une journée, de l'argent que tu me devais, et tu veux que je t'en donne d'autre! T'as perdu la tête, c'est pas possible! Un enfant de douze ans agirait pas comme toi.

— J'ai pas tout gaspillé, j'ai donné un chèque à Bruno. Je lui avais emprunté de l'argent avant toi.

— Ça retire pas que tu m'as menti. Tu prétends m'aimer et tu me mens. Quelle sorte d'amour que c'est ça? C'est quoi l'amour pour toi? Trouver une niaiseuse qui va dire oui à tous tes caprices?

— Tu m'emmerdes, Élisa! Tu m'emmerdes!

— D'abord, ramène-moi chez moi avec mon char pis qu'on en finisse.

— Erreur, c'est pas ton char, c'est un cadeau que tu m'as donné.

— Un cadeau! Tu vois comment tu es, tu n'as aucune parole! Tu ne te souviens pas, tu disais: je te jure que je te rembourserai jusqu'au dernier sou. Tu ne l'as pas dit, ça? Hein? Tu ne réponds pas, tu ne sais plus quoi dire, t'es rien qu'un beau salopard, rien d'autre. Ah! je vois bien comment t'es, astheure, et c'est pas beau à voir! Pas beau pantoute!

— Tu vas-tu fermer ta gueule?

— Tu me fais pas peur.

— On va voir, on va voir... Pis là, tu te la fermes, on arrive chez ma cousine. T'es mieux de pas faire de scandale.

— T'inquiète pas, je sais régler mes problèmes en privé.

Dans la maison de la cousine, l'atmosphère n'était pas mieux que dans la voiture. Jocelyne s'engueulait avec Bruno qui lui reprochait de trop boire.

— Je vais me tirer une balle! hurlait-elle. Comme ça t'auras une câlisse de belle paix. Tu seras content, maudit tabarnak!

Un peu plus tard, nous étions toutes les deux seules et je lui ai demandé pourquoi elle buvait comme ça.

— Parce que moé aussi j'ai eu une enfance de chien. Y a pas que toé qui as été malheureuse...

— Je t'ai jamais dit le contraire. Mais c'est pas une bonne solution que de se saouler tout le temps.

— Tu connais autre chose, toé, pour oublier les problèmes?

— Peut-être bien. Pourquoi tu ne les écris pas? Ça a l'air bête à dire, mais ça aide à y voir plus clair. C'est comme quand tu fais une opération, ça se calcule beaucoup mieux avec un crayon et du papier que dans la tête.

— Écrire, sacrement! Mon passé, il va rester où ce qu'il est et il va partir avec moé six pieds sous terre. Écrire!

La police s'en mêle

Si j'avais trouvé deux cents dollars pour repartir, sûrement que je l'aurais fait. Mais je ne les avais pas et les banques étaient fermées. Peut-être aussi que malgré tout j'espérais que ce ne soit qu'une mauvaise passe, que Dany allait redevenir comme je l'avais connu et que tout allait reprendre sa place. Peut-être que je ne voulais pas affronter la réalité.

Bien entendu, encore une fois il m'a laissée pour aller retrouver des chums. Les fameux chums! Seule, je me suis décidée à lui écrire une lettre d'adieu, mais, tout en lui écrivant, je me suis mise à pleurer. Je l'aimais. Oui, je l'aimais encore! Je ne savais pas pourquoi, mais juste à l'idée de le quitter définitivement j'en avais mal partout. J'étais droguée à Dany! Il me faisait mal, gâchait ma vie, mais j'en voulais encore. Je n'étais pas mieux que lui et sa bière ou ses joints. Est-ce que cela avait été comme ça pour ma mère et Arthur? Je voulais me promettre d'avoir la force de ne plus le revoir, de savoir lui dire non s'il revenait et pourtant, en écrivant cette lettre, je me rendais compte que c'était presque pour moi une mission impossible.

Après tout, il avait peut-être raison : quand on vit ensemble est-ce qu'on ne doit pas tout partager? D'un autre côté, il me semblait pourtant que je lui avais tout donné sans rien recevoir en retour.

Je m'étais couchée très tard et je commençais à m'endormir lorsque, entendant du bruit dehors, je me suis redressée pour regarder à la fenêtre. Il y avait deux policiers autour de la voiture de Dany. Je me suis aussitôt habillée pour aller ouvrir. Qu'avait-il encore fait?

Dany hurlait et couvrait les policiers de tous les sacres possibles. J'en étais malade.

— Qu'est-ce qui se passe? j'ai demandé.

— Vous le connaissez? s'est enquis un des policiers.

— C'est mon ami.

— Eh bien, il se trouve que votre ami conduit un véhicule en état d'ivresse, muni de faux papiers dans une voiture qui ne lui appartient pas et que son dossier nous dit qu'il a déjà plusieurs amendes impayées. Nous allons être obligés de l'emmener au poste pour vérification.

— C'est de ta faute, toute cette maudite marde! m'a hurlé Dany. C'est de ta faute si je suis sorti! Si tu ne m'avais pas fait tant de reproches, j'aurais pas eu besoin d'aller chercher du fun ailleurs. Pis les bœufs qui veulent me mettre en dedans astheure! C'est toujours à moé que ça arrive!

Il me regardait comme un fou et je suis certaine que si ses yeux avaient été des fusils à ce moment-là, je ne serais pas en train de vous raconter cette histoire. Il se frappait la poitrine et disait que tout le malheur du monde était pour lui. Un des policiers lui a alors dit que, s'il se calmait et promettait de faire moins de trouble et de ne pas ressortir, ils le laisseraient à la maison.

Dany s'est calmé aussitôt et leur a promis tout ce qu'ils voulaient. Mais à peine la voiture de patrouille repartie, il s'en est pris à moi qui venais juste de lui proposer de se coucher en lui assurant que tout irait mieux le lendemain.

— Efface-toé, maudite câlisse! C'est de ta faute, tout ça.

— Quoi? Qu'est-ce qui est de ma faute? C'est moi qui t'ai obligé à acheter de la bière, à fumer du pot et à passer ton temps avec des bums?

— Ouais, câlisse, si tu m'avais sacré la paix, je serais resté icitte, tranquille.

— J'ai juste dit que tu m'avais menti, Dany, et c'est vrai, tu m'as menti en pleine face.

Jocelyne s'était levée et écoutait tout ça en fumant une cigarette. Elle s'est rangée du côté de son frère.

— C'est vrai que tu lui en as mis beaucoup sur le dos, m'a-t-elle reproché.

J'étais fâchée. Pourquoi s'en prenait-elle à moi à son tour?

— Qu'est-ce que tu sais de ce qui s'est passé, Jocelyne? Tu ne sais rien.

— Détrompe-toi, je sais tout par Dany. Mon petit frère me raconte tout ce qui se passe chez vous. Je sais que t'es toujours après lui.

Je voulais crier, je voulais casser quelque chose. Je ne savais pas comment retenir mes larmes devant eux. Qu'est-ce qu'il allait bavasser sur moi à sa sœur? Il me disait m'aimer, moi, et c'est sa sœur qui était sa complice. Je n'avais pas droit à cette marque d'amour, moi. Qu'est-ce que j'étais là-dedans, le gendarme? Ainsi toute notre vie privée était connue de Jocelyne par la version de son frère. Nous n'avions même pas notre intimité propre.

Tout à coup, j'ai vu la honte et le remords passer dans les yeux de Dany et là, j'ai compris qu'il regrettait d'avoir trop parlé à sa sœur ou tout au moins que je le sache. S'il éprouvait du remords, c'est donc qu'il éprouvait quelque chose pour moi. Toute ma colère est tombée; il ne restait plus que ma peine. Ne sachant que faire ou que dire, j'ai fait demi-tour pour aller me coucher. Dans la chambre, par la fenêtre, j'ai vu Dany qui était sorti et qui paraissait pleurer dehors. Je ne savais plus quoi penser. S'il pleurait, est-ce que ce n'était pas moi qui avais tort? Est-ce que je n'aurais pas dû comprendre qu'avec ses premiers chèques de chômage il voulait se faire un peu de fun? Si je l'aimais vraiment, est-ce que je n'aurais pas dû comprendre ça et le laisser avoir un peu de plaisir?

J'ai vu sa sœur qui allait le rejoindre. Peut-être au fond l'aimait-elle mieux que moi. C'est ça, je ne servais à rien, je demandais tout pour moi sans penser à lui, j'étais une égoïste!

Je ne me suis endormie qu'à l'aube et, lorsque je me suis réveillée, Dany n'était toujours pas là. Je me suis levée pour le chercher et je l'ai trouvé qui dormait couché sur la galerie, dehors. Il avait une couverture sur le dos et j'ai supposé que ça devait être Jocelyne qui l'avait déposée sur lui. Ç'aurait dû être moi, j'avais honte.

Durant le petit déjeuner, je n'osais parler à personne. J'avais le goût de partir, de tout laisser tomber, de marcher en avant et de ne plus penser à rien, ne plus rien savoir, tout oublier.

L'atmosphère autour de la table était à couper au couteau. La chicane était dans l'air et je n'ai jamais pu supporter de penser que je pouvais en être la cause.

— Je m'excuse si j'ai fait de quoi de pas correct, j'ai dit.

À part Bruno, qui lui n'était pas concerné, les autres ont fait comme s'ils n'avaient pas entendu. Comme si je n'existais pas, Dany s'est levé pour aller composer un numéro au téléphone. Il parlait d'une voix si basse qu'il était visible qu'il ne voulait pas que je comprenne ce qu'il disait. La colère m'est revenue. Elle n'était pas dirigée contre Dany, mais plutôt contre le destin, ou je ne sais quoi d'autre, qui fait que tout m'arrive toujours avec l'emballage de l'amertume.

Mais pourquoi donc je m'étais embarquée avec ce gars-là? Pourquoi est-ce que ça arrivait tout le temps à moi, ces choses-là? Pourquoi est-ce qu'il avait fallu que je tombe en amour avec un voyou? Où est-ce que j'avais été chercher ce don de me créer des problèmes? On dirait qu'il y a des personnes, comme ça, à qui tout doit arriver. Je connais un homme natif de Normandin pour qui c'est pareil. Il a eu toutes les maladies, il a été opéré plus de trente fois. Voici un passage comme un autre de sa vie, ça vaut la peine d'être raconté pour montrer à quel point il y en a à qui tout arrive...

Au début d'un hiver, en plus de sa maladie de reins qu'il traîne depuis tout jeune, il fait une phlébite qui nécessite une opération. On lui enlève des veines dans la jambe et il doit rester une couple de semaines hospitalisé. Remis sur pied, pour sa première sortie, il va chercher du lait à la Coop; en traversant la rue, il se fait frapper par un char. Retour à l'hôpital avec le bassin fracturé. Deux ou trois semaines plus tard, il revient chez lui, c'est une belle journée de fin d'hiver, il y a des aulnes qui le fatiguent dans sa cour, il se décide de les ôter. Au premier coup, la hache rebondit sur sa jambe et sectionne un tendon: retour à l'hôpital. Parce qu'il était malade, il n'avait pas de travail et donc pas d'argent. Il vivait dans une maison qui faisait jour de partout. Il a tout de même fini par obtenir un prêt pour en bâtir une neuve à côté de l'ancienne. Une nuit, alors que la seconde maison est en voie d'être achevée, le feu prend dans la vieille, mais la neuve qui est à côté y passe aussi. Il n'avait pas renouvelé les assurances de l'ancienne et attendait que la nouvelle soit terminée pour l'assurer. Plus de maisons et pas d'assurances. Mais ce n'était rien, car dans l'incendie il a perdu sa petite fille. Puis ce sont ses reins qui ont lâché complètement et tous les deux jours il a dû faire le voyage à Chicoutimi pour des traitements de dialyse. Il devait faire la route tellement souvent et par n'importe quel temps qu'il a fini par scraper sa voiture dans un gros accident. Puis, alors que tout aurait pu rentrer dans l'ordre lorsqu'il a reçu un nouveau rein, son cœur a commencé à donner des signes de faiblesse, l'obligeant à faire sans cesse attention à lui. Inactif, il a commencé à jouer de la guitare, mais, lors d'une intervention pour réparer la veine par laquelle il était sous dialyse, le tendon de son pouce a été malencontreusement coupé. Plus de guitare. Ensuite, peut-être parce que la cortisone le rendait trop gros et que son cœur ne lui permettait plus de grandes attentions sexuelles, sa femme est partie avec son grand chum, en emportant le ménage. C'est le quotidien de sa vie. Ce n'est là que quelques-unes des malchances et tragédies de son existence. Pour lui, c'est la norme. Par contre, c'est sans doute l'un des hommes les plus heureux et les plus optimistes que je connaisse. Toujours le mot pour rire, principalement de lui-même et de ce qui lui arrive. Il devrait raconter sa vie dans un livre et nous dire comment il fait pour trouver le bonheur là-dedans.

Il y a une autre chose qui m'est restée à propos de lui. Lorsqu'il était jeune, un soir qu'il était censé dormir, il a entendu sa mère dire à une amie qu'il était un accident qu'elle regrettait. Est-ce là le point commun de ceux sur qui le sort semble s'acharner?

Mais, contrairement à lui, moi je n'avais pas du tout envie de rire, et je n'avais pas la réponse à savoir pourquoi le sort semble s'acharner sur quelques élus. Pourtant, je ne demandais pas grand-chose, simplement être heureuse avec l'homme que j'aimais. Est-ce qu'il ne fallait rien demander du tout? L'idée m'est soudain venue que je devais abandonner Dany immédiatement, le laisser tomber avant qu'il ne soit trop tard, que le temps m'attache trop à lui malgré ce qu'il me faisait vivre. Après son coup de téléphone, je l'ai interpellé :

— Tu fais semblant de ne pas me connaître, très bien. Alors trouve-moi tout de suite quelqu'un qui descend au Lac. Moi, je pars. Si tu ne trouves pas, tant pis, je prendrai un taxi. Je ne veux plus rien savoir.

— Oh! pogne pas les nerfs, là. Pis crie-moé pas après.

— Je crierai comme je veux. Je ne suis pas mariée avec toi. Puisque t'es pas capable de rien faire, salut et oubliez-moi, tous autant que vous êtes.

Je suis allée prendre mon sac et je suis sortie en claquant la porte. Je n'avais pas de quoi prendre le taxi, mais tant pis, je ferais du pouce. N'importe quoi plutôt que de rester ici. Pis si ça ne faisait pas avec mon pouce, eh bien, je montrerais ma cuisse!

Je marchais depuis un moment lorsque j'ai senti qu'une voiture me suivait. Je savais que ça devait être Dany. Pourquoi me suivait-il? Il avait besoin d'argent? Les autres l'avaient envoyé? Ils ne voulaient pas me perdre et être obligés de lui donner asile de nouveau, de le nourrir, de lui nettoyer son linge et de lui avancer de l'argent en attendant des chèques de chômage qui s'en allaient dans la bière? Ça devait être ça.

— Pardonne-moé, Élisa. Viens-t'en, câlisse, je t'aime, sacrement!

Je continuais d'avancer comme si je ne m'étais aperçue de rien. Il continuait à m'implorer. Car c'était bien cela: il m'implorait comme un chien qui se lamente après son os.

— Arrête-toé, Élisa, faut-y que je me mette à genoux ou ben quoi? Tout le monde nous regarde, j'aime pas ça me montrer en public. Arrête-toé. Je m'excuse pour tout. Pour tout! C'est pas assez, t'en veux encore plus?

Il a arrêté la voiture de Bruno et il est venu me prendre par le bras.

— Arrête que je te dis, Élisa. Je me suis rendu assez ridicule de même. Tu me fais faire des choses que j'ai jamais faites.

— Lâche-moi. Je sais très bien que tu me

niaises depuis le début. Je ne veux plus rien savoir de toi, Dany.

— Tu veux plus rien savoir de moé! Tu crois-tu que tu vas trouver mieux ailleurs? Tu m'envoies chier après tout ce que j'ai fait pour toé. J'ai été gentil et en retour je reçois quoi? De la marde. C'est ça?

— J'ai plus rien à te dire.

— Oh merde! Oublions ce qui s'est passé, Élisa, on va redémarrer à zéro. Je vais aller récupérer mon char au poste, on va repartir et ce sera fini. De toute façon, Bruno repart aujourd'hui. Ça sert à rien d'aller à pied. T'es aussi bien de repartir avec lui. Reviens.

J'ai cédé. Pourquoi? Aujourd'hui je ne le sais pas encore. J'ai eu envie de l'avoir près de moi, d'être contre lui, qu'il me dise encore une fois qu'il m'aimait et qu'il n'y avait que moi pour lui. De nouveau ma mémoire m'a joué un tour et j'ai oublié tout ce qui s'était passé, toutes les promesses faites et pas tenues.

Alors nous sommes rentrés, il y a eu des discussions au téléphone, puis avec Bruno, et j'ai appris que Dany ne pouvait pas redescendre au Lac tout de suite, que j'allais redescendre avec Bruno et Jocelyne et que lui resterait pour essayer de récupérer sa voiture.

— J'aime pas ça, te laisser partir toute seule, m'a-t-il dit.

— Moi, j'aimerais mieux que tu viennes. J'aime pas ça non plus que tu restes ici. Pis ils te redonneront jamais ton char, t'as pas de permis. Tu risques plus de te faire mettre en dedans.

— T'inquiète pas pour moi, je sais m'arranger. À propos, chérie, il faudrait que tu me prêtes un cent.

— Ben voyons! Tu crois pas que je t'en ai assez prêté? Pis de toute façon, j'ai pas un sou noir.

— Moi non plus, et il faut bien que je mange le temps que je reste icitte.

— T'avais huit cents piastres, Dany.

— J'avais en masse des dettes…

— J'y peux rien, moi.

— Je t'en supplie, tu peux pas me laisser comme ça. Tu pourrais au moins me faire un chèque.

— Non, tu n'auras rien.

— O.K., garde-le, ton argent, je m'en vais téléphoner à mon amie au Mexique; elle, je suis certain qu'elle saura faire quelque chose pour moé…

Pourquoi est-ce que cette idée m'était insupportable? J'ai encore cédé et je lui ai demandé si quarante-cinq pourrait faire son affaire.

— C'est mieux que rien, en attendant…

Et je lui ai fait le chèque.

Un gogo boy

Le voyage de retour a été un peu tannant. Jocelyne avait bu, elle toussait comme une damnée et elle avait mal partout. Lorsque je lui ai dit qu'elle se maganait trop, elle a juste répondu qu'elle mourrait et que c'était pas plus grave que ça.

Enfin arrivée! Quel bonheur de se retrouver chez soi! Plus de chicanes, la belle paix! J'ai repris mon train-train, m'attendant à ce que Dany revienne dans un jour ou deux. Mais les jours ont passé et pas de Dany. Parfois, il m'appelait et me disait qu'il faisait une petite job pour pouvoir mettre du gaz dans son char pour revenir. Il disait qu'il avait hâte de me revoir et qu'il m'aimait. Et moi, plus durait son absence, plus j'oubliais ses mauvais coups pour ne me rappeler que le bon Dany.

Deux semaines se sont écoulées et, plutôt que de revenir directement à la maison, il est allé chez sa sœur d'où il m'a appelée alors que j'étais déjà rendue à l'ouvrage.

— Pourquoi tu n'es pas venu à la maison? je lui ai demandé.

— Ça a juste adonné de même… Mais toi, t'as qu'à venir après ton shift, on est plusieurs icitte.

C'était le grand ménage chez Jocelyne quand je suis arrivée. Dany participait avec deux de ses chums qu'il avait amenés avec lui. Deux types que je pouvais tout de suite classer dans la catégorie des vautours et des profiteurs. J'ai fait comme les autres et j'ai commencé à donner un coup de main. Dany était tout le temps après moi pour me toucher aux fesses ou me prendre un sein.

— Chus en manque, qu'il me disait.

Et ça faisait rire les autres. Où était le respect dont il m'avait déjà parlé? J'essayais de rester gentille et lui disais d'arrêter, mais il ne voulait rien comprendre. Il portait un pantalon de jogging et, lorsque je lui disais que c'était assez, il les baissait et me disait de regarder comme son petit oiseau avait faim. Les autres trouvaient ça délirant, pas moi, et j'ai fini par me fâcher:

— Vas-tu arrêter ça, Dany? Pour toi, on dirait que ton cul c'est comme ta face. T'es rendu que tu ne portes même plus de bobettes…

— Qu'est-ce que tu peux être coincée! il m'a dit. Qu'est-ce que ça peut bien faire qu'on voie ma queue? De toute façon, j'ai l'habitude…

— Comment ça, l'habitude?

— Puisque tu le demandes, je vais te le dire: j'ai déjà été gogo boy.

— Là t'exagères.

— Pantoute! Tu veux que je te montre comment je faisais?

Avant que je réponde, il s'est mis à se tortiller comme un serpent puis à danser du ventre. Mais je ne voulais pas y croire. Il me faisait marcher.

— Tu me crois toujours pas?

— Non, pantoute.

— Demande à Henri et Denis. Ils étaient là, eux, dans ce temps-là.

Aussitôt ses deux copains ont approuvé. C'était vrai. J'étais glacée, figée, incapable de réagir. J'étais tombée en amour avec un gogo boy, un type qui montrait son sexe à tout le monde pour de l'argent. Je ne comprenais plus rien, ça m'écœurait mais aussi ça m'excitait. J'avais envie de lui, envie de l'avoir tout pour moi, assez pour qu'il en oublie tout le reste.

Il m'a ramenée chez moi ce soir-là. Comme je lui posais des questions sur sa vie de gogo boy, il m'a répondu que tout ça, c'était le passé.

— J'ai voulu l'essayer, a-t-il ajouté. Je l'ai fait durant trois semaines et finalement ça a été une expérience pas pire…

— Comment tu peux dire ça? Tu ne te rends pas compte que tu t'es sali?

— Comment ça, sali? Qu'est-ce qu'il y a de sale là-dedans? J'ai toujours su me garder. Tiens, une fois, il y avait deux femmes qui voulaient me donner six cents piastres pour aller passer une fin de semaine avec elles dans le bois. J'y suis pas allé.

— Tu veux me faire croire que tu aurais craché sur six cents piastres?

— Certain! J'aimais bien mieux fumer un joint avec mes chums.

— Les femmes étaient si moches que ça?

— Elles étaient pas pires pantoute, bien consommables, mais c'était pas dans mes intentions, c'est tout.

— Tu en prends toujours, de la dope, hein?

— Ça m'arrive, ça me décontracte. Tu devrais essayer, ça te ferait du bien. Ça t'aiderait à digérer ce que tu viens d'entendre; ça n'a pas l'air de passer.

— De savoir que le gars qu'on aime a déjà fait le gogo boy! Que toutes les débauchées du comté et d'ailleurs ont déjà vu de lui ce qui devrait rester intime!

— Je t'ai jamais dit que j'étais un ange. Tu ne sais pas ce que j'ai pu faire dans ma vie, tu ferais le saut…

— Je crois que j'aime autant pas le savoir. J'en ai assez entendu.

Je croyais qu'il allait rester avec moi, mais il est reparti chez sa sœur. Il m'a dit qu'il ne voulait pas laisser ses chums tout seuls. J'ai même dû tanker sa voiture, parce que, comme d'habitude, il n'avait plus un sou.

La rivale

J'avais parlé de nous à mes deux plus vieux, Jessie et Jack. Ceux-ci avaient l'air à trouver que je ne savais vraiment pas choisir mes conjoints. Ça me faisait du bien de les rencontrer, tous les deux. Pour tout dire, je ne me suis jamais remise de devoir les abandonner à leur père. Jack me parlait de ses espoirs, de ses cascades. Le vrai portrait de son père: autoritaire, sûr de lui, il disait qu'il voulait vivre à la campagne, qu'il n'aimait pas la ville. Jessie, elle, se rapprochait déjà beaucoup de moi et me confiait ses problèmes comme on peut les confier à une bonne amie. Elle vieillissait et devenait une très belle jeune fille. Voyant pour elle ce que j'étais incapable de faire pour moi-même, j'appréhendais déjà le moment où elle allait voler de ses propres ailes et je voulais la mettre en garde afin qu'elle ne répète pas mes erreurs vis-à-vis des hommes. Car, déjà, je me rendais compte qu'elle avait un faible pour les gars à problèmes.

Est-ce qu'il est possible que ce soit une malédiction dans la famille?

Pour en revenir à Dany, j'avais cru qu'il m'appellerait en arrivant, mais rien du tout. J'ai rappelé le lendemain, mais on m'a dit qu'il était couché. Il ne m'a contactée que le surlendemain midi, comme si de rien n'était.

— Allô, chérie, comment vas-tu?

— Comment je vais? Mais j'étais inquiète, pourquoi tu ne m'as pas rappelée?

— J'ai dû aller à Chicoutimi...

— Qu'est-ce qu'il y avait à Chicoutimi?

— Rien, on a juste été prendre une bière avec les chums.

— Tu aurais pu me prévenir.

— Je n'y ai pas pensé, ça s'est fait vite.

— Pas pensé, c'est gentil pour moi... En tout cas... Est-ce que tu viens ce soir?

— Bien sûr, je commence à m'ennuyer pas mal... Pas toi?

— Tu t'ennuies de moi ou de mon corps?

— C'est pareil, non?

Je me le demandais. Moi aussi, je m'ennuyais de lui de la façon qu'il suggérait. À ce moment-là, je voulais encore me persuader que j'éprouvais de l'amour véritable et, pour ça, je m'efforçais d'oublier tout ce qui ne me plaisait pas en lui. Je me répétais encore qu'avec de la patience j'obtiendrais qu'il soit comme je le voulais.

Sara m'a paru bizarre quand je suis arrivée pour prendre mon shift ce jour-là.

— Ça va? m'a-t-elle demandé avec, dans le ton de sa voix, quelque chose qui me laissait supposer qu'à son avis ça n'allait pas du tout.

— Bien sûr, pourquoi ça n'irait pas?

— Pour rien, pour rien. As-tu vu Dany dernièrement?

— Je lui ai parlé au téléphone tout à l'heure. Pourquoi? Tu as un drôle d'air?

— C'est pas de mes affaires, Élisa, mais tu devrais te méfier de lui. Il s'est fait beaucoup connaître par ici ces derniers temps. Ça jase pas mal sur son compte et il n'y a jamais de fumée sans feu…

— Oh ça, je sais ce que c'est, encore des bavassages de jaloux. Dès que les gens en voient d'autres qui semblent heureux, ils se dépêchent de lancer des accusations pour que ça casse. Je connais ça.

— Je ne trouve pas que tu as l'air si heureuse que ça, Élisa.

— Pourquoi? Ça va très bien, je te dis.

— Tant mieux.

— Laisse donc faire les commérages. C'est ça, les petites paroisses: il suffit qu'un gars nouveau entre dans la place et tout le monde se met à inventer des histoires sur son compte.

— C'est toi qui sais…

— Certain.

Mais au fond, ce qu'elle venait de laisser entendre m'attristait. J'étais loin d'être certaine que ce que j'appelais des commérages n'avait pas un fond de vérité. Dany lui-même m'avait bien dit qu'il n'était pas un ange.

Quoi qu'il en soit, lorsqu'il est arrivé plus tard en compagnie d'un de ses nombreux chums qui avaient tous le don de se ressembler, j'ai tout oublié des paroles de Sara, je me suis jetée dans ses bras et nous nous sommes embrassés comme si c'était la première fois.

Il m'a fait des compliments, m'a dit que j'étais en beauté et moi ça me ravissait. Il m'a dit qu'il m'aimait et, tout heureuse, lorsqu'il a dit qu'il avait faim, je lui ai préparé des lanières de poulet en y mettant tout mon amour.

Il avait mis des pièces dans la machine à musique et, tout en mangeant, il me donnait tous les petits noms affectueux. À la fin, lorsque je lui ai apporté de la tarte au sucre, il m'a de nouveau demandée en mariage.

Je n'ai pas eu le temps de lui dire que c'était peut-être encore trop tôt. Une fille est entrée dans le restaurant et a tout de suite salué Dany comme si elle le connaissait très bien. Trop bien, je dirais. Dany avait l'air un peu mal à l'aise, je le voyais bien.

— Salut, toé, qu'est-ce tu fais par icitte? lui a-t-il dit comme s'il tenait à marquer que c'était une rencontre banale.

— Rien de spécial, et toi?

— Tu vois, je mange.

Il avait vraiment l'air embêté et, repoussant son assiette, il m'a dit à voix basse:

— Tabarnak, elle m'a coupé l'appétit.

Je me suis levée pour aller la servir et elle m'a demandé un café sur un ton plutôt sec. Après l'avoir servie, je suis retournée auprès de Dany qui m'a glissé à l'oreille:

— J'y suis pour rien, mais c'te fille-là a un gros kick sur moi. Elle est collante, je suis incapable de m'en débarrasser. Il va falloir que j'y parle en tête à tête une fois pour toutes.

— Je croyais que tu ne connaissais personne icitte?

— Je la connais pas plus que ça.

— Alors, vas-y, dis-lui ce que t'as à lui dire.

Il s'est levé et est allé droit vers elle en lui indiquant qu'il aimerait lui parler dans sa voiture, seul à seule. Mais la fille semblait vouloir une explication plus immédiate.

— Je t'ai attendu toute la maudite veillée, Dany!

— Viens-t'en dans l'auto, je t'ai dit qu'on allait parler dans l'auto.

Je sentais la moutarde me monter au nez. Il y avait quelque chose entre les deux, ça se voyait. Il me jouait dans le dos! Sur un ton peut-être un peu trop haut, je lui ai dit que ça ne me dérangeait pas, qu'ils pouvaient parler devant moi. Mais Dany n'a pas écouté et il l'a entraînée dehors.

Je me suis alors retournée vers le chum de Dany et je lui ai demandé :

— Il a couché avec elle! Hein, il a couché avec cette fille?

— J'en sais rien pantoute, marmonnait le chum. C'est pas de mes maudites affaires, pis j'm'en crisse.

Je voyais rouge. Je devais sauter sur place. Je prenais le chum et Sara à témoin :

— Le maudit écœurant! S'il a couché avec cette guidoune, je le tue! Je le tue aussi vrai que deux et deux font quatre. Je vous le dis, je ne serai plus capable de me contrôler. Il avait pas le droit! Le salaud! Le maudit cochon sale! Je vais le tuer!

Je m'entendais parler comme ma mère. Ça a été comme si je l'entendais une autre fois qui disait à Arthur : « Envoye, tue-la, câlisse! Qu'elle ferme sa gueule. » Est-ce que je devenais comme elle? Non!

Les minutes passaient et il ne revenait pas. Je ne tenais plus en place, je perdais tout contrôle. Non, ce n'était pas possible, j'étais en train de vivre un cauchemar. Ça ne se pouvait pas que le gars qui venait de me redemander en mariage soit allé coucher avec une autre! Trop c'était trop!

Ils sont revenus comme je m'apprêtais à aller leur demander des explications dans la rue. La fille s'est assise seule à une table et Dany s'est approché de moi. Qu'est-ce qu'il avait pu lui raconter?

— Explique-toi, Dany R. Je veux tout savoir.

— Quoi?

— Accouche, salaud! Pourquoi il a fallu que t'ailles y parler dans l'auto? Qu'est-ce que vous aviez à cacher? Hein? Regarde-moé ben dans les yeux et dis-moé que t'as pas couché avec! (J'ai frappé du poing sur le comptoir. Je sentais une éruption de mots orduriers qui me montait dans la gorge.) T'es capable de me dire en face que tu l'as pas touchée? Câlisse! tu vas-ti me répondre quand j'te parle?

— Oui, a-t-il dit.

— Oui quoi? T'as couché avec?

— Oui.

J'avais l'impression que tout se brisait autour de moi. J'étais entraînée dans un gouffre sombre et tous les mots qui dansaient dans ma tête étaient rouges. Rouges comme le sang, rouges comme l'enfer.

— Salaud! Sacre ton camp, mon espèce d'enfant de chienne, pis emmène ta guidoune. Allez donc faire vos cochonneries ailleurs comme les cochons que vous êtes! Pis je veux plus jamais vous revoir la face. Tu débarqueras ma guitare icitte quand je serai pas là.

— Elle est à moi, la guitare, a-t-il dit calmement.

— Je vais te faire voir si elle est à toi…

Il est parti calmement avec la fille, me laissant sur une colère que les mots n'avaient pas suffi à éteindre.

Son chum était resté dans le restaurant. Il secouait la tête comme s'il était surpris du comportement de Dany.

— Il t'a fait un sale coup. J'aurais pas cru qu'il était capable de ça, m'a-t-il dit. Il m'a pourtant raconté tout ce que t'as fait pour lui.

Je n'en revenais pas. C'était celui que je prenais pour le bum qui me disait ça. Ce n'était pas possible, tout ça. J'allais bientôt me réveiller et Dany serait auprès de moi, de son côté du lit, et il allait me consoler de mon mauvais rêve avec des mots doux. En riant je me blottirais dans ses bras et me dirais que la vie était merveilleuse.

Mais non, ce n'était pas un rêve, il n'y aurait pas de réveil. Il était parti pour toujours et c'était fini. Ce soir sans doute, ou avant ça, il allait se retrouver dans un lit avec cette fille et il lui ferait ce qui ne devait être qu'à moi. L'idée n'était pas supportable, elle me faisait plus mal que des coups. J'en étais à me dire que je n'allais pas pouvoir survivre à ça lorsque la fille est revenue dans le restaurant.

— J'ai oublié mes cigarettes, a-t-elle expliqué.

— Sur la table, elles n'ont pas bougé.

— Tu m'as l'air d'être une vraie peau de vache, m'a-t-elle dit.

— Évidemment! c'est moi la coupable! C'est lui qui me trompe et c'est moi la peau de vache.

J'allais exploser, mais un groupe de clients est entré. Je ne savais plus quoi faire, il allait falloir que je prenne leurs commandes, tout devait continuer comme si rien ne s'était passé. Comment j'allais pouvoir faire pour être aimable et faire mon travail comme il faut?

— Est-ce que je peux faire quelque chose pour toi? m'a demandé Sara.

— Rien, merci.

— Tu sais, m'a-t-elle dit, il ne faut pas en vouloir à Brigitte, ce n'est pas de sa faute, elle ne savait pas. Je crois qu'elle est aussi surprise que toi.

— Je sais, mais…

C'était vrai, cette Brigitte n'y était pour rien. L'unique responsable était ce salopard. Pour moi-même, je lui donnais tous les noms, espérant ainsi pouvoir arriver à le détester. Si j'y parvenais, peut-être qu'alors ce serait moins douloureux.

Je me suis souvent demandé si au fond, réellement, ma mère avait pu aimer Arthur d'un amour véritable. Était-il possible que la femme dont je suis la chair de la chair ait pu tomber amoureuse d'un type qui tripotait ses propres enfants, les filles comme les gars? Je n'ai jamais eu de véritable réponse et, loin de me renseigner, au contraire, leur mariage, des années plus tard, ne m'en a pas appris davantage. Je sais cependant que, pour moi-même, mes sentiments ne sont jamais tout à fait comme je les voudrais. Car, comme si Dany ne m'en avait pas assez fait, à peine un quart d'heure plus tard, il est revenu avec sa Brigitte s'asseoir au restaurant et, tout au fond de moi, j'étais déjà prête à lui trouver des excuses qui pardonnent. Même si mes paroles à ce moment-là n'en laissaient rien paraître.

— Qu'est-ce que tu fais icitte? Va-t'en!

— C'est un endroit public, non? Alors tu me sers un café, s'il te plaît.

— S'il te plaît! Voilà que t'es rendu poli astheure! C'est de me tromper qui t'a rendu de même? J'espère que ça te rendra plus mature aussi, s'il faut que ça serve à quelque chose.

Je suis allée chercher la cafetière et en même temps je lui ai ramené la facture de son repas qu'autrefois j'avais pris l'habitude de payer, ainsi qu'une photo de lui qu'il m'avait donnée avec, marqué derrière : « À Élisa que j'aime et que j'aimerai pour toujours. »

— Tiens, mon cher, ta facture et ça…

— Serre-la, je payerai plus tard.

— J'ai pas d'autorisation pour t'ouvrir un crédit icitte. Et puis il paraît que ton nom vaut pas grand-chose.

Il n'a rien dit. J'étouffais de les voir ensemble. Pourquoi restaient-ils justement ici? Pour me faire souffrir? Il y avait d'autres restaurants en ville. J'avais hâte que les autres clients quittent la place pour pouvoir dire à Dany ce que je pensais de lui. Il me semblait que des paroles bien senties pourraient me soulager.

Enfin les clients sont partis et ils sont restés seuls comme s'ils n'attendaient que ma crise.

— J'ai à te parler, j'ai dit à Dany.

— J'ai rien à te dire.

— Pourquoi? Parce que tu sais que tu ne pourras plus me demander d'argent, que tu ne pourras plus me pogner les fesses pour faire ton drôle devant tes chums? Tu sais comment on appelle ça, les gens comme toi, Dany R.? On appelle ça des gigolos. Et je t'assure qu'un gigolo, c'est pas ce qu'il y a de plus beau dans la race humaine. Tu n'es qu'un lâche! Un osti de lâche. Et puis qu'est-ce que t'as à me regarder comme si je te martyrisais?

— Tu ne peux pas comprendre, a-t-il répondu en secouant la tête comme si tous les malheurs du monde s'abattaient sur lui. Tu ne peux pas comprendre que je vous aime toutes les deux. C'est pas ma faute, moé, si j'ai le cœur grand comme ça…

J'ai cogné du poing sur une table et tous les ustensiles ont revolé. J'avais envie de foncer sur lui et de le frapper, frapper jusqu'à ce qu'il s'écroule. Comme si cela avait pu faire taire ma peine. Puis soudain j'ai compris qu'en quelque sorte il était en train de me dire que j'avais encore une chance, qu'à cet instant il pouvait encore me choisir. Et je me suis dit que, s'il faisait ça devant elle, ce serait vraiment une preuve d'amour. Mais au lieu de lui dire de choisir, parce que ma colère était encore trop grande, je lui ai ordonné son choix et sa voie :

— Eh bien, moi, je vais choisir pour toi, Dany, prends-la, pars avec elle et sortez d'icitte tous les deux avant que moi je vous sorte! Sortez d'icitte! Je m'en câlisse si je perds ma job, mais sortez!

Ils sont sortis et je me suis mise à pleurer. Jamais je ne m'étais sentie aussi malheureuse. J'avais sans doute eu des peines aussi grandes, mais celle-ci s'ajoutait aux autres et c'était trop.

Le soir, je n'ai pas été capable de faire ma caisse. C'est Lily qui a dû la faire pour moi. Je n'étais plus capable de fonctionner et je suis rentrée chez moi. Assise dans le salon, dans l'obscurité, je n'arrêtais pas de revoir le moment où il m'avouait avoir couché avec cette Brigitte. Cela me faisait mal et, plus cela me faisait mal, plus je le repassais dans mon crâne, comme si j'avais voulu me punir de quelque chose, ou comme si j'avais voulu me rentrer dans la tête une fois pour toutes que c'était un salopard, une ordure et un rien du tout.

Cela n'a pas dû suffire, car, en fin de soirée, j'ai appelé Jocelyne en exigeant que ma guitare me soit rendue dans l'heure, sinon j'appelais la police. En y repensant, je m'aperçois bien que c'était lui que je voulais revoir, ne serait-ce que pour lui lancer d'autres injures et peut-être le voir souffrir pour ce qu'il m'avait fait.

Il est venu tout de suite avec la guitare. En le voyant, soudain je n'ai plus eu le goût de le couvrir de bêtises, je voulais comprendre.

— Pourquoi tu as fait ça, Dany?

— Je ne sais pas. Ne me crois pas si tu veux, mais je te jure que je ne sais pas.

Il n'a rien ajouté et il est parti. Je demeurais sans bouger, j'avais l'impression d'être restée après la représentation d'une pièce de théâtre et qu'au lieu de sortir avec tout le monde quand c'était le temps j'étais restée là pour assister à la démolition des décors. C'était infiniment triste. Je parle de décors et je me rends compte que c'était un peu ça qui s'était passé. J'avais rencontré un gars plutôt bien de sa personne et sur cette seule impression j'avais bâti tout un décor où je pensais pouvoir être heureuse. Mais voilà que la réalité m'avait rattrapée et avait renversé le décor.

Des regrets et des pardons

Les jours passaient et je ne cessais de penser à lui. Parfois je croyais pouvoir reprendre le dessus; deux minutes plus tard j'étais prête à saisir le téléphone pour l'implorer de revenir, peu importe ce qu'il m'avait fait. Je savais que ça allait contre tout bon sens, mais, je le répète, j'étais droguée à Dany. J'en avais besoin, il me le fallait. Malgré tout, j'ai quand même su tenir bon. À d'autres moments, je me disais que c'était moi la cause de tout ce gâchis. Pourquoi est-ce que j'avais cru pouvoir posséder pour moi seule un beau gars comme Dany? Je me regardais alors dans le miroir et me trouvais laide, sans les formes avantageuses que pouvait avoir Brigitte. Non, décidément le bon Dieu ne m'avait pas gâtée. Est-ce que je pouvais vraiment en vouloir à Dany d'avoir été attiré par un corps plus séduisant que le mien? Peut-être que c'était ça qu'il avait voulu dire lorsqu'il avait déclaré qu'il nous aimait toutes les deux? S'il préférait sans doute le corps de Brigitte, peut-être me préférait-il comme personne? Je me raccrochais à ça, c'était mieux que rien.

Un matin, je me suis réveillée avec le rêve que je venais de faire dans la tête. D'habitude, un rêve vient, on peut y penser quelques minutes et puis on l'oublie, on sait que c'était un rêve. Mais, ce matin-là, je me suis réveillée comme si le rêve de la nuit avait réellement été une part de ma vie. J'avais nettement l'impression que tout ce que je venais de rêver avait existé. J'étais allée en visite chez mon oncle et ma tante en Abitibi, et il se trouvait qu'ils avaient gagné le million à la loto. Leur maison était celle dont j'avais toujours rêvé, spacieuse, claire, avec surtout d'immenses verrières où poussaient, à l'abri de la neige extérieure, des forêts de hautes plantes tropicales. Toute cette verdure abritait des bassins avec des jets, et des oiseaux de toutes les couleurs volaient de branche en branche. Il y avait un jardinier qui s'occupait de toutes ces plantes, un homme d'à peu près mon âge qui se prénommait François. Je passais mes journées sous les verrières et, comme de raison, nous nous parlions beaucoup. Au point que nous avons développé une amitié très forte. Une amitié qui n'était pas faite d'attente ou de désir de l'un pour l'autre, mais seulement de la joie toute simple d'être ensemble. C'est un peu avant la date prévue de mon départ qu'il m'a proposé de rester avec lui pour toujours. « Nous sommes tous les deux pareils, m'a-t-il dit, et je sais que nous nous aimons très fort. Pourquoi est-ce qu'on ne vivrait pas ensemble tous les deux? » J'aurais voulu lui dire oui comme jamais je n'ai rien voulu d'autre avec autant de force, mais, dans mon rêve, j'étais enceinte et j'ai dû lui répondre que je ne pouvais pas rester avec lui parce que je devais vivre avec Dany qui était le père de l'enfant que j'attendais. François était très triste et moi aussi. Je sentais en moi une peine immense comme aucune autre que j'avais connue. Ce n'était pas une peine contre laquelle on veut crier, la suite d'une injustice humaine contre laquelle on veut pleurer, non, celle-ci plongeait ses racines dans la fatalité. Tout ce que nous avons pu faire a été de nous promettre une soirée rien qu'à nous. Un instant qui serait le nôtre.

Nous l'avons eue, cette soirée; un pique-nique sous les grandes frondaisons vertes, au milieu des oiseaux de paradis. Nous avons bu du vin pétillant, mais nous n'avons pas fait l'amour. Il semblait que nous n'avions même pas besoin de cela pour être complètement à l'autre. Tout au plus, nous nous sommes étreints très, très fort lorsque le moment de nous quitter est venu. Puis j'ai repris l'avion pour le Lac-Saint-Jean et c'est en arrivant dans le petit matin froid qu'un téléphone de ma tante m'apprenait que François avait eu un accident en revenant de me conduire à l'aéroport et qu'il était mort. C'est cette insupportable nouvelle qui m'a réveillée. Et, réellement triste, je suis restée longtemps dans le lit à me demander si ce n'était pas, au bout du compte, la seule belle et véritable histoire d'amour que j'allais vivre au cours de ma vie.

Environ deux semaines plus tard, je n'avais plus eu de nouvelles de Dany sinon pour entendre dire qu'il n'était plus dans les parages. J'ai croisé Jocelyne en ville. Visiblement, nous étions gênées toutes les deux. Dernièrement, j'avais appris certaines choses par Sara et je voulais les éclaircir.

— Dis-moi la vérité, Jocelyne. Est-ce que c'est toi qui as dit à Dany de venir vivre avec moi?

— Voyons donc! Jamais! Qui t'a dit ça?

— Dany l'a dit à Brigitte qui l'a dit à une de ses copines qui l'a dit à Sara. On vit dans une petite place. Si c'est vrai, je veux savoir pourquoi. Est-ce parce que j'ai touché des droits d'auteur et que tu as trouvé que ce serait une bonne planque pour Dany?

— Voyons! Pour qui tu me prends! Tout ce que j'ai pu dire à Dany, c'est que tous les deux, ensemble, vous formeriez un beau couple. Je pensais que vous auriez pu être heureux tous les deux. Avoir deviné qu'il allait te faire du mal, je t'aurais tout de suite mise en garde. Je te jure, je croyais vraiment qu'il avait changé.

— As-tu du temps pour prendre un café?

— Bien sûr, allons-y. Je ne veux pas que tu restes sur cette idée folle que tu as pu te faire de moi.

Nous avons beaucoup parlé, surtout de Dany qui était parti rejoindre ses chums à Chibougamau. Elle me disait qu'il avait tout de suite laissé tomber Brigitte et qu'il était très malheureux. Il l'appelait souvent pour lui demander si elle croyait qu'il pouvait m'appeler pour me demander pardon. Il ne comprenait pas qu'il puisse m'avoir perdue pour une bêtise de sa part.

— C'est un peu plus qu'une bêtise, j'ai dit.

— À toi, ça peut te sembler comme ça, mais lui, peut-être qu'il avait pris une bière de trop et qu'il s'est oublié. Tu sais, les gars n'attachent pas la même importance à ça que nous on peut le faire. Enfin, quand je dis nous, je veux parler de la plupart d'entre nous, parce qu'il y en a, maintenant…

— Moi, je trouve au contraire que les gars attachent beaucoup d'importance au sexe.

— Au sexe, oui, mais moins à la partenaire. Je dirais même qu'ils ne font pas toujours le lien entre le sexe et l'amour. C'est ça la grande différence qui fait que des fois on ne comprend pas. En tout cas, tu peux être sûre d'une chose, c'est que Dany regrette. Il voudrait bien te demander pardon.

— Moi, je ne sais pas encore si je suis prête à pardonner. Il m'a fait mal, tu sais…

Elle m'a pris la main et j'ai vu qu'elle avait des larmes dans les yeux.

— Quoi que tu décides, Élisa, nous on reste amies, n'est-ce pas?

— Bien sûr, Jocelyne.

Après cela, il fallait que je change d'air. Je suis allée chez ma sœur, Diane, et nous sommes parties magasiner. En passant devant la coiffeuse, je me suis dit qu'un nouveau look me ferait peut-être du bien, mais en sortant j'étais incapable de me trouver belle et, pire, je m'en fichais. Comment avais-je pu croire qu'une nouvelle coiffure pourrait arranger mon moral! Nous sommes aussi allées dans une brasserie où une copine nous a raconté une histoire pas banale:

— Vous savez pas ce qui m'est arrivé, les filles?

Imaginez-vous donc, l'autre soir j'avais veillé un peu trop fort et j'étais un peu chaudette en reprenant le volant. Ça allait pas si mal, mais tout à coup il y a un tournant qui est arrivé plus vite que j'avais prévu. Ça fait bing! bang! la voiture se cogne contre des murs, ça brasse pas mal, mais quand ça s'arrête, miracle, le char est toujours sur ses roues et dans la bonne direction. Je vous jure que j'ai pas demandé mon reste, je suis rentrée chez nous, j'ai parqué le char dans la cour et je suis montée me coucher. J'avais quasiment oublié toute l'affaire en me réveillant le matin, mais mon mari est allé à la fenêtre et il s'est mis à beugler comme un beau. « Viens voir! qu'il me disait, viens voir ce que les sacrements de flos de la rue ont fait au char. Cette fois, ils y vont trop fort… » Il criait tellement que j'ai pas osé lui dire que c'était moi qui avais cabossé le char. Pis, comme je vous le conte là, il ne le sait toujours pas, il croit encore que c'est les jeunes du quartier. Il leur en a tellement mis sur le dos astheure que je ne sais plus comment lui dire ça…

L'histoire nous a bien fait rire et j'en avais besoin. Je me suis demandé ensuite pourquoi je n'avais pas l'occasion de rire plus souvent.

D'autres jours ont passé. J'allais un peu comme une âme en peine et je passais mes heures solitaires à me souvenir des beaux moments que nous avions eus. Tout le négatif s'en allait, ma mémoire ne retenait que le meilleur. Tout s'en allait sauf l'affreuse scène où il m'avait avoué avoir couché avec Brigitte. Je me sentais tellement seule et abandonnée que j'en étais à me dire que j'aurais dû lui pardonner.

Mon chagrin ne faiblissait pas, au contraire, lorsqu'un soir le téléphone a sonné. J'ai regardé un instant l'appareil, hésitante. Je savais déjà que c'était lui.

— Allô…

— Élisa? C'est moi, Dany…

— Salut, Dany.

J'aurais voulu pouvoir raccrocher, mais des larmes roulaient sur mes joues et je n'avais qu'une envie, c'était de me serrer tout contre lui et d'oublier tout ce qui s'était passé.

— Y a longtemps que je voulais t'appeler, Élisa. Je ne savais pas si je devais.

— Je ne sais pas non plus.

— Est-ce que tu crois que tu vas pouvoir me pardonner un jour?

— Ça non plus, je ne sais pas, Dany.

— Est-ce que tu m'aimes encore un peu?

Comme j'aurais voulu avoir la force de lui rire au nez, de lui demander pour qui il se prenait et de raccrocher, tirer une vengeance de son orgueil blessé! Mais il avait raison de poser la question: je l'aimais encore. Tout au plus, j'ai pu lui dire que je ne savais pas.

— Comme je regrette! m'a-t-il dit. Tu peux pas savoir comme je regrette. J'accepte pas l'idée d'avoir pu te faire du mal, Élisa. J'accepte pas pantoute.

Et là, je l'ai clairement entendu qui pleurait à l'autre bout du fil. Il pleurait à cause de ce qu'il m'avait fait. À mon tour, j'ai sombré dans les sanglots. Je voyais la pièce autour de moi, le divan, les meubles, rien ne me paraissait avoir de sens, tout tournait comme un manège de tristesse. Tout était stupide, on se faisait du mal pour rien alors qu'on aurait pu s'aimer. Je voulais le consoler et qu'il me console. Je voulais effacer toute cette agitation sans but qu'était ma vie. Une vie que je voyais soudain clairement pour ce qu'elle était: je servais du café bon marché et des hamburgers sans goût dans un restaurant qui n'avait pour vocation que de faire du fric. Je faisais ça pour passer le temps qui était trop long et pour payer des meubles et un loyer qui n'avaient rien à m'offrir parce que ce n'était que des objets. Des choses sans âme, uniquement fabriquées pour être achetées, comme tout le reste. Rien n'avait de sens, j'en avais la nausée. Il n'y avait que l'amour qui pouvait donner un sens à tout ça.

— Tu pleures? je lui ai demandé.

— Ben, j'y peux rien, je m'en veux de t'avoir fait du mal. Je comprends rien de ce qui se passe avec moi, je me promets de bien faire et puis je ne sais pas ce qui se passe, je fais tout le contraire. Tu vas me dire que je te l'ai déjà dit, mais c'est comme si c'était pas toujours moi qui décidais dans ma propre peau. Mais toi aussi tu pleures, ça me met en crisse parce que je sais bien que c'est de ma faute.

— Oh Dany! Dany!

— Je m'ennuie de toi, Élisa. J'te jure que je m'ennuie.

— Moi aussi, je m'ennuie! Qu'est-ce que tu penses!

— Qu'est-ce qu'on va faire? Est-ce que tu crois que je peux revenir?

À cet instant, je me fichais complètement de tout ce qu'il avait pu faire. Je ne voulais qu'une chose: le retrouver. Ensuite je verrais bien. Là, au téléphone, je me sentais encore la force de tuer en lui cette volonté qui le dominait et le poussait à faire ce qu'au fond il ne voulait pas. Finalement je la connaissais bien, cette fichue volonté de mal faire. Elle avait accompagné presque chaque jour de ma vie. Elle est partout; elle se nourrit de la misère et de la souffrance morale et, plus elle en mange, plus elle en veut. C'est un peu comme dans le film *Alien*. Ça doit être pour ça qu'il fait si peur: le monstre est là, il a besoin des humains pour se reproduire et on sait très bien qu'au fond il n'y a pas de possibilité de s'en débarrasser.

— Je ne sais pas… j'ai dit, plus pour la forme

que par véritable interrogation. Je ne veux plus souffrir comme j'ai souffert, Dany.

— Je te jure que ça ne se reproduira pas! Donne-nous encore une petite chance! Je crois qu'on peut encore être heureux, tous les deux, et leur montrer, à tous les autres, qu'on est pas pires que ça. On doit ben être capables de tasser toute cette merde et se faire une vie qui a un peu de sens, tu crois pas?

— On peut essayer...

— Je peux revenir?

— Si tu crois vraiment que tu m'aimes, reviens. Je garde la porte ouverte.

Je lui ai sauté au cou lorsqu'il est arrivé, mais étrangement, en dedans je ne me sentais plus pareille, comme si son coup de téléphone avait cassé quelque chose.

Nous nous sommes assis sagement pour parler de nos torts et je lui ai demandé toute la vérité. J'ai voulu savoir si à part cette Brigitte il y en avait eu d'autres, et Dany semblait décidé à tout me révéler. Cela faisait mal, mais me paraissait garant de sa sincérité.

— Te souviens-tu de la fois où je t'ai accusée de m'avoir donné des morpions?

— Si je m'en souviens! J'ai couru comme une belle folle jusqu'au CLSC pour consulter un médecin. Je crois bien que j'ai jamais eu aussi honte de ma vie. Humiliée, tu dis... Et en plus j'avais rien.

— Ben cette fois-là, c'est à cause que des chums de Chibougamau avaient descendu une Indienne du bois. C'est elle qui m'avait passé les bébites. Il y a aussi eu une coiffeuse, pis quelques autres... Je sais plus trop qui ni comment, c'était juste pour tirer un coup, je voyais pas vraiment le mal.

— Et le vois-tu maintenant?

— Oui, j'avais pas réalisé que je te trompais. Pour moi c'était juste pour le fun.

J'étais contente qu'il se montre sincère, mais j'aurais préféré ne rien savoir. Chaque révélation ajoutait à ma douleur et il ne s'en rendait pas compte. Plus tard, très tard, je lui ai dit que j'aimerais ça aller faire un tour en voiture avec lui dans la nuit.

— Je voudrais bien, a-t-il répondu, mais j'ai vendu le char. J'en ai tiré six cents piastres et je te dirai pas que je les ai pas bues. J'étais seul, je me suis défoulé…

Dans un sens je n'étais pas mécontente : comme ça il ne pourrait plus vadrouiller n'importe où. Je ne me rendais pas compte que je n'avais plus du tout confiance en lui.

— Sais-tu que ta Brigitte a demandé plusieurs fois pour toi au restaurant?

— De celle-là, je m'en crisse, tu peux me faire confiance.

— Comme c'est là, c'est beaucoup me demander, Dany.

— O.K., je comprends, j'ai une grosse pente à remonter.

Décidément, rien n'était plus pareil en moi. Je n'y croyais plus, à la remontée de cette pente. Pire, ça m'était un peu égal. Je le regardais assis en face de moi et, même si j'anticipais ses mains sur moi, sa poitrine contre la mienne, je me demandais pourquoi j'avais été folle de lui à ce point. Oui, quelque chose était brisé. Je ne savais pas encore quoi.

La reprise et en avant la musique

Tout a repris comme auparavant. Enfin presque, car je n'étais plus dupe, je ne croyais plus que je pouvais le changer et cela ne m'intéressait pas vraiment. Je savais désormais que ce que j'avais éprouvé pour lui était du passé.

Je continuais à travailler et lui à regarder des

films. Il ne faisait rien et ça me fatiguait un peu. Il était de ces gens qui croient qu'ils peuvent tout avoir sans rien faire et sont étonnés de ne rien avoir. À croire qu'ils s'imaginent que leur magnificence suffit à ce que les autres les entretiennent à ne rien faire. Et ce sont des gens comme lui, habitués de ne rien entreprendre par eux-mêmes, qui attendent tout des autres et qui, quand ça ne va pas à leur goût, disent: «Il faudrait que le gouvernement fasse de quoi.» Ce n'est jamais de leur faute, toujours celle d'un autre qui devait s'occuper d'eux et qui ne l'a pas fait. Des bébés, de vrais bébés dépendants des autres et qui ne savent que hurler quand ils n'ont pas leur biberon. C'est dans cet ordre-là qu'un jour, tout naturellement, Dany m'a posé le problème de ses dettes. En fait, c'est moi qui lui ai d'abord demandé où ça en était, cette histoire de conduire avec de faux permis à Chibougamau.

— C'est arrangé, j'ai un chum qui me ressemble…

— T'as vraiment des bons chums. Pourquoi tu t'embarques toujours dans des histoires de même? Qu'est-ce que ça te donne?

— J'en sais rien. Ce que je sais, c'est que j'ai un gros casier judiciaire et que je n'ai vraiment pas le goût d'aller en tôle.

— Si tu continues, tu vas finir par te faire pogner.

— Si personne parle, les bœufs ne sauront rien de cette affaire. J'ai ben assez de troubles avec toutes mes dettes…

— Tu dois beaucoup?

— Dans les quinze mille, peut-être un peu plus. Un bon jour, il va falloir que je compte ça et que chaque mois j'en donne un peu avant de me retrouver dans le trouble.

— C'est pas moi qui vais payer ça, Dany. Il faut que je pense à mon fils.

— Je te demande pas de payer, juste de m'aider un peu, le temps que je trouve une job. Quand on vit à deux, on partage tout, même l'argent. Je vais faire une liste de noms et on éliminera les dettes les unes après les autres. Tu verras, un jour on en verra le bout.

— Moi, je viens juste d'en voir le commencement.

Un jour, il m'a présenté sa cousine Janine et, à partir de ce moment, je les voyais tout le temps ensemble. Ils semblaient très liés, tous les deux, pour ne pas dire attachés. Pour tout dire, il n'y avait que ce lien familial qui me rassurait. Ils se sont mis à faire des projets ensemble. Comme lui, elle jouait de la musique et ils parlaient de former un duo pour animer les soirées dans les salles de danse.

Je n'ai su qu'après coup qu'ils s'étaient trouvé un petit coin, un garage derrière chez Bruno, où ils se sont mis à répéter toutes les nuits.

— Faudrait que tu viennes nous voir jouer, me disait Janine. On s'en vient pas pires.

— T'inquiète pas, dès que j'aurai une soirée de libre, je vais aller voir ça.

J'avais hâte de voir quel genre de musique ils faisaient tous les deux. J'ai été servie. Quand j'y suis allée il y avait un tas de monde que je ne connaissais pas, tous des oiseaux de nuit qui sacraient à chaque phrase, buvaient comme des trous et fumaient des joints les uns derrière les autres. Quant à la musique, c'était peut-être pas mal, mais pas vraiment mon genre. Plutôt ce qu'on appelle de la musique de capotés. Je n'ai jamais su pourquoi, à un moment, Dany s'est fâché. Il a commencé à varger dans les murs.

— Personne peut me comprendre! hurlait-il. Je

souffre comme un chien et personne comprend ça. Allez donc chier tous autant que vous êtes.

Il criait, il se débattait et même j'ai vu qu'il pleurait lorsqu'il est sorti en vociférant. J'ai voulu aller le calmer, je ne savais pas ce qu'il avait, mais je croyais pouvoir faire quelque chose. Janine m'a devancée en me disant qu'elle seule pouvait le consoler. Je suis donc restée sur place, piteuse. Normalement c'était moi qui étais dans la vie de Dany. Pourquoi je ne pouvais pas l'aider?

Comme ils ne rentraient pas, je suis sortie pour voir et, là, Dany m'a hurlé de m'en aller. Il ne voulait voir personne.

— O.K., O.K…

Je suis repartie chez moi, des larmes plein les yeux, non pas tant parce que j'avais pitié, cette fois, mais parce que tout me semblait un réel gâchis. Il m'a appelée plus tard dans la nuit.

— Élisa, je sais pas encore ce qui m'a pris, pardonne-moi, j'ai trop besoin de toi.

— Ça, pour avoir besoin de moi…

— J'ai dû prendre du mauvais stock. J'ai fait un bad trip, Élisa, il faut comprendre ça.

— Avais-tu besoin de te droguer?

— On en a besoin des fois quand on fait de la musique. On a pas toujours le feeling pour jouer.

— Et ça me retombe toujours sur le nez. Qu'est-ce que j'avais fait de mal cette fois? Je suis juste allée te voir jouer.

— Laisse tomber, chus tanné, j'te rappellerai.

Il a raccroché et je ne l'ai revu que trois jours plus tard. Il était avec Janine. Sa première phrase a été:

— Salut, chérie. Dis donc, Bruno et Jocelyne sont partis en voyage. Ça te fait rien si Janine reste avec nous quelques jours? Elle a pas de place où loger.

— Ça me fait rien. Fais comme chez toi, Janine.

— Je te remercie, Élisa, t'es ben smart. Dany me l'avait dit.

Il est allé lui montrer la chambre libre et j'ai préparé du café. Comme ils ne revenaient pas, je suis allée voir. Ils étaient tous les deux assis sur le lit, riant comme des fous.

La question m'est venue à l'esprit de savoir s'ils étaient vraiment cousins. Et s'ils l'étaient, est-ce que…

Ils sont revenus dans la cuisine et Dany lui disait de faire comme chez elle, que si elle avait faim elle n'avait qu'à fouiller dans le frigidaire, de ne pas se gêner.

Je les ai laissés pour aller travailler. Ça grondait dans ma tête. J'en avais assez! Il se croyait vraiment chez lui, je ne comptais pas. Pour un peu, c'est moi qui aurais dû lui demander l'autorisation de venir coucher chez moi. Tout en marchant, je respirais à grands coups, essayant de me calmer. Fallait-il que j'accepte tous ses caprices? Il venait coucher de temps en temps, pouvait rester parti plusieurs jours sans donner signe de vie, revenait avec une prétendue cousine, lui disait de faire comme chez elle, et on ne me souhaitait même pas une bonne journée lorsque je partais pour aller gagner l'argent pour le nourrir, le loger et l'habiller. Un pourvoyeur, voilà ce que j'étais, sauf que j'étais un pourvoyeur qui ne recevait rien pour ses services, sinon des bêtises.

Le soir en rentrant, Diane avait ramené David et j'ai trouvé Dany qui jouait avec lui. Ils avaient l'air à bien s'entendre, tous les deux. J'étais arrivée prête à faire une crise et à tout régler une fois pour toutes, mais en les voyant à quatre pattes sur le plancher je me suis attendrie et je me suis même fait la réflexion que tout le reste, c'était ma jalousie qui parlait.

Un peu plus tard dans la soirée, quand David a été couché, j'ai dit à Dany qu'il avait l'air d'aimer ça, les enfants. Il m'a regardé, surpris.

— Certain que j'aime ça! Si seulement je pouvais en avoir un… Mais le bon Dieu doit me punir, Il doit savoir que j'en mérite pas. Un enfant… ça changerait ma vie, je ferais des miracles pour lui.

— Mais le bon Dieu, Il t'écoute, Dany. Il sait ce que tu veux au fond de toi. S'Il voit que tu aimes vraiment les enfants, laisse faire le temps et un jour tu te retrouveras papa. Lui, là-haut, Il sait si tu es sincère ou pas.

— Ben là, sur ce point-là, avec moi Il peut pas se tromper! Tu as peut-être raison après tout, il me suffit d'attendre et d'avoir confiance.

À mes yeux, il venait de se racheter pour tout. Toute ma colère précédente s'évanouissait et, au contraire, j'envisageais de nouveau des projets pour nous deux. Non, je n'allais pas l'abandonner, il avait besoin de moi à ses côtés. « Un jour il aura son enfant, je me suis dit, et cet enfant-là changera toute sa manière de vivre. Il ne boira plus, il ne se droguera plus et il n'aura plus toutes ces crises qui le rendent tellement détestable. »

Retour de Brigitte

Quelques jours plus tard, je suis rentrée à l'appartement sans que lui ou Janine m'entendent arriver. Je percevais ce qu'ils disaient, il était question du jour où tous les deux auraient assez d'argent pour avoir tout ce qu'il faut pour chanter en public. Leurs projets étaient énormes et ils semblaient vraiment y croire. Au point que je me suis dit que je devais peut-être les aider. Personne d'autre ne le ferait et, au train où ça allait, ce n'était pas demain la veille qu'ils pourraient avoir ce qu'il faut pour jouer. Dans le fond ils n'avaient que moi; avec leurs dossiers judiciaires et tout le reste, il était certain qu'aucune banque ne pourrait leur accorder un prêt. C'était sans doute la chance qu'ils avaient de repartir à neuf; sans cette chance, c'était en bonne voie pour qu'ils restent à jamais des bons à rien. Rien que de penser au bien que je pouvais leur faire, cela me rendait heureuse. Je me suis avancée et leur ai dit:

— Eille! qu'est-ce que vous diriez si j'achetais les musiques qu'il vous faut pour que vous commenciez à jouer en public? Vous pourriez me rembourser au fur et à mesure que les payes rentreraient...

Dany me regardait, ébahi. Sa cousine le regardait, lui, puis me regardait comme si elle attendait le moment où l'un de nous rirait de la joke.

— Tu parles sérieusement? m'a enfin demandé Dany.

— J'ai pas l'habitude de plaisanter en procurant des fausses joies.

— Et quand est-ce que tu ferais ça pour nous?

— Aujourd'hui, si vous êtes prêts.

— Oh! ma chérie, ma chérie, tu es super!

Janine paraissait ne pas encore y croire. Dany s'est levé et m'a prise dans ses bras comme pour me faire danser. Il était heureux et je ne l'étais pas moins.

Nous avons passé l'après-midi dans les magasins de musique, mon compte en banque fondait comme neige au soleil et cela m'inquiétait un peu. Est-ce que je n'avais pas fait une erreur?

Dans la soirée, je me suis encore davantage posé la question lorsqu'il m'a demandé:

— Chérie, maintenant qu'on a tout ce matériel, ce serait peut-être plus prudent si tu faisais un papier comme quoi tout ça serait à moi si jamais tu disparaissais.

— Eh! J'ai pas envie de mourir tout de suite.

— Je sais bien, mais on sait jamais, tous les papiers et toutes les garanties sont à ton nom. S'il t'arrivait quelque chose, on se retrouverait tout nus dans la rue.

— Aurais-tu de la peine au moins?

— Bien sûr, mais ça n'a rien à voir. C'est sûr que je serais malheureux. Je ne saurais plus quoi faire sans toi.

Ses paroles étaient révélatrices, mais je n'entendais que ce qui m'intéressait: il serait malheureux.

Ils se sont installés sérieusement dans le garage et ont commencé à répéter. J'allais les voir quand j'avais une minute et tout paraissait bien fonctionner. J'étais contente. Et il semblait que j'avais raison de l'être, car, au bout de deux semaines, ils se sont trouvé une place. Bien sûr, c'était une brasserie où il n'y avait jamais un chat, mais c'était un début.

J'ai vite déchanté.

Très rapidement, je me suis rendu compte qu'après son show, Dany allait traîner dans tous les autres bars. Il prenait des avances et ses payes étaient bues avant qu'il ne les reçoive.

Un soir, je suis allée le voir jouer sans prévenir. Il était sur la scène en train de chanter une chanson romantique et je me suis rendu compte qu'il fixait quelqu'un dans la salle. J'ai tourné la tête dans la direction de son regard et c'est comme si la glace m'avait envahie lorsque j'ai aperçu Brigitte.

Il ne m'avait pas encore vue et je suis restée dans mon coin, le cœur battant. C'était net, il faisait le beau pour elle. Durant sa pause, il a accroché sa guitare, est passé au bar puis s'est tout de suite rendu auprès d'elle, installant son fauteuil tout contre le sien. Je ne pouvais y croire. Toutes ses larmes au téléphone, toutes ses demandes de pardon, ce n'était que du cinéma.

À un moment donné, j'ai vu Brigitte qui se levait et se dirigeait vers les toilettes; quelques secondes plus tard, c'était au tour de Dany de la suivre. Je n'en pouvais plus, il fallait que je sache. Je me suis levée et me suis dirigée à mon tour vers les toilettes. Brigitte n'était pas dans celles des femmes. Je ne comprenais plus rien. Où était-elle? J'ai alors entendu des rires dans celles des hommes. J'ai poussé la porte. Ils étaient là tous les deux et il y avait aussi Janine et d'autres que je ne connaissais pas. Tout ce monde, appuyé contre les lavabos, se passait un joint. Dany a littéralement fait un saut en me voyant.

— Qu'est-ce que tu fais là? m'a-t-il demandé.

— Ce que je fais là! Je suis venue te voir, mais toi, qu'est-ce que tu fais avec elle dans les toilettes? Tu m'avais dit que c'était fini.

— On fait juste tirer une puff. On peut tout de même pas fumer dans la salle.

— Alors tu continues à te droguer.

— Je ne te l'ai jamais caché, Élisa. Je t'ai même dit que j'en prenais de temps en temps pour le feeling. Tu me surveilles astheure?

— Je te surveille pas pantoute, mais j'arrive ici et qu'est-ce que je vois? Monsieur en train de chanter et de faire les yeux doux à celle avec qui il a déjà couché, et puis ensuite je les vois partir vers les toilettes. Tu veux que je trouve ça normal? Tu connais le dicton: chat échaudé craint l'eau froide. Comment veux-tu que je trouve ça normal? Les yeux dans les yeux avec elle en chantant, des sourires complices, c'est normal, ça! Tu trouves ça normal? Tu ne réagirais pas, toi, si tu me retrouvais dans les toilettes avec un ancien amant?

— Tu es jalouse, Élisa, c'est ton imagination qui travaille. C'est triste, j'ai l'impression que tu ne me comprendras jamais, tu es trop straight.

— Straight! Qu'est-ce que ça veut dire, ça encore, straight?

— Un straight, c'est quelqu'un qui est coincé, qui a peur de tout, qui ne sait pas se faire de fun et qui à cause de ça n'aime pas que les autres en aient. Pour toi, prendre une bière, c'est la fin du monde, fumer un joint, c'est l'enfer, parler à des amies avec lesquelles on a eu autrefois un peu d'intimité, c'est une honte. Je ne suis pas comme ça, moi. Il me semble que je peux parler à Brigitte sans automatiquement te tromper. Je peux pas arrêter de parler à mes amis et amies parce que tu voudrais m'avoir pour toi toute seule. Ton seul plaisir à toi, c'est de nous voir tous les deux enfermés dans ton salon, loin de celles qui pourraient me trouver de leur goût. Oh! et puis il faut que je te laisse, astheure, je dois parler à du monde.

— C'est ça, tu ne me laisses même pas le droit de répliquer.

— Plus tard, je dois parler à tout le monde si je veux me faire une publicité. Je suis dans le spectacle, astheure et, dans le spectacle, si on ne se fait pas un nom, on est rien.

— C'est ça, va donc draguer toutes les femmes de la salle pour te faire un nom. Tu auras beau inventer toutes les belles histoires, en vérité c'est ça qui te travaille, c'est plus fort que toi. Il faut qu'elles te trouvent beau, irrésistible, il faut qu'elles tombent à tes pieds.

Je n'ai pas dit la suite qui m'est venue à l'idée, mais cela s'est imposé à moi comme un coup de poing. Je voulais lui dire qu'il n'était qu'une maudite belle enveloppe, mais que le contenu n'était pas joli à regarder.

Encore une fois, j'aurais dû partir et le laisser tomber là, mais je ne pouvais pas. À croire qu'il m'en fallait davantage. Je suis restée assise avec les autres pour écouter la suite de son spectacle. J'avais l'impression d'être en trop, je n'étais bonne qu'à fournir le logis, les repas et à faire la banque. Une fichue de belle banque qui ne réclamait ni capital ni intérêts et qui continuait même à faire des prêts. Mais il est certain que la banque, quand on n'en a pas besoin, c'est quelque chose dont on ne veut rien savoir. On se met à genoux devant le gérant pour un prêt et, une fois sorti avec le chèque en poche, on le traite de tous les noms parce que justement il a fallu faire gentil, et ensuite on espère secrètement qu'il glisse sur une peau de banane, disparaisse de la circulation et perde la mémoire.

Je comprenais tout ça à présent, mais je ne faisais rien contre. Je voulais encore faire semblant de croire. Je voulais encore affirmer qu'il était à moi, à moi toute seule. Dans le fond, s'il y avait de la faiblesse là-dedans, il y avait aussi beaucoup d'orgueil.

Je me suis approchée de lui lorsque le show a été fini.

— On rentre? je lui ai demandé.

— Rentre seule, chérie, il faut que j'aille voir un type avec Janine. Il a une proposition à me faire.

— T'es vraiment certain que ce n'est pas pour aller retrouver Brigitte ou une autre?

— Fais-moi confiance un peu, Élisa.

— O.K., mais que je sache pas que t'as encore couché avec elle, je serais capable de n'importe quoi.

— T'inquiète pas, ma chérie.

Je ne dirai pas que je ne me suis pas inquiétée puisque, lorsqu'il est rentré deux heures plus tard avec une bière à la main, je ne dormais pas encore. Je ne lui ai rien demandé sur ce qu'il avait fait, je lui ai seulement fait remarquer le plus calmement possible qu'il buvait trop.

— Je sais, t'as raison, m'a-t-il dit, pis toutes mes payes y passent; il va falloir que je me contrôle.

Il le reconnaissait, je trouvais que c'était déjà un progrès.

La bague de fiançailles

Noël a passé exactement comme si c'était une journée ordinaire. Je m'attendais un peu à un petit cadeau, mais rien. Pour le jour de l'An, cela n'a pas mieux débuté. Le matin, en se levant, il a commencé par me demander cent piastres. Il devait bien entendu me les remettre la semaine suivante. C'était devenu une habitude: quand il empruntait, il devait toujours remettre, ce ne serait jamais long, mais quand je réclamais, je faisais fausse route parce qu'on vivait ensemble et qu'on devait tout partager.

Le soir, tout de même, on s'est tous réunis chez Jocelyne et Bruno en attendant le spectacle de Dany et Janine à la brasserie où tout le monde devait aller passer la veillée. C'était le moment de partir. Dany s'est approché de moi et m'a tendu une petite boîte. Le genre de petites boîtes qu'on trouve dans les bijouteries.

Il me regardait avec son sourire mystérieux. Un peu tremblante, j'ai ouvert la boîte où j'ai découvert une bague. Je n'osais pas y croire. Enfin, il me faisait un cadeau!

— Qu'est-ce que c'est? j'ai demandé en bafouillant un peu.

— Eh bien, ta bague de fiançailles, a fait Dany comme si c'était entendu depuis longtemps.

Je ne savais plus quoi dire. Autour de nous, les autres se sont mis à applaudir. J'avais un peu l'impression de faire un rêve. Il m'a prise par les épaules et m'a demandé:

— Élisa, veux-tu devenir ma femme?

Je n'ai pas eu d'hésitation, je me suis jetée à son cou.

— Oh oui! Dany, oh oui!

— Tu ne vas plus douter que je t'aime, maintenant?

— Non, maintenant c'est fini.

Nous sommes tous partis pour la brasserie et je ne cessais de regarder ma bague. Cette fois, ça y était, devant tout le monde nous nous étions engagés. Mieux, c'est lui qui avait fait toute la démarche. Pourquoi je m'étais fait tant d'idées? C'était clair, il tenait à moi.

Au cours de la soirée, j'ai aperçu Brigitte qui était là, elle aussi. Je me suis demandé si elle savait que Dany m'avait cette fois offert une bague de fiançailles. Décidée à faire la paix avec elle, et peut-être aussi un peu pour me venger, je l'avoue, j'ai décidé d'avoir une franche conversation avec elle.

En me dirigeant vers elle, j'ai vu que Dany me surveillait. Il paraissait un peu mal à l'aise.

— Salut, Brigitte.

— Salut…

— J'aimerais te parler un peu, ça te fait rien?

— Ben non, bien sûr, qu'est-ce qu'il y a?

— Il y a que, depuis ce soir, Dany et moi nous sommes fiancés. Tiens, regarde, c'est la bague qu'il vient de m'offrir. Je voulais te dire que je ne t'en veux plus, que tout ce qui est passé est oublié.

Je me suis alors rendu compte que ce que je venais de lui apprendre lui faisait vraiment de la peine. Je voyais ses lèvres qui se tordaient dans une grimace douloureuse. J'étais tout à coup démolie, je n'avais vu que la tromperie que lui m'avait faite, je n'avais jamais pensé qu'elle puisse l'aimer, et non seulement l'aimer, mais souffrir qu'il soit avec moi.

— C'est bien, très bien, parfait, je suis heureuse pour vous, a-t-elle réussi à dire avant de partir très vite.

J'ai compris qu'elle allait se cacher pour pleurer. Je n'étais pas fière de mon coup. Il a fallu que je me dise que je devais mettre les choses au point, que je devais défendre mes intérêts, pour parvenir à retourner auprès des autres.

Puis la soirée s'est poursuivie, tout le monde riait, était heureux, et je me suis laissé emporter par le courant de bonne humeur.

Ce n'est qu'aux petites heures du matin que Dany s'est approché de moi et m'a glissé à l'oreille:

— Qu'est-ce que t'as dit à Brigitte?

— Simplement la vérité, que nous étions fiancés, toi et moi. Je voulais faire la paix.

Il me regardait droit dans les yeux et je voyais que ce qu'il voyait ne lui plaisait pas.

— Tu t'es fait plaisir, hein?

— Comment ça?

— Rien, laisse faire... Fêtons plutôt nos fiançailles et la nouvelle année avec une bonne bouteille de vin.

— D'accord!

Nous nous sommes embrassés, la bouteille de vin est arrivée et, tous autour de la table, nous avons trinqué à notre avenir. En reposant mon verre, j'ai tourné la tête comme pour voir si tout le monde était aussi heureux que nous et j'ai aperçu Brigitte, seule à une table, en train de se morfondre et de boire comme un trou. J'étais désolée pour elle, mais je ne pouvais vraiment rien faire. Revenant à Dany, je me suis aperçue que lui aussi regardait Brigitte. Pourquoi la regardait-il ainsi? La colère montait en moi. Je n'aimais pas la voir souffrir à cause de lui et moi, mais de le voir, lui, s'apitoyer sur elle, j'avais du mal à le prendre. Pourquoi venait-il de se fiancer avec moi s'il l'aimait encore? Est-ce que je n'étais qu'un premier choix? Je voulais être un choix unique.

Puis Janine s'est levée pour aller la consoler, et puis Jocelyne, et enfin Dany lui-même.

Il est revenu comme si de rien n'était et a continué à me parler gentiment et même à me faire la cour. Je ne comprenais plus rien.

Je n'ai commencé à reprendre sur moi-même que lorsqu'elle est enfin partie en titubant. Un peu plus tard, Dany a proposé que nous allions faire une bouffe au restaurant et nous y sommes tous allés. En arrivant, j'ai tout de suite vu que Brigitte était là, comme par hasard. Je me suis tournée vers Dany, furieuse :

— À quel jeu est-ce que tu joues? Je commence à être écœurée de tout ça, moi.

— Tu m'agaces avec ta jalousie. C'est une maladie. Tu ne peux pas me faire un peu confiance?

— Alors qu'est-ce qu'elle fait là, elle?

— Je suppose qu'elle avait faim, crisse! Elle a le droit d'avoir faim comme nous, non? On est pas à Montréal icitte : c'est normal qu'on se retrouve dans les mêmes restaurants.

Je ne savais plus qui avait tort ou raison. Peut-être était-il sincère, mais ce qu'il m'avait fait avec elle ne pouvait pas être effacé comme ça. Je jugeais tout à travers cette blessure.

Je suis partie avec Jocelyne et Bruno, sans lui. Je savais que je le laissais avec Brigitte, mais je n'en pouvais plus.

Chez Jocelyne, nous nous sommes installés dans le bureau et nous avons jasé tranquillement, comme des gens civilisés. Ils étaient un peu tristes tous les deux, parce qu'à part Dany ils n'avaient aucune vraie famille qui pouvait venir les visiter. Nous parlions de choses et d'autres quand il est arrivé, bien chaud.

— Maudite marde! Ça fête pas icitte? Qu'est-ce c'est ça?

— Dany, tiens-toi un peu tranquille, lui a dit Jocelyne, tu ne peux pas être un peu sérieux deux minutes? On était en train de jaser et…

— C'est ça, crisse! Dis que je dérange. Qu'est-ce qu'y a encore? Même au jour de l'An on a pas le droit de prendre un petit verre!

— C'est pas ça, mais t'arrives icitte et tu cries partout. C'est pas toujours plaisant pour tout le monde. On peut prendre un petit verre sans être obligé de beugler.

— C'est ça, je beugle! Dis-le! Je le sais que je dérange, je le sais que vous voulez pas me voir la face, y en a pas un maudit sale qui veut me comprendre. Eh ben, vous me faites chier. Pis je vas faire ce qui me plaît, O.K., là!

Jocelyne s'est dressée face à lui.

— C'est toi qui vas aller chier ailleurs, Dany. Chus icitte chez nous au cas où tu l'aurais oublié. Tu viens m'engueuler chez nous et ça, je le prends pas. Alors, tu vas dessouler ailleurs et tu nous sacres patience, maudit enfant pas de génie.

Il a commencé à taper dans les murs puis sur lui-même en hurlant.

— Calme-toi un peu, je lui ai simplement dit.

— Toé, la câlisse, sacre-moé la paix!

J'ai retiré la bague de mon doigt et je la lui ai tendue.

— Tiens, reprends-la, ta bague de fiançailles. Je crois pas que nous deux ça pourra marcher comme c'est parti là. Tu te comportes comme un vrai flo.

Il a repris sa bague en me l'arrachant presque des mains et en disant qu'il y en avait beaucoup d'autres qui n'attendaient que ça de lui. Puis il est sorti, toujours en sacrant.

— Maudit! il est parti de même, a dit Jocelyne. Il doit faire dans les quarante sous zéro, pis il a juste une petite froc de cuir pour l'été. Chaud comme il est, il est ben capable de s'endormir sur un banc de neige pis de crever là.

Une heure plus tard, nous étions tous inquiets et j'ai commencé à appeler partout pour savoir où il pouvait être rendu. J'ai fini par le rejoindre dans un bar.

— C'est encore toé… Qu'est-ce tu me veux?

— Qu'est-ce tu fais, maintenant, Dany?

— Chus avec des chums, des bons chums qui me crient pas après parce que je prends un peu de boisson au jour de l'An. Pis y a Brigitte aussi…

— Ah oui!

— Ouais…

— Ça veut dire quoi, ça?

— Ça veut dire qu'y a Brigitte. Même que j'y ai montré la bague…

— Et alors?

— Et alors je crois qu'elle aimerait bien l'avoir.

— Ben donne-lui et salut!

J'ai raccroché brutalement. Jocelyne m'a demandé où il était. J'ai répondu qu'il était dans un bar, mais que, de toute façon, quant à moi il pouvait bien être n'importe où, je ne voulais plus rien savoir de lui.

— Pis quand tu le verras, j'ai ajouté, dis-lui de passer prendre ses affaires au plus vite. Je n'ai plus de temps à perdre.

La p'tite vie

Il est quand même rentré, très tard, s'est affalé dans le fauteuil et s'est endormi tout de suite. Je ne sais pas pourquoi j'acceptais encore de partager ma vie avec lui. Qu'est-ce qu'il m'apportait sinon du trouble? Je savais bien qu'on ne reste pas nécessairement avec quelqu'un pour ce qu'il nous apporte, mais si ce ne sont que des ennuis, faut-il vraiment l'endurer? Y réfléchissant, je me suis soudain demandé si Dany ne m'apportait pas quelque chose sans le savoir, quelque chose dont j'avais besoin sans moi-même m'en rendre compte. Entrevoyant un début de réponse à ma question, je l'ai trouvée à ce point angoissante que je me suis dépêchée de chercher le sommeil et l'oubli.

Dans les jours qui ont suivi, j'essayais de me détacher de lui, de le repousser, mais je ne suis pas parvenue à rompre définitivement. Pourtant j'ai su plus tard que partout où il allait à ce moment-là, il disait qu'il faisait tout pour moi et que moi je ne faisais que le niaiser. Il prétendait qu'il avait presque arrêté de boire pour ne pas me perdre, mais que ça ne suffisait pas. J'ai appris également que, pour finir sa veillée du jour de l'An, trop chaud pour faire quoi que ce soit, il avait branché Brigitte avec son grand chum Joël, et il semblait que ça allait assez bien pour ces deux-là. Au point que Dany en est devenu jaloux et qu'il a cherché à revoir Brigitte. C'est une amie qui était au restaurant où ça s'est passé qui m'a raconté ça. Dany aurait dit à Brigitte :

— Je m'ennuie de toi, tu sais…

— Moi, je m'ennuie des soixante piastres que je t'ai prêtées, lui a répondu froidement Brigitte. Quand est-ce que tu me les rends?

Il paraît qu'il n'a pas eu l'air de trouver ça drôle.

Il continuait à jouer dans les hôtels et je continuais à ne pas voir un sou de ses salaires. Il fallait croire que ce que je gagnais devait être suffisant pour faire vivre tout le monde; le reste partait chez le dépanneur ou dans le cash des bars. J'ai même appris que Jocelyne donnait souvent de l'argent à son frère. J'en ai été tellement surprise que je suis allée la voir spécialement pour lui demander pourquoi elle faisait cela.

— Ça ne peut pas l'aider à arrêter de boire, je lui ai expliqué, et en plus il va vraiment finir par croire que tout le monde doit tout lui donner.

— Je sais bien, mais qu'est-ce que tu veux, nos

parents sont morts dans un accident quand Dany n'avait que deux ans. C'est moi qui me suis occupée de lui. J'étais comme sa mère. Les autres sont tous partis chacun de leur bord. Je veux lui faire plaisir, tu comprends…

Du plaisir, Dany semblait en prendre partout où il pouvait. Je le voyais rarement en tête-à-tête. Il venait à l'appartement avec ses chums, et sa cousine s'était de nouveau installée chez nous. Tout le monde touchait de l'assistance sociale, dormait toute la journée et foirait toute la nuit. Quand j'arrivais à la maison, parfois je les voyais qui avaient envie de rire, je ne savais jamais pourquoi, et ça sentait le hasch à plein nez. Un jour, je me suis fâchée et je leur ai dit :

— Vous ne savez donc rien faire d'autre de votre vie : prendre un coup, fumer du pot, regarder la télé à longueur de nuit, chialer sur le gouvernement qui ne vous en donne jamais assez et dormir quand tous les autres travaillent pour vous engraisser à rien faire? À quoi vous servez?

Ils se sont mis à rire comme si ce que je disais était du plus haut comique. Mais ce n'est pas pour moi que j'étais le plus insultée. Ce qui me mettait bleue, c'est qu'à cause de gens comme eux autres, des vrais malheureux qui avaient vraiment besoin de prestations de bien-être social ou de chômage pour nourrir une famille se faisaient regarder de travers.

Et ça ne voulait même pas fumer des roulées. Ça, c'était bon pour les imbéciles, et moi, la poire, je ne disais jamais non quand on me demandait un vingt pour une cartouche.

Un jour, tout de même, trouvant encore une fois le frigidaire dévalisé, j'ai osé demander à Janine si elle ne pourrait pas me payer une petite pension.

— Avec ce que je touche de BS? m'a-t-elle demandé tout étonnée.

— Tu joues dans les bars aussi…

— Ça, ça paye juste les dépenses. On fait pas une cenne noire.

— Alors je vais toujours devoir fournir pour toi, comme je le fais pour ton cousin?

— Niaise-moé pas icitte! m'a crié Dany. Tu vas l'avoir quand j'aurai mon chômage, ton maudit argent.

— Oh oui! Je sais comment ça se passe quand tu reçois du chômage… De la bière, du hasch, on fait le tour des hôtels et des bars à danseuses, et puis quand il n'y en a plus on vient me trouver et on me dit « mon amour, ma chérie, je t'aime tant… » Rien que de l'hypocrisie!

— Non mais, pour qui tu te prends? Tu crois-tu qu'on a attendu après toé pour vivre?

— Certain! oui! Et puis tu vas changer de trail ou ben tu câlisses ton camp! Chus tannée, là! Tu prends ta cousine que t'as l'air de préférer à ta blonde et tu t'en vas!

Il m'a regardée, presque étonné et radouci.

— Fâche-toé pas, Élisa, on peut parler…

— Pour dire quoi? Je suis même plus chez moi icitte. Tout le monde rit de moi, ça sent la dope dans mon salon, Janine amène ses chums à coucher sans rien me demander. Non! c'est assez! Je veux qu'elle parte aujourd'hui.

— Élisa a raison, a-t-il dit à Janine, sans doute trop heureux de ne plus être sur la liste des éjectés. Tu aurais dû demander. Va donc voir Jocelyne. Elle va t'accueillir les bras ouverts, elle…

J'ai cru qu'on allait peut-être retrouver un peu d'intimité et que les choses pourraient redevenir comme elles avaient été tout au début, et je n'ai pas insisté davantage pour qu'il parte aussi. J'aurais dû : le soir même il arrivait avec une caisse de vingt-quatre.

— Qu'est-ce que tu comptes faire avec ça? je lui ai demandé.

— La boire, c't'affaire!

— Qu'est-ce que je t'ai déjà dit, Dany? Je veux voir aucune boisson icitte. J'accepterai jamais ça.

— J'ai pas d'affaire à te demander des permissions, je fais ce que je veux.

— Pas chez moi! Si t'as envie de prendre un coup, je ne peux pas t'en empêcher, mais tu vas le prendre ailleurs, pas chez moi.

— C'est chez nous icitte!

— Depuis quand? Qu'est-ce que tu as payé? Où sont tes reçus? Non, Dany, ici c'est chez moi et c'est aussi la place où j'élève mon fils. Je ne veux pas qu'il vive au milieu de cette cochonnerie.

— T'as encore gagné, crisse! J'vas aller la boire en bonne compagnie.

— Tu peux donc pas t'empêcher de boire?

— Je voudrais ben, mais je peux pas. Je peux pas, câlisse! Tu comprends rien… Chus parti à treize ans de chez Jocelyne. Je voulais être libre, mais pour être libre il me fallait des piastres, et les piastres, elles étaient dans les maisons et dans les boutiques. Il fallait que je vole et pour voler ça prend des complices et, les seuls complices que j'ai trouvés, ils prenaient un coup. C'est comme ça que j'ai commencé et astheure je peux plus arrêter. Tu ne sais pas ce que c'était. Il fallait faire n'importe quoi pour survivre. J'ai même dû assommer une coupelle de vieux pour leur piquer leur porte-monnaie. Après ça, tu préfères prendre un coup pour oublier.

— Mais j'ai affaire à un vrai gangster! Et on dirait que ça te fait plaisir de raconter tout ça. On dirait même que tu en es fier.

— Pantoute! Pis d'la marde! Voilà comment c'est: je me confie un peu et ça me retombe sur le dos…

Malgré tout ce que je savais, je voulais encore me dire que je m'étais peut-être trompée, qu'il essayait peut-être tout simplement de communiquer avec moi à sa façon. Je crois que, de crainte de souffrir davantage, je tenais à m'aveugler à son sujet.

— Excuse-moi, Dany, mais tout ça est tellement… Je m'attendais pas à ça de toi. Assommer des petits vieux…

— J'étais drogué, j'aurais pas pu le faire à frette.

Je me demandais si ce n'était pas une excuse facile.

— Alors, est-ce que je peux la boire icitte, cette bière?

— Pas question, Dany.

Il s'est levé, a pris sa caisse et m'a dit salut. Je ne lui ai même pas répondu.

Je pensais qu'il serait là le lendemain matin, mais non, personne. Pas plus dans la journée ni le jour d'après. Il est resté deux semaines sans donner de nouvelles. Encore une fois, je recommençais à oublier les défauts pour ne me rappeler que sa présence qui me manquait. « Bon, je me disais, il boit un peu, mais à côté de ça, il est là, tu as quelqu'un à qui parler, tu n'es pas toute seule. C'est un peu normal qu'il y ait des ajustements à faire dans un couple. » Bref, je m'ennuyais et, malgré moi, j'espérais qu'il revienne.

Un démon

Un jour, il a appelé de chez Jocelyne et m'a annoncé tout calmement qu'il était rentré. Je lui ai demandé où il avait passé tout ce temps et je n'ai eu droit qu'à une réponse évasive où il était question de ses chums.

— Viens me voir, a-t-il ajouté. Ce serait bien de jaser un peu, tous les deux.

J'y suis allée. J'ose à peine dire que j'y suis allée

presque en courant. Un peu déçue toutefois en arrivant, car il sentait la robine à dix pieds.

À un moment donné, il est passé à côté de moi pour se rendre au frigidaire. Il portait des jeans que j'avais payés, toujours très serrés, comme il les aimait. À croire qu'il voulait dire: voyez si je suis bien fait. Mais ce matin-là je ne le trouvais pas si beau que ça. Le teint gris, les traits un peu mous, non, il n'avait rien de spécialement attirant.

Il ouvre la porte et se penche, sans doute pour voir ce qu'il y a à grignoter. J'aperçois alors dans sa poche arrière la forme exacte d'une seringue. Dany se piquait!

Je me suis aussitôt rendu compte que Jocelyne avait suivi mon regard. Elle savait à présent que je savais. Elle semblait mal à l'aise. J'ai voulu faire celle qui était au courant. J'ai haussé les épaules.

— T'en fais pas pour moi, Jocelyne, j'avais des doutes depuis un bout de temps.

— Ça ne veut rien dire, Élisa.

— Eille! ça va faire les hypocrisies!

Je me suis levée et suis sortie sans rien ajouter. Cet endroit me faisait soudain un effet très bizarre. Je ressentais des vibrations mauvaises. En sortant, j'avais croisé le regard de Dany et je n'y avais pas vu le Dany que je connaissais. J'ai vu un regard étranger, un regard mauvais, réellement mauvais. Un regard qui continuait à me glacer d'effroi alors que je marchais en pleurant depuis plus de dix minutes.

Je priais. Je demandais à Dieu qu'Il m'aide, qu'Il fasse quelque chose pour que je ne rencontre plus jamais Dany, et surtout que je ne veuille plus le rencontrer. Je demandais pourquoi j'étais incapable de lui dire non une fois pour toutes et c'est en posant cette question, et en me souvenant toujours de son dernier regard, peut-être enfin le vrai regard de

Dany, que je me suis demandé s'il n'avait pas des pouvoirs sur moi.

— Je sors de la track, je me suis dit tout haut. Voilà que je me fabrique des idées.

Mais quand même, pourquoi j'étais incapable de m'en débarrasser? Il ne m'apportait rien de bon; je devrais dire qu'il ne me donnait que des tourments. Il était vache, il n'avait aucun sens des responsabilités, vivait en parasite avec tous ceux qu'il pouvait charmer; pourquoi est-ce que j'y tenais encore à ce point? Car c'était bien ça: je voulais encore l'avoir à moi. Est-ce qu'il m'avait ensorcelée ou bien si ce n'était que mes désirs qui me dépassaient? Oui, c'était plutôt ça: mes sens le voulaient et mon esprit le rejetait. Il allait falloir que mon esprit soit plus fort que mes sens.

Ce n'est pas si facile.

Il est arrivé en fin de journée et je ne lui ai pas dit de s'en aller. Au lieu de ça, malgré une certaine crainte, j'ai voulu lui montrer ce que j'avais vu en lui le matin et je l'ai emmené dans la salle de bains où je lui ai demandé ce qu'il voyait dans le miroir.

— Qu'est-ce qu'il faut que je regarde?

— Toi, tu te regardes, toi.

— Je me vois bien, y a rien de spécial.

— Dis-moi comment tu te trouves.

— Mais c'est quoi enfin, ces conneries-là?

— Est-ce que tu te trouves beau?

— Ben certain que chus beau.

— Tu ne trouves pas que tu as vieilli un peu?

— Peut-être un peu…

— Pas mal, tu veux dire. Le gars que j'ai connu n'existe plus. Regarde bien dans le miroir, regarde tes yeux: ils sont éteints, rien qui brille dedans. Regarde ta peau: elle est gris-vert, c'en est presque écœurant. Regarde tes traits, là, regarde! Ils sont flasques. Tu deviens laid, Dany. Tu commences à ressembler à ce que tu es vraiment.

— Maudite marde! Tu m'insultes, là. Pourquoi tu me parles de même?

— Parce que je veux te montrer ce que tu es en train de te faire avec la boisson, la drogue et le reste.

Il continuait à se regarder dans le miroir et je voyais que mes mots avaient porté. Il n'était plus aussi sûr de lui-même. Le pire, c'est que je n'avais rien inventé, et il commençait à s'en rendre compte. Je crois que pour la première fois il a commencé à s'apercevoir qu'il n'était déjà plus un beau gars et que bientôt il n'aurait plus rien pour séduire personne. Toute la façade était en train de s'écrouler et il allait se retrouver seul sans plus personne à enjôler pour l'exploiter.

— Alors tu ne me trouves plus à ton goût? m'a-t-il demandé.

— Non, Dany, tu n'es plus le beau gars que j'ai connu. Quand je t'ai connu, tu étais pas mal, même que j'en ai oublié que tu ne correspondais pas tout à fait à mon type, mais aujourd'hui…

— C'est quoi, ton type d'homme? Le genre tapette, je gage?

— Au contraire. Pour moi, c'est plutôt le genre Nico, Rocky, six pieds et plus, bien bâti, les épaules larges, du muscle, enfin tu vois, pas le genre gogo boy qui montre son oiseau à tout le monde comme si c'était un trophée… Imagines-tu Nico en train de danser la quéquette à l'air? Ce ne serait plus Nico…

— Je vois que je ne t'intéresse plus. C'est ça, hein?

Je tenais une vengeance pour ce qu'il m'avait fait subir. Je la découvrais en même temps que lui et je savais déjà que, malgré moi, j'allais en user jusqu'à la corde.

— Si au moins tu ne prenais pas un coup, Dany. Si au moins tu étais honnête, si tu ne comptais pas tout le temps sur les autres pour te faire vivre, si tu avais un peu de courage pour exister par toi-même, si tu savais un peu aimer les autres! Pas les chums avec qui tu prends un coup, les autres, ceux qui méritent d'être aimés.

— Je vois ce que c'est, tu ne m'aimes plus.

— Tu l'as cherché, non?

— Alors pourquoi tu restes avec moi?

— À ce que je sache, c'est plutôt toi qui restes avec moi. Je dois te garder par pitié, j'imagine.

— Ça c'est faux! Et tu le sais.

— Peut-être…

— Ouais! Je le savais bien. Y en a pas un seul encore qui a su te faire jouir comme moi. Pas même la quéquette à Nico. C'est pour ça que tu ne pourras jamais te passer de moi, pas vrai?

— C'est beau, les illusions…

Il a sacré et il est parti en claquant la porte. Je me disais qu'il ne remettrait plus les pieds chez moi, que c'était terminé. Satisfaite de cette décision, je suis restée contente de moi jusqu'à ce qu'il revienne et que, succombant à l'un de ses sourires dont il avait le secret, je sois incapable de prononcer un mot pour qu'il s'en aille.

Quelques jours plus tard, je suis allée pour l'écouter alors qu'il répétait au garage. Il y avait un tas de chums, ils ne jouaient pas, ils étaient tous écrasés par terre, les yeux perdus dans le vague tandis qu'un stéréo hurlait, le son au bout. Je n'aimais pas cette musique. Je me suis penchée pour voir les illustrations sur les cassettes: c'était plein de têtes de mort, de poignards plantés dans des cœurs, d'yeux avec des serpents dedans, de femmes découpées en morceaux, rien de très réjouissant. Encore moins les titres des tounes. Je ne connais pas beaucoup l'anglais, mais je comprenais quand même que ça parlait de suicide, de meurtre et de démons. Qu'est-ce que ça pouvait bien leur donner d'écouter ces horreurs-là? Parce que la musique évoquait la même chose que les titres.

J'ai secoué Dany pour lui demander pourquoi il écoutait ces ordures.

— T'y connais rien, a-t-il dit. Ça dépasse ta petite tête…

— Je sais quand même voir que ça parle de meurtre, de suicide et de diable, je ne suis pas folle. Qu'est-ce que ça vous donne d'écouter ça? Regardez donc la tête que vous avez? Ah! il doit bien rigoler, le diable. Il a réussi son coup.

— Et alors? On est p't-être chums avec lui, le diable… C'est p't-être notre grand chum à nous autres, p't-être qu'on veut qu'y soit content…

J'ai reculé, horrifiée. Mais en même temps, je sentais la colère qui montait en moi. J'avoue que ce qu'il venait de me dire me faisait peur, mais ma colère était encore plus forte.

— Je comprends tout maintenant! C'est pour ça que tu n'es qu'un bon à rien, un type qui assomme les petits vieux au coin des rues, un type qui ne respecte rien, pas même ceux qui l'aiment, un profiteur, un parasite, une vermine. Mais tu as vu où t'en es rendu? T'es tellement vache que tu vends ton âme au diable.

— Ferme ta gueule et sacre ton camp d'icitte. Tu nous empêches d'écouter la musique.

— La musique! Tu oses appeler ça de la musique!

— Ouais! Tous les jeunes écoutent ça maintenant.

— Des jeunes comme toi, des disciples du diable. Mais je m'en vais, t'en fais pas, je m'en vais. Je ne tiens pas à rester une minute de plus là-dedans, j'ai bien trop peur d'être contaminée par votre marde. Et n'espère plus de moi aucune aide, rien, rien pantoute! Je vais tout de même pas engraisser les chums de Satan!

Je suis partie presque en courant. Je ne comprenais plus rien. Comment pouvait-on en arriver là? J'avais eu la pire des enfances, mais tout à coup je me rendais compte qu'elle m'avait laissée intacte au niveau de la morale. Tous les coups, toutes les injures ne m'avaient pas ôté la volonté de bien faire ou tout au moins de ne pas trop mal faire. Tout à coup, je me suis dit que j'avais eu plus de chance que tous ces jeunes que les parents laissent écouter des groupes qui prêchent le meurtre, le suicide et même l'adoration du diable. Ces parents-là sont plus coupables que ma mère. Ce n'est pas le corps de leur enfant qui est atteint, c'est leur âme. Plus j'y pensais, plus ça me démontait. Et personne ne dit rien, tout le monde laisse faire. On s'alarme pour la violence à la télé, pour un bout de nichon qui pourrait apparaître aux heures de grande écoute, mais si dans leurs chambres les jeunes écoutent des appels au meurtre et des incantations sataniques, ça, c'est pas grave, c'est la mode!

Je venais de découvrir qu'il s'agit de tout autre chose qu'une mode : c'est une pourriture, une gangrène qui s'étend partout et qui va ravager une partie de cette génération, en faire des Dany incapables de comprendre même ce que peut signifier le mot amour. Une multitude de voleurs et d'assassins sans foi ni loi quand les parents ne seront plus là pour fournir tout ce dont ils ont besoin pour survivre sans rien faire d'autre que se droguer, se saouler et rire de ceux qui essaient encore de fonctionner pour faire un peu de bien autour d'eux.

Et Dany était là-dedans! Tout à coup, dans mon

esprit, j'ai très nettement vu se dessiner l'ombre d'Arthur. À présent je savais ce que c'était: le mal. Si ce n'était pas déjà fait, il ne fallait pas que Dany devienne comme Arthur.

Et tout à coup je me suis dit que je devais faire quelque chose. Peut-être que mon rôle était de le retirer de là et de l'aider à s'en sortir? Me posant cette question, je me suis souvenu du premier Dany que j'avais connu. Il ne pouvait donc pas être tout à fait mauvais. Quelque part il y avait un être pas pire du tout à qui il s'agissait de donner suffisamment d'air pour qu'il écrase le mauvais Dany qui venait de me dire que le diable était peut-être son chum.

Sur cette décision, je suis retournée au garage où, sans seulement entrer, par la porte ouverte, je lui ai crié:

— Dany, je t'attends ce soir à la maison, seul. Je vais préparer un bon repas. Si tu n'es pas là, inutile de revenir, jamais.

Et j'ai refermé la porte avant qu'il puisse répondre. C'était à lui de choisir à présent. Mais en repartant je me suis soudain demandé si, à vouloir le sauver, je n'étais pas en train de devenir la victime de celui que je prenais pour une victime.

Des conditions sévères

Comme je le lui avais dit, j'ai préparé un bon repas avec une entrée, un plat et un dessert. Un peu avant l'heure du souper, j'ai donné son bain à David afin d'avoir ensuite tout mon temps pour expliquer à Dany ce que j'avais à lui dire. Je l'attendais, mais je dois dire que, lorsqu'il est arrivé, j'étais presque surprise.

Je lui ai dit qu'il avait le temps de prendre une bonne douche avant que le souper soit prêt. Je voulais qu'il ait les idées claires pour entendre ce que j'avais à lui dire.

J'ai profité du fait qu'il prenait sa douche pour me faire jolie. Je voulais que tout soit parfait. Il ne fallait pas que je manque de lui donner sa chance pour une négligence.

Il a eu l'air un peu surpris en voyant la table dressée comme pour un repas de réveillon. Je me suis approchée, j'ai passé mes bras autour de son cou et je l'ai embrassé, comme une femme qui est heureuse de voir rentrer son mari.

— J'ai-ti oublié une fête ou de quoi? a-t-il demandé, un peu surpris.

— Rien du tout, Dany. Je crois simplement qu'à partir de maintenant il faut essayer de repartir sur un bon pied si on veut encore se donner une chance.

— Pourquoi justement maintenant?

— Parce que cet après-midi j'ai compris que c'était la dernière chance que j'avais de t'arracher du trou où tu es en train de tomber.

Il n'a pas demandé de quel trou il s'agissait. C'était déjà une bonne chose.

Nous nous sommes mis à table et avons commencé à manger en silence. Nous nous regardions souvent dans les yeux. Je le voyais qui, petit à petit, commençait à s'adoucir, à moins se tenir sur ses gardes. Je me suis demandé où nous en étions rendus pour agir avec autant de méfiance l'un vis-à-vis de l'autre.

J'ai couché David et nous sommes allés nous asseoir au salon. L'un à côté de l'autre. La télé était fermée, nous étions en tête-à-tête. J'avais l'impression qu'il y avait plusieurs années que ça n'était pas arrivé. J'ai pris sa main dans les miennes.

— Il faut que je te parle, Dany. Je veux te dire comment je crois que les choses devraient être à partir de maintenant. Si tu es d'accord pour essayer, alors on efface tout et on recommence, sinon, je crois que pour tout le monde il sera préférable que nous ne nous voyions plus du tout à partir de ce soir.

— Tu sais que je t'aime, Élisa.

— Ça, ce sont des mots. Ce que je veux à présent, ce sont des gestes. C'est trop facile, des mots.

— Je t'écoute, dis-moi ce que tu veux.

— Un, je ne veux plus jamais que tu dises que tu peux être le chum du diable. Ça, je le prends pas pantoute. Dire ça, c'est dire que tu préfères la méchanceté à la gentillesse, le mal à la bonté et la haine à l'amour. Je ne veux plus jamais que tu dises ça ou même que tu le penses.

— Tu sais, j'étais un peu parti… On prend du stock, des fois, on sait pas toujours où ça mène…

— J'ai du mal à croire que la drogue y soit vraiment pour quelque chose, Dany. Il faut qu'il y ait autre chose derrière. C'est comme le gars chaud qui frappe sa femme et qui dit ensuite que c'était à cause de la boisson. C'est faux. C'est tout simplement parce qu'il est violent en lui-même et que la boisson réveille ses vrais instincts. Ceci dit, c'est mon point numéro deux: plus de drogue, plus de boisson. Bon, je veux bien un petit coup dans le temps des fêtes ou s'il y a une noce ou quelque chose du genre, mais autrement rien pantoute. Est-ce que tu es d'accord?

— Je veux tout faire pour te garder, Élisa. T'es ma femme et tu le sais.

— Je te demande si tu vas arrêter l'alcool et la drogue.

— Bon, bon d'accord.

— Même en cachette ou ailleurs, je ne veux plus que tu boives!

— O.K., ça marche. Est-ce qu'il y a autre chose?

— J'ai pas fini. Par exemple, je ne veux plus que tu passes tout ton temps avec ta cousine. Elle est belle, bien sexée, j'arrête pas de me demander ce que vous faites tous les deux, d'autant plus qu'avec de la drogue et de la boisson on peut oublier qu'on est cousins...

— J'ai jamais rien fait avec!

— Je veux bien te croire, mais je ne veux plus prendre de chance. C'est d'accord que tu la voies pour répéter et pour jouer, ça c'est normal, mais, autrement, nos temps libres, si on est vraiment un couple, on doit les passer ensemble. Tu es d'accord avec ça?

— Bien d'accord.

— Ça veut dire que tes soirées libres, tu les passes avec moi?

— Pas de problème pour moi.

— Puisqu'on est supposément un couple, je veux aussi que tu t'occupes un peu plus de David. Je sais que quand tu es avec lui vous vous amusez bien, tous les deux, mais je veux que ça arrive plus souvent qu'une fois tous les six mois. Il a besoin d'un père et, si tu es l'homme de la maison, tu dois aussi le considérer un peu comme ton fils. Ça veut dire que tu dois lui donner de l'affection, t'occuper de lui et aussi lui montrer l'exemple.

— Dis donc, tu m'en demandes ce soir.

— Non, Dany, je ne te demande rien de particulier ce soir. Je fais juste te rappeler comment ça devrait être entre nous depuis le début.

— Je sais... Je m'excuse si j'ai eu des petits manques.

Je n'ai pas voulu relever que ce qu'il appelait des «petits manques» ressemblait pour moi bien davantage à des précipices. Je n'avais pas fini.

— Il y a aussi les horaires. Bon, c'est sûr que, quand tu joues le soir, tu ne peux pas te lever de bonne heure le matin. Pareil pour moi. Mais autrement, quand c'est possible, je voudrais que tu te couches le soir avec moi, que nous dormions la nuit et que le matin on se lève comme tout le monde pour faire ce qu'on a à faire. On peut regarder la télé le soir une heure ou deux, mais je ne crois pas que ce soit sain de l'écouter toute la nuit pis de dormir toute la journée. On ne vit plus comme ça, qu'est-ce que tu en penses?

— Tu as peut-être raison...

— Je ne veux pas que tu me dises ça juste pour me faire plaisir, je veux que tu le penses.

— Je veux bien, mais si des fois il y a une bonne vue?

— S'il y a une bonne vue à trois heures du matin, sois sûr qu'à Super Écran elle finira bien par repasser à des heures normales.

— Bon, d'accord pour ça. Y a-ti encore autre chose?

— Oui, je dois passer en premier!

— Je comprends pas.

— Ça veut dire qu'à côté des chums, à côté de ta cousine ou d'autres, je passe avant eux. Je ne suis pas une fille de gars de bicycle qu'on se repasse entre chums et dont on rit quand c'est fini.

— J'ai jamais pensé ça de toi!

— Peut-être pas, mais j'ai souvent eu l'impression que les autres passaient avant moi, même que des fois t'étais prêt à me ridiculiser pour faire rire les autres.

— Mais non!

— En tout cas, je veux plus que ça arrive. Pour moi ça voudrait dire définitivement que je compte moins que l'image que tu veux que les autres se fassent de toi. Tu sais, Dany, je sais ce qu'au fond tu voudrais que je sois. Tu voudrais que je sois moi, mais tu voudrais aussi que je prenne de la bière comme toi, tu voudrais que je sois tout le temps partie sur une galère avec toi, que je sois au service de tous tes chums, quitte peut-être même à passer une soirée avec eux s'ils sont en manque, et, par-dessus tout, tu voudrais que je sorte des piastres et des piastres comme si j'avais une pochette magique d'où elles sortiraient sans fin.

— C'est pas vrai tout ce que tu dis là! Je voudrais bien voir qu'il y en ait un qui te touche sans ma permission! Et j'ai jamais cru que tu dormais sur un matelas d'or; je t'en aurais demandé plus que ça.

Je n'ai rien dit; il ne se rendait pas compte qu'en voulant me démentir, il n'avait fait que me donner raison. Bêtement, cette innocence me faisait pitié et devait réveiller quelque part des fibres un peu maternelles que je prenais pour de l'affection. Je me suis approchée de lui et ai posé ma tête contre son épaule. Il m'a prise dans ses bras.

— On va faire tout ce que tu viens de dire, a-t-il indiqué.

— Il y a encore autre chose, Dany. Bien sûr, je vais continuer à faire à manger et à payer le loyer, je n'ai pas le choix, mais je ne te donnerai plus d'argent. Je veux être certaine que tu restes avec moi par amour et non pour de l'argent, qu'en fin de compte je n'ai presque plus.

— Tu n'as plus de droits à toucher?

— Presque plus rien.

— Qu'est-ce que t'as fait du reste?

— Ce que j'en ai fait! Mais ce que je n'ai pas mis dans le loyer ou l'épicerie, je te l'ai donné! Tu ne t'en es pas rendu compte?

Il avait l'air surpris, comme quelqu'un qui se réveille dans une pièce inconnue.

— Et si jamais j'ai un besoin vraiment urgent? a t-il demandé.

— Qu'est-ce que tu pourrais avoir comme besoin urgent, Dany? Tu as un toit sur la tête, tu es nourri, il y a l'assurance maladie. C'est certain que si t'as besoin d'antibiotiques, je vais m'en occuper, mais autrement, quel besoin urgent?

— Ça veut dire que tu me tiens un peu prisonnier de ton argent…

— Faux! Et tu le sais bien. Tu n'as qu'à payer le loyer avec moi et partager l'épicerie, à ce moment-là on pourra vraiment dire que nous sommes un couple, et tu ne te sentiras plus entretenu. Tout ce que tu as mis dans la bière et dans la dope, ça aurait payé une partie du loyer et une partie de l'épicerie, je t'assure.

Tout à coup, il s'est mis à sangloter contre moi. Je voyais ses épaules qui tressautaient et je ne savais plus quoi faire.

— Excuse-moi, a-t-il dit. Excuse-moi, je me rendais pas compte… Je te jure que je vais essayer de faire quelqu'un de moi. Je te le jure!

Il le disait, mais j'avais encore dans la tête ses paroles de l'après-midi où il me parlait du diable comme d'un bon ami. À quel point ses larmes étaient-elles sincères? Je me posais la question.

Nous sommes restés encore un bon bout de temps sur le sofa, tout juste éclairés par les lumières de la rue. En silence, nos mains partaient timidement à la recherche l'un de l'autre. C'était bon de se sentir soudain en paix, ensemble. Nous étions tous les deux et, pour la première fois depuis longtemps, j'oubliais presque le tourbillon fou dans lequel il m'avait attirée. Nous nous retrouvions, deux dans la nuit, avec toute la terre qui tournait autour de nous, mais de l'autre côté de la fenêtre.

Un nouveau départ

Deux mois ont passé sans que Dany reprenne une goutte. J'avais l'impression qu'il s'était enfin décidé à faire quelque chose de lui. Nous jasions tous les deux, il recommençait à parler souvent du mariage et le soir il se couchait en même temps que moi et me prenait dans ses bras. Bref, tout semblait aller pour le mieux.

Il arrivait parfois qu'il me dise qu'il avait envie de prendre un verre ou de fumer un joint, mais il ne flanchait pas, il faisait juste me le dire en ajoutant parfois que c'était pas toujours facile. Ça, je voulais bien le croire et je lui étais reconnaissante de ce qu'il faisait pour nous.

Il jouait aussi énormément avec David. Tous les deux semblaient s'entendre à merveille. Tant et si bien que j'ai fini par préférer que ce soit lui qui garde mon fils plutôt qu'une gardienne. C'était un très bon gardien : quand je rentrais de l'ouvrage, David était toujours content et la maison était impeccable. Je dirais même que, lorsqu'il voulait, il était encore plus maniaque que moi dans le ménage.

Je me sentais en sécurité et, la nuit, si je me réveillais, j'étais contente de l'avoir auprès de moi. Je le regardais parfois à la lueur du réverbère de la rue. Endormi, il ne jouait plus aucun rôle, il avait l'air d'un ange. Je ne comprenais pas comment le même homme avait pu se montrer parfois aussi mauvais, comment il avait pu assommer un petit vieux au coin d'une rue.

De nouveau, il me faisait l'amour avec une passion qui n'avait rien à envier à celle du tout début. Affectueux, plein de tendresse, il ne me donnait pas l'impression que ça pouvait être une simple partie de jambes en l'air.

Et chaque jour durant cette période, il ne manquait jamais de me répéter qu'il m'aimait, de me dire bonjour ou de me souhaiter de faire de beaux rêves.

Mais, malgré tout cela, pour moi, ce n'était plus tout à fait comme au début. Je n'avais plus rien à lui reprocher, au contraire, mais j'avais toujours en moi cette blessure de l'entendre dire qu'il nous aimait toutes les deux, Brigitte et moi.

J'aurais dû oublier; il le voulait, car il ne cessait de me prendre dans ses bras, de me donner des petits noms affectueux; il pouvait m'embrasser cinquante fois par jour. Je n'étais pas habituée à cela, je n'avais jamais reçu autant d'affection dans ma famille et mes deux ex n'avaient jamais été comme ça non plus. J'aurais dû être la plus heureuse du monde, je suppose, mais il restait toujours les mauvais souvenirs.

Un soir, il m'a déclaré qu'il voulait un enfant de moi.

— Tu es sûr que tu en as pas un qui traîne quelque part, avec toutes les filles que tu as eues?

— Je l'aurais su. Jusqu'à maintenant j'ai toujours voulu avoir des enfants, mais je n'avais pas encore rencontré celle avec qui je voulais les avoir...

— Et c'est moi?

— C'est toi.

— Qu'est-ce que j'ai de plus que les autres?

— Toi, tu es une vraie femme, bonne et généreuse. Je suis certain qu'avec toi il manquerait de rien, et qu'il serait pas élevé dans la rue comme on en voit tant, qui rentrent juste pour manger un roteux vite fait sur le coin du comptoir avant d'être renvoyés dehors pour avoir la paix. Je sais qu'avec toi il ne serait pas traité de même. Je sais bien que des fois on peut penser de moi que j'ai tout d'un bum, mais s'il y a une chose que je comprends pas, c'est qu'on ait des enfants pis qu'on les laisse tomber. Je comprends pas pantoute comment qu'une femme peut faire pour laisser ses enfants pour s'en aller prendre un coup à la taverne. On a même souvent l'impression que les enfants les embarrassent, ces femmes-là. Je te mens pas, j'en connais une pas loin d'icitte qui a vendu la télé que le père avait donnée à son fils pour se payer de la coke. Faut-y être un peu égoïste…

Il disait que s'il pouvait avoir un enfant de moi il serait l'homme le plus comblé de la terre et que, si cela se produisait, moi-même je ne pourrais plus le reconnaître.

— Je ferais tout pour lui, disait-il. Avec ta force et ta patience, tu m'as déjà changé pas mal, mais un enfant… Je t'admire, tu sais, et je remercie le bon Dieu de m'avoir mis sur ton chemin.

— Astheure, Dany, il faut aussi que tu apprennes à te respecter, toi. Il faut que tu commences à t'aimer, tu le mérites. Éloigne tous ces petits démons qui sont en toi. Comme c'est là, tu ne prends plus de boisson et c'est bien, mais il ne faut pas que tu oublies jamais que t'as un problème d'alcool. S'il le faut, demande de l'aide, tu ne pourras pas t'en sortir tout seul.

— Ça marche pour l'instant, non?

— Oui, mais on est toujours sur le bord d'une rechute. J'ai lu dans un magazine que quand on retombait ça pouvait être encore pire qu'avant.

— Toi, tu t'en es bien sortie, de tous tes démons. T'as rien eu pour toi et regarde-toi astheure, t'as pas eu besoin de personne.

— Il y a des gens qui m'ont aidée, Dany. Et puis j'ai trouvé que pour moi, écrire mes malheurs, en plus de servir aux autres, ça a été une bonne cure. Si je n'avais pas eu ça, je ne sais pas ce que je serais devenue. Je serais sans doute dans une tombe, ou un hôpital psychiatrique, ou en prison pour avoir tué ma mère. Mais écrire, ça m'a vraiment aidée à y voir clair et même à pardonner.

— Ouais, mais c'est sûr que moi, je crois pas que je me mette jamais à écrire; c'est pas vraiment mon genre…

— Il va quand même falloir que tu fasses

quelque chose, Dany. Tu le dis toi-même: il t'arrive souvent d'avoir envie de prendre un verre. Un jour tu ne sauras pas résister et tout ce que tu as accumulé avec de la patience et du courage, tout ça va s'écrouler, tout va être emporté comme dans un torrent et ce sera encore pire qu'avant.

— On dirait que tu sais tout, toi…

— Je sais pas grand-chose, je sais seulement ce qui arrive quand on croit pouvoir se passer des autres.

— Mais toi, tu es là, tu peux m'aider.

— Le jour où tu vas vraiment vouloir prendre un coup, tu vas plutôt trouver que je suis un embarras qu'autre chose. Je ne peux pas être ta femme et ton gardien, ça ne va pas ensemble, Dany.

— Tu as peut-être raison… J'ai entendu parler d'un centre à Alma. Dans le fond, je vais aller voir ce qu'ils peuvent faire pour moi. Ce serait si bien si je pouvais être débarrassé de ce problème…

— N'oublie pas quand même qu'ils ne peuvent pas avoir la volonté pour toi. Ils savent comment aider, mais ils n'ont sans doute pas de solution miracle. Il n'y a pas de potion qui t'enlève tes mauvais penchants une fois pour toutes.

— Bon, je vais y aller, mais avant, Élisa, je veux que tu m'épouses. Cette fois, je crois que c'est le temps. Tu veux bien être ma femme, pas vrai?

— Je ne sais pas, Dany…

— Comment ça! Tu m'aimes plus?

— C'est pas ça, mais je me souviens de la dernière fois que je t'ai dit oui… Je ne voudrais pas que ça recommence.

— Mais là, je suis sûr de moi et je sais que je peux faire un mari qui a de l'allure. Je te l'ai pas déjà prouvé un petit peu?

— À une condition, Dany, c'est que d'abord tu te fasses soigner.

— Je t'ai dit que j'allais le faire. Je vais m'en occuper dès lundi. Après ça, je veux qu'on se marie. Que dirais-tu de se marier en juillet?

— Mais c'est dans deux mois à peine!

— D'ici là, j'aurai sans doute suivi le traitement. Plus rien ne nous empêchera d'être mariés.

— Si tu veux, allons-y pour juillet.

— Je t'aime, Élisa! Je t'aime, tu peux pas savoir comment...

Nous sommes tombés dans les bras l'un de l'autre. Le bonheur se réveillait un peu et je recommençais cette fois à vraiment reprendre espoir.

Il n'a pas manqué à sa parole: dès le lundi, il préparait son bagage pour partir à Alma où Bruno devait le conduire. Aussitôt, me disant qu'à présent tout était sur la bonne voie, j'ai commencé les préparatifs du mariage.

Je devais faire les réservations et je n'avais plus un sou sur mon compte. En fait, j'avais bien un chèque de huit mille dollars de mon éditeur, mais, selon un avis de cour, je devais le changer pour renvoyer la somme à mon ex-mari, puisque le juge avait décidé qu'il devait toucher la moitié des droits sur mes souvenirs d'enfance. Je me suis dit qu'il pouvait me prêter ce dont j'avais besoin pour repartir dans la vie et, sans le lui demander puisqu'il aurait refusé, j'ai pris sur moi de lui emprunter cet argent, qui de toute façon n'existait que par les coups et traitements que j'avais reçus de ma mère. J'ai donc changé le chèque et j'ai fait les réservations.

Tout allait bien. Dany est venu en fin de semaine. Il paraissait réellement heureux de me voir et cette fois j'ai commencé à oublier.

Il m'aimait vraiment, j'en étais certaine. Bras dessus, bras dessous, nous avons été choisir les bagues de mariage. Tout me semblait merveilleux.

Une autre encore

La semaine suivante, j'ai contacté Céline Dion, que j'ai connue lorsqu'elle avait interprété mon rôle à la télévision et, un peu gênée, je lui ai demandé une grande faveur:

— Céline, est-ce que tu accepterais de venir chanter à mes noces?

— Bien sûr! Donne-moi la date, et je vais voir avec René si je suis disponible. Ça me ferait vraiment plaisir.

C'est ainsi que tout a été arrangé. J'ai réservé deux limousines, une pour Céline et René, l'autre pour moi et Dany. J'ai même engagé des gardes du corps pour Céline. Les noces allaient être grandioses.

C'est le jour où je m'apprêtais à envoyer les faire-part que Dany m'a appelée.

— Élisa, je voudrais remettre le mariage à plus tard…

— Mais c'est pas possible, Dany, tout est réservé. Les faire-part sont imprimés et je m'apprête justement à les poster. Pourquoi tu voudrais tout retarder?

— C'est que… je sais pas comment te dire ça, au Centre, j'ai rencontré quelqu'un comme moi. Elle s'appelle Sabrina et je suis pas certain que je l'aime pas un peu. Je voudrais y voir plus clair… Tu comprends…

Non, je ne comprenais rien. Je restais bouche bée au téléphone, incapable de prononcer un mot. Finalement, dans un sanglot, j'ai été très vulgaire, je lui ai dit d'aller… Et j'ai raccroché.

J'ai pleuré. J'ai envoyé promener les faire-part à travers la cuisine. Je voulais mourir, que tout finisse, je voulais tuer Dany. Il n'avait pas le droit de me faire ça. D'abord il me faisait la comédie du grand amour et quelques jours plus tard, le pauvre! il en aimait une autre. Quelle sorte d'amour c'était là! Et moi qui l'avais cru! J'avais cru que j'étais aimée alors qu'en vérité il ne jouait qu'un rôle. Car s'il m'avait aimée, comme il l'affirmait si souvent, comment aurait-il pu tomber amoureux de cette Sabrina?

Je suis restée des jours dans un état complètement absent, au point que j'ai oublié de rappeler Céline pour lui dire que les noces n'auraient pas lieu. La veille de la date prévue, j'ai enfin essayé de la joindre et, n'obtenant personne, j'ai téléphoné à Denise, mon attachée de presse, pour lui dire ce qui arrivait. Denise a bien essayé de joindre René Angelil à son tour, mais il était trop tard, ils étaient déjà en route.

Je n'ai pas revu Céline. J'imagine qu'elle a dû être fâchée. Elle avait eu l'air d'aimer l'idée de venir chanter à mes noces, et moi j'en avais rêvé. Ce devait être trop beau, un vrai conte de fées. J'ai voulu l'appeler ensuite pour m'excuser, mais j'avais trop honte, je ne suis jamais parvenue à décrocher le téléphone.

Je garde un très beau souvenir de Céline. C'est une personne merveilleuse, très humaine et qui malgré toute sa célébrité ne se prend pas pour une autre. Je regrette que la série dans laquelle elle jouait mon rôle n'ait pas très bien marché, mais ça, ce n'est pas parce que Céline jouait mal, au contraire, elle était admirable. Non, je crois que ça n'a pas marché parce que le producteur n'a voulu en faire qu'à sa tête, qu'il a complètement déformé mon histoire et a donné au public l'image d'une Élisa qui n'est pas moi, heureusement! C'est au point que je rencontre encore des gens qui me demandent pourquoi j'ai fait ceci ou cela. Et à chaque fois je suis obligée de leur expliquer que ma seule véritable histoire est dans mes livres, qu'à la télévision ils ont changé les événements ou les ont inventés pour que ça corresponde au message qu'ils voulaient donner. Ceci dit, je garde de Céline le plus merveilleux des souvenirs et les paroles que nous avons échangées resteront gravées dans ma mémoire. Tout ce que je souhaite est qu'un jour, peut-être lorsqu'on sera deux petites vieilles, on puisse se retrouver quelque part pour prendre un café ensemble. Et j'en profite pour dire ici aux jaloux, qui chialent parce qu'elle chante souvent en anglais, qu'à mon avis la langue est avant tout un outil de communication, que ce serait stupide d'en faire un outil de haine, et que Céline ne serait pas une artiste si elle faisait exprès de se limiter à quelques millions d'auditeurs alors qu'elle peut livrer son message d'amour à des milliards.

Les jours passaient et je ne cessais de pleurer. Cette fois c'était fini, je n'avais plus aucun espoir. Quelqu'un m'a dit un jour qu'un romancier célèbre a écrit que la vie n'est qu'une histoire de bruit et de fureur racontée par un fou. Je trouvais que ça illustrait parfaitement la mienne. Parfois, j'étendais ma robe de mariée toute neuve sur le lit pour la regarder, pour imaginer ce qu'aurait été ma vie si je l'avais enfilée au jour dit. Je ne crois pas que je l'aimais encore, mais la souffrance était là qui me faisait imaginer que je souffrais de cet amour perdu. Pas une seule fois je ne me suis demandé pourquoi je souffrais de lui comme une folle, puisque, au fond, je n'aimais plus rien de lui.

Un jour, Jocelyne et Bruno sont venus me rendre visite. Jocelyne me disait ne pas comprendre ce qui avait pu se passer dans la tête de son frère, que jamais elle n'aurait cru qu'il puisse faire un coup pareil à quelqu'un, qu'elle regrettait de me l'avoir présenté. Puis elle m'a conseillé de prendre des vacances, de voir autre chose pour me changer les idées.

— Vas-y, a-t-elle ajouté, je garderai David. Ça me fera plaisir. Je voudrais pouvoir faire plus.

Je l'ai écoutée et je suis allée passer quelques jours à Québec. La première journée, j'ai marché dans les rues toute la journée. J'essayais de ne penser à rien ou tout au moins d'oublier, mais rien à faire, je ne pensais qu'à lui. Je me disais même que ça aurait pu être notre voyage de noces. On se promènerait tous les deux, main dans la main, en riant, en mangeant dans les bons petits restaurants, en faisant un tour de calèche dans la vieille ville, en regardant couler le fleuve. Même s'il n'en avait jamais été question, je nous voyais jusque dans la suite nuptiale au Château Frontenac. Il y avait un balcon qui donnait sur le fleuve, on était là, tous les deux, c'était la nuit tombante, tout nous appartenait et on se jurait qu'on allait se faire la plus belle vie du monde.

Le soir, en arrivant à mon hôtel, qui n'était pas du tout le Château Frontenac, j'ai trouvé un message de Jocelyne qui disait de la rappeler au plus vite. Alertée, puisqu'elle gardait David, je me suis précipitée sur le téléphone.

— Élisa! Il faut que tu reviennes tout de suite, Dany est après virer fou.

— Comment ça? Raconte, qu'est-ce qui se passe?

— Ben Dany est arrivé d'Alma aujourd'hui, il est allé chez toi; quand il t'a pas vue, il est venu ici et je lui ai dit que tu étais partie te changer les idées à Québec. En entendant ça, il est devenu comme fou et a commencé à se taper dessus et à fesser dans les murs au point que le gyproc est tout poqué. Comme c'est là, il est dans les hôtels en train d'avaler tout ce qu'il y a comme boisson et de se geler avec toute la dope qu'il peut trouver. C'est pas tout: Bruno, qui l'a vu, dit qu'il parle de se tirer avec ton fusil.

— J'en ai même pas, de fusil.

— En tout cas, il a dit qu'il en avait trouvé un et que ce serait pas long. Il faudrait que tu reviennes,

Élisa, il n'y a que toi qui peux lui parler. Comme c'est là, il a besoin de toi.

— Où est-ce qu'il était quand moi j'avais besoin d'un mari le jour de mes noces? Où est-ce qu'il était tous ces derniers temps quand moi aussi j'aurais bien voulu trouver un fusil? Non! je veux plus rien savoir de lui, Jocelyne, il m'a fait trop de mal.

— Élisa, j'aime pas demander, mais j'ai vraiment peur qu'il ne fasse de quoi de final. Fais-le pour moi, si tu ne veux pas le faire pour lui.

— Non, tu m'en demandes trop. Tout ce que je veux bien faire, c'est le rappeler dans la soirée pour essayer de le calmer et lui faire comprendre que tout ça, c'est sa faute. Et puis je vais te dire une chose, Jocelyne: ça m'embête de te dire ça de ton frère, mais je ne crois pas un instant qu'il va se tuer. Il est trop lâche. C'est juste du chantage aux sentiments qu'il fait là.

Malgré cela, je n'étais pas trop sûre de moi en raccrochant. S'il se suicidait vraiment, j'aurais ça sur la conscience. J'essayais de me persuader que j'avais raison, que tout ce qu'il avait était que cette Sabrina avait dû le laisser tomber et il était revenu à la maison, la langue pendante comme un petit chien, pour être consolé. Et ça allait être moi la vilaine au bout du compte, ce serait moi la méchante, qui aurait refusé de revenir pour calmer le pauvre malheureux.

Non! qu'il apprenne ce que c'était que de souffrir. Peut-être qu'ensuite il ferait un peu plus attention aux autres.

Je suis restée dans ma chambre, étendue en travers du lit jusqu'à ce que les ombres du soir obscurcissent tout. Ensuite, je suis allée au restaurant et j'ai pris tout mon temps pour manger. Je ne voulais vraiment plus rien savoir. Je me disais même que ce serait bien d'avoir David avec moi pour disparaître quelque part à l'autre bout du pays, dans une place où personne ne me connaîtrait et où je pourrais tout recommencer à zéro, comme si je venais d'arriver au monde, en laissant derrière moi tous les souvenirs.

En sortant du restaurant, j'ai rencontré une voyante qui lisait l'avenir dans les bagues. Elle a pris la mienne dans sa main et a fermé les yeux. Voici exactement ce qu'elle m'a dit :

— Tu devais te marier, mais le mariage est remis, car ton ami a beaucoup de problèmes. Il a essayé de se faire soigner, mais ça ne sert à rien, car il a plus d'un problème et l'un ramène l'autre qu'il veut chasser. Excuse-moi de te le dire, mais je vois que c'est un homme qui a sans doute manqué d'affection et qui croit pouvoir la trouver chez les femmes qu'il rencontre, et ça lui joue de bien vilains tours, car il ne s'est pas rendu compte qu'une seule pouvait suffire. Aussi, je vois que… Et puis non, je ne dois pas te le dire…

— Quoi? Vous ne pouvez pas me laisser sans savoir!

— Non, je ne peux rien te dire… N'insiste pas.

Ébranlée par ce qu'elle venait de me dire, j'ai couru vers ma chambre pour téléphoner. J'étais certaine qu'elle avait vu un suicide et qu'elle n'avait pas voulu intervenir dans ce qui devait arriver.

Je ne voyais plus rien en composant le numéro. J'ai dû m'y reprendre à plusieurs fois. C'est Dany qui a répondu sur un ton sec et m'a aussitôt fait penser que ce n'était pas du tout le ton de quelqu'un qui songe à se suicider.

— Salut, Dany. Comment tu vas?

— Ioù c'que t'es? a-t-il crié. Comment ça se fait que t'as décrissé de la maison? T'avais pas d'affaire à partir!

— Écoute-moi ben, Dany, après ce que tu m'as

fait, je crois pas que j'aie de comptes à te rendre, rien pantoute!

— Et qu'est-ce que je t'ai fait?

— Parce que tu le sais pas! Mais tu es complètement aveugle, c'est pas possible! Tu vois rien que ton nombril, il n'y a que ça qui compte pour toi. Tu as oublié de passer le cap des trois ans ou quoi?

— Tu parles, tu parles et moi je devrais rien dire pendant que Madame est partie faire la pute en ville. Parce que c'est ça que t'es partie faire à Québec, pas vrai? T'as trouvé que t'avais une belle occasion pour aller te faire sauter par une armée de nègres.

— Oh! je ne m'appelle pas Dany, moi. Je ne couche pas avec tout ce qui bouge. Espèce d'idiot, tu mériterais rien que ça.

— Parce que tu vas le faire?

— Imbécile! Tu comprendras jamais rien à rien.

— Quand est-ce que tu rentres, dis-moi quand est-ce que tu rentres?

— J'en sais rien, Dany. Pourquoi tu ne vas pas passer le temps avec ta belle à Alma? T'as plus d'affaire chez moi, je veux plus t'y voir, jamais. Tu m'entends? Jamais.

— Tu te trompes, c'est chez nous et j'y reste. À propos, va falloir faire une autre clef. Je veux pas casser la vitre à chaque fois…

— Je vois que tu ne veux rien comprendre. Je te laisse, ça va me coûter cher pour rien. On arrangera ça plus tard avec les autorités concernées.

— C'est toi qui as appelé…

— Je voulais prendre de tes nouvelles. Je vois que tu es vraiment toi-même et que tu seras toujours comme ça. Alors, salut bien.

J'ai raccroché sans lui laisser le temps d'ajouter quoi que ce soit. Il était clair qu'il n'était pas en train de songer au suicide. En tout cas pas plus que moi.

Car, là, je trouvais vraiment que j'avais une vie toute croche.

C'est reparti pour un tour

Je suis restée encore quelques jours à Québec avant de rentrer. Je n'étais toujours pas remise, loin de là, mais il fallait bien que je retrouve mon fils et que je reprenne mon travail. Et puis de toute façon ce séjour ne ressemblait en rien à des vacances, au contraire! Toute ma vie me revenait en tête. Le soir, dans la pénombre grise de la chambre, c'étaient les ricanements d'Arthur qui revenaient, ses menaces et ses coups. Une fois, l'eau du bain coulait dans une chambre voisine et ça m'a rappelé le jour où ma mère avait bien tenté de me noyer. Pourquoi avait-elle fait ça? Qu'est-ce que j'avais qui la dérangeait tant que ça? Je me suis posé la question si au fond elle ne m'en voulait pas parce que ma simple vue semblait exciter la bestialité d'Arthur, et, dans un sens, c'était peut-être pour ça qu'elle m'avait fait déshabiller devant lui: sans doute dans l'espoir inconscient que ça lui passe. Malheureusement, ça ne lui était pas passé.

J'avoue que j'étais un peu surprise de ne pas trouver Dany en rentrant à la maison. Au fond, j'étais un peu déçue. Malgré ce qu'il m'avait fait, quelque part j'espérais encore.

Je suis même allée au garage où il répétait. Plus personne et plus d'instruments nulle part. Tout avait été vidé. Mécontente, car enfin tout le temps que j'étais en vie il était bien convenu que ces instruments m'appartenaient, je suis allée trouver Jocelyne au restaurant où elle était en service.

Après avoir pris des nouvelles de mon fils qui pour l'heure était chez Diane, je lui ai demandé où était Dany.

— Calme-toi, m'a t-elle dit. Prends le temps de t'asseoir.

— Je suis passée par le garage et j'ai vu que tous les instruments étaient partis…

— Dany les a emportés à Alma. Ça a l'air qu'il joue au Centre.

— Il est pas gêné, lui. C'est à moi, tout le matériel.

— Comment ça? Il m'a toujours dit que c'était à lui, que c'était un cadeau que tu lui avais fait.

— La preuve que ce n'était pas un cadeau: il m'a fait faire un papier comme quoi tout lui reviendrait si jamais je mourais. Ça m'a coûté cinq mille piastres, tout ça, Jocelyne.

— Mais vous viviez en couple. Moi et Bruno, on partage tout. C'est comme ça que ça se passe chez nous. La seule différence est qu'on est mariés.

— Parlons-en, de mariage… Et puis vous partagez ce que vous apportez chacun de votre bord. Dans mon cas, il n'y a que moi qui apporte. Il est là quand ça lui fait plaisir, autrement il est entre les cuisses d'une autre. Tu appelles ça un couple, toi?

— Élisa, t'es toujours après compter ce que tu donnes. Tu manques pourtant pas d'argent.

— De l'argent, j'en ai plus, je lui ai tout donné. Et si ça m'arrive de compter, c'est peut-être parce que je ne reçois rien. Je me trompe: une fois il m'a emprunté cent piastres pour me payer une maudite bague de fiançailles.

— Je crois que tu te trompes, Élisa. Il t'aime beaucoup plus que tu le penses. Il a en masse des torts, mais je suis certaine qu'il t'aime. Il ne sait peut-être pas toujours le montrer, mais ça, on me l'ôtera pas de l'idée.

— Alors pourquoi il aime les autres tant que ça? Et sa cousine qui le suit partout? On ne vit pas en France: moi, les triangles amoureux, ça m'intéresse pas.

— Oh non! Tu vas pas te montrer jalouse de

Janine? Ils ont vécu très proches depuis qu'ils sont tout petits. Pour lui, c'est un peu comme sa petite sœur. Mélange pas tout, c'est ridicule.

— Excuse-moi, mais des complicités de même entre frères et sœurs, moi, je suis pas habituée…

— Je le sais bien et c'est pour ça que je ne me fâche pas quand tu supposes des affaires croches entre Janine et Dany, mais essaye un peu de comprendre que c'est pas partout comme chez vous. Dans la plupart des familles, on est très attachés entre frères et sœurs.

— En tout cas, ça n'enlève pas cette Sabrina et d'autres dont je ne sais pas le nom. Et quand tu le verras, dis-lui que je voudrais bien lui parler et que je n'aime pas pantoute qu'il soit parti avec mes affaires comme un voleur. Qu'est-ce qu'il dirait si j'en parlais à la police?

— Le traite pas de voleur. Vous viviez ensemble, sacrement! Et n'amène pas les polices dans cette affaire, tu le regretterais. Dans la famille on a un point commun: les polices on peut pas les sentir, et encore moins ceux qui bavassent…

Je voyais bien que Jocelyne avait changé vis-à-vis de moi depuis mon voyage à Québec. Je comprenais que son frère avait dû encore se plaindre de moi et avait retourné la situation à son avantage. Elle devait aussi me reprocher de ne pas être rentrée lorsqu'elle me l'avait demandé. Bref, j'avais presque l'impression que c'était encore moi la coupable.

Il m'a appelée dans la soirée. Sa sœur avait dû lui faire la commission, car il était sur la défensive.

— Élisa, que c'est qui se passe? Ça aurait de l'air que tu brasses d'la marde.

— Et c'est toi qui cries dans le téléphone, j'ai mon voyage! C'est toi qui es parti avec mes musiques, comme un voleur.

— Elles sont à moi, ces musiques-là. C'est clair depuis le début. Quand on vit ensemble, on partage tout. Quand même que t'irais trouver les polices, t'auras du mal à leur dire le contraire. Et puis à part de ça, elles sont ici pour une bonne cause, les musiques : j'ai formé un petit groupe pour les gens du Centre et on joue pour eux.

— Je vais pleurer…

— Quoi, tu préférerais que les musiques restent à rien faire dans le garage plutôt que de servir icitte à du monde?

— C'est pas ça pantoute et tu le sais bien. Tout ce que je dis c'est que tu as pris les musiques sans ma permission. C'est sûr que si on s'était mariés, elles auraient été à moi comme à toi, les musiques, mais je te rappelle que c'est toi qui n'as pas voulu.

— J'ai pas dit que je voulais pas, j'ai dit que je voulais y penser plus longtemps, que j'étais pas prêt. Justement, comme c'est là, je crois que je suis prêt. Quand est-ce que tu veux qu'on se marie?

— Oublie ça, Dany. Pour moi c'est terminé. Je ne veux plus t'entendre parler de mariage, tu m'as assez fait niaiser avec ça.

— Maudit! Tu sais pas ce que je vis, moi, ici. Tu veux jamais rien comprendre. Tiens, t'as qu'à monter me voir, tu comprendras peut-être mieux ce qui se passe icitte et tu verras que je n'ai pas de blonde.

— C'est pas moi qui l'ai inventée, cette Sabrina.

— Comme de raison, tu me crois pas.

— O.K., je vais monter un de ces jours, on verra bien…

— Avertis-moi quand même avant de faire le voyage. On fait souvent des projets icitte. Il faut s'occuper si on veut pas rechuter et ça arrive souvent qu'on aille se tenter dans le bois. Pis tarde pas trop non plus, parce qu'à partir de la semaine prochaine, ils m'envoient continuer ma cure à Québec. J'ai eu ma place là-bas. Tu vois, pour toi, je fais tout ce que je peux pour m'en sortir. Mais on sait bien, tu veux pas croire que je t'aime et que je tiens à toi.

— Tu dis ça, mais il y a quelques jours, tu étais icitte et tu buvais comme un trou.

— Une rechute, ça peut arriver à tout le monde. Si la cure était finie en deux semaines, j'aurais plus besoin d'être icitte. Je serais à la maison en train de te serrer dans mes bras.

— Je sais pas… Je vais essayer d'aller te voir avant que tu partes. Fais attention à toi.

— Toi aussi. Et garde-toi seulement pour moi, O.K.?

— T'as pas à t'inquiéter pour ça…

Après cet appel, j'ai commencé à me dire que c'était peut-être moi qui avais précipité la date du mariage. C'était vrai au fond qu'il ne m'avait jamais dit qu'il ne voulait pas se marier. Peut-être était-il sincère et que je n'avais pas su juger la situation.

Finalement j'y suis allée, sans prévenir, comme je le lui avais dit. Comme c'était un centre où l'on ne couche pas, il restait chez un de ses chums qui avait un petit trois-pièces. Débarquée à la gare d'autobus, je n'ai pas voulu l'appeler et j'ai pris un taxi jusqu'à l'adresse. Quelle surprise en entrant: Dany n'était pas seul, il y avait là Jocelyne, Bruno, Janine et d'autres que je ne connaissais pas.

— Pourquoi que vous êtes montés sans me le dire? je leur ai reproché.

— Ben… On savait pas que tu voulais venir.

Dany avait l'air encore plus surpris qu'eux autres. Visiblement, je tombais comme un cheveu dans la soupe.

— Pourquoi t'as pas prévenu comme je te l'avais dit? m'a t-il dit.

— Pourquoi, je dérange?

— Pantoute, mais j'ai rien de prêt à manger, je peux rien t'offrir.

Il s'est adressé à une dénommée Laurie et lui a demandé si elle voulait aller avec lui à l'épicerie, et avant que j'aie pu dire quoi que ce soit, il était parti. Je me suis retrouvée avec les autres, dont Janine qui semblait mal à l'aise.

Je me sentais de trop.

— Qu'est-ce qui se passe ici? j'ai demandé.

— Rien… Rien pantoute, a dit Jocelyne. Pourquoi il se passerait de quoi?

Je suis sortie dans la rue. Je me rendais compte que je tombais à un mauvais moment, mais je ne savais pas pourquoi. Je me suis assise sur un banc et j'ai laissé le soleil me chauffer la face. J'avais envie de ne plus m'occuper de tout ça, de tout oublier et de rentrer comme si rien du tout n'avait jamais existé. J'étais fatiguée.

Je commençais presque à m'évader de mes propres soucis lorsque, les paupières fermées, j'ai entendu Dany qui me demandait ce que je faisais là. Je suis revenue à la réalité.

— Rien… Je me fais griller.

— Pourquoi t'es pas restée avec les autres?

— S'ils avaient vraiment envie de me voir, ils m'auraient dit qu'ils montaient, non?

— Je crois que l'idée de venir leur est venue tout d'un coup. Maudit qu'y a du monde à l'épicerie. Regarde ce que j'ai acheté: un beau jambon, des tomates et des bananes. À propos, tu peux-tu me prêter quinze piastres? Je les ai empruntées pour payer l'épicerie.

— Mais tu n'as jamais d'argent!

— Chus cassé, c'est pas de ma faute. Si au moins je trouvais une p'tite job… Mais dis donc, tu m'as pas encore embrassé depuis que t'es arrivée. Tu m'aimes plus ou quoi?

Nous nous sommes embrassés. Malgré moi, de le sentir tout contre moi, je sentais fondre toutes les mises en garde que j'avais contre lui. Je voulais m'en séparer, mais il y avait une force en moi qui me criait que j'avais besoin de lui. Je me suis demandé quelle était cette force et, réalisant que c'était quelque chose qui avait à voir davantage avec le désir qu'avec l'affection, tout à coup je me suis dit que c'était peut-être la même force qui avait attaché ma mère à Arthur malgré tout ce qu'il était et malgré tout ce qu'il avait fait d'elle. J'ai eu peur.

Lorsque nous nous sommes séparés, le regardant, je me suis rendu compte qu'il avait un tout nouveau look. Que du linge noir très, très moulant qui laissait apparaître toutes ses formes, même les plus intimes.

— Dis donc, je lui ai dit, c'est pas un peu provocant comme tenue?

— T'aimes pas ça?

— C'est pas mal…

— C'est juste pour toi, ma chérie.

— Comment tu peux dire ça? Tu ne savais même pas que je venais.

— Crime! Tu vas quand même pas me dire comment m'habiller.

— Laisse faire…

— Quand est-ce que tu repars?

— Demain matin; je vais en profiter pour aller passer un test. Pourquoi, tu es pressé?

— Pantoute! Au contraire, pourquoi tu restes pas plus longtemps?

— Je ne suis pas libre comme toi, Dany. J'ai mon fils, mon travail.

— C'est ça: moi, je suis un bon à rien, je n'ai rien… C'est ça que tu veux dire?

— Je suis pas montée pour me chicaner, Dany. Allons plutôt goûter si ton jambon est bon.

Le chum qui hébergeait Dany n'avait pas l'air ravi de voir tout ce monde dans son petit appartement. Je le comprenais trop bien et je suivais son regard quand les autres allaient ouvrir le frigidaire et se servaient exactement comme s'ils étaient chez eux. J'étais gênée et, si je m'étais écoutée, je serais allée au motel avec Dany. Au moins nous aurions pu nous retrouver tous les deux.

En me réveillant le matin, j'étais plus raquée que si je n'avais pas dormi du tout. Il faut dire que nous avions tous couché par terre et que toute la nuit j'avais été réveillée par l'inconfort, des raclements de gorge ou par l'un ou l'autre qui se levait pour boire ou aller à la salle de bains. Je me suis dit que je n'avais plus l'âge pour vivre comme ça.

Dès l'ouverture des magasins, je suis sortie pour aller à la pharmacie afin de passer un test de grossesse. Moi qui étais toujours réglée comme une horloge, j'avais déjà une semaine de retard. Je voulais profiter de ce séjour dans une place où je n'étais pas connue pour passer le test. Chez nous ça me gênait un peu.

En attendant le résultat, qui mettait du temps à arriver, je marchais de long en large en me demandant ce que j'allais faire si vraiment j'étais enceinte. J'étais seule et j'étais loin de considérer Dany comme une aide; plutôt comme une charge, en fait. Comment je pourrais me débrouiller avec un petit bébé? Il fallait que je travaille, que je m'occupe aussi de David, je n'avais même plus d'argent de côté et j'en devais huit mille à mon ex. Ce n'est pas que je ne voulais pas un autre enfant, c'est surtout que je me demandais comment je pourrais m'en sortir avec lui.

— Votre test est terminé, madame…

J'avalais ma salive, j'aurais presque voulu ne pas être venue. Je ne voulais plus savoir.

— Qu'est-ce que c'est?

— Positif, madame. Félicitations.

J'ai essayé de sourire comme si la nouvelle me remplissait de joie. Un de ces beaux sourires comme en font les beautés dans les commerciaux à la télé quand un nouveau shampoing ou un nouveau revitalisant semble leur donner tant de bonheur. Puis j'ai vraiment été contente. Après tout, un bébé c'est du bonheur. Ce n'est qu'ensuite que je me suis demandé comment j'allais annoncer ça à Dany.

Il m'avait dit qu'un enfant le changerait complètement. Est-ce que je devais faire confiance à ses paroles?

— Où étais-tu passée? m'a-t-il demandé quand je suis arrivée.

— Je te l'ai dit hier: il fallait que je passe un test…

— À cause? T'es malade?

— C'était pas un test pour une maladie…

— Pour quoi d'autre alors, pour une nouvelle job?

— Non, pas pour une nouvelle job non plus…

— Un test de quoi d'abord?

— Un test qu'on passe à la pharmacie…

— Quel test qu'on peut passer à la pharmacie si c'est pas pour une maladie?

— Devine!

— J'en sais rien, moi. Pis pourquoi que tu souris comme ça?

— Cherche encore…

— Maudit! Pas un test de grossesse?

— Oui, tu as deviné.

— Pis?

— Pis c'est positif.

— Positif, ça veut dire que t'es enceinte!

— Ça veut dire ça, Dany.

Je le regardais qui ouvrait et fermait la bouche sans qu'une parole puisse en sortir. Je savais déjà qu'il n'était pas fâché, bien au contraire. Enfin, il a réussi à bafouiller:

— T'es… t'es-tu sûre qu'ils se sont pas trompés, à la pharmacie?

— Tu peux y venir avec moi, ils vont te le confirmer. Tu sais, si j'ai passé le test, c'est parce que je m'en doutais déjà.

Il a levé les bras au ciel et s'est mis à hurler.

— Câlisse que chus content! Je vais être un père, tabarnak! Je vais être père! Merci, mon Dieu!

Il m'a soulevée dans les airs en criant que j'allais mettre son enfant au monde. Tous les autres hurlaient leur joie et ça sautait partout. Jocelyne est venue m'embrasser et a déclaré qu'elle allait enfin avoir un petit neveu, que sa famille allait se poursuivre, que son rêve se réalisait.

Du coup, de constater toute cette joie que ça donnait autour de moi, je me suis mise à pleurer. À mon tour je sentais la joie monter en moi. C'était fini! Cet enfant-là allait tout changer. Le bonheur arrivait avec lui.

— Qu'est-ce qu'il y a? m'a demandé Dany qui, en me voyant pleurer, devait penser que j'étais malheureuse. Ça va pas? Ça te plaît pas d'être enceinte? Tu penses pas à te faire avorter au moins?

J'ai secoué vivement la tête.

— Mais non, Dany, tout va bien, je pleure parce que je suis heureuse. Avorter… Est-ce que j'ai une tête à ça?

— En tout cas, faudrait pas que ce soit mon enfant!

— T'inquiète pas pour ça, Dany. Tu vois, un jour il y a une espèce d'énervée qui m'a dit que ç'aurait été plus humain que ma mère avorte plutôt que de me faire ce qu'elle m'a fait. J'ai jamais eu autant envie de traiter quelqu'un d'innocent. Je l'aurais fessée! Elle venait de me dire en face qu'il aurait mieux valu pour moi que je n'existe pas. Ben non justement! J'ai pas mal connu ce qu'il y avait de pire et je dis pas que des fois je suis pas un peu tannée des misères qui m'arrivent, mais je sais aussi que si je n'avais pas cette vie-là, ce que je suis là serait rien que de la poussière et j'aime autrement mieux être ce que je suis. Non, Dany, pour ça, tu n'as pas à t'inquiéter, notre bébé, je vais le garder pis je vais l'aimer. Je ne me sentirais jamais le droit de refuser la vie à quelqu'un. Parce que la vie, on a beau être très savant, on ne sait pas ce que c'est ni d'où ça vient, et que refuser la vie qu'on porte en soi c'est pas seulement refuser la vie elle-même, c'est pas seulement refuser l'amour, c'est aussi se mettre chum avec la mort. Pis moi, même si des fois ça fait mal, je préfère la vie et je préfère l'amour.

Cette journée-là, je m'en souviendrai toujours, car tout à coup nous nous sommes tous retrouvés liés par quelque chose de plus fort que les chicanes. Alors que la veille on se regardait un peu de travers, voilà que nous étions tous heureux ensemble. Et Dany m'a juré qu'à partir de ce moment il allait être exemplaire… Il a même ajouté qu'il n'avait plus besoin d'aller à Québec pour poursuivre sa cure : son enfant venait de le guérir.

La grossesse

Il est revenu avec moi, pour s'occuper de moi, a-t-il dit.

Avec Janine, il a repris un contrat pour jouer dans un hôtel du jeudi au dimanche. Bien souvent il ne rentrait pas. Il m'appelait vers trois ou quatre heures pour me dire qu'il m'aimait et, malheureusement, je sentais bien à chaque fois qu'il avait un verre dans le nez.

Il m'est arrivé de vouloir aller l'écouter, mais il disait que la vie d'hôtel, c'était pas bon pour une femme qui attendait un petit. Je recommençais à me poser des questions sur ce qu'il pouvait y avoir entre lui et Janine. Je n'avais aucune preuve, mais leur complicité, leurs sourires me laissaient l'impression qu'ils étaient amants.

Le jour de ma fête, Dany a tenu à organiser quelque chose. Il a invité Jocelyne et Bruno, des chums à lui et deux de mes amies. Pendant qu'il préparait la surprise, mes deux sœurs m'ont appelée et c'est comme ça que j'ai appris à mon autre sœur, Sylvie, qui l'ignorait encore, que j'étais enceinte.

— Encore! s'est-elle exclamée. Je te trouve bien courageuse…

— C'est vrai que ça ne paraît pas facile, mais je suis contente.

— Ah ben… Tu as déjà David chez toi et son père qui s'en occupe pas gros…

— C'est vrai que, de ce côté-là, le pauvre n'est pas gâté. Son père l'emmène manger un hot-dog une ou deux fois la semaine et c'est tout. Monsieur pense qu'il a rempli son devoir paternel. Te rends-tu compte, il va avoir six ans et son père ne l'a encore jamais emmené coucher chez la blonde avec qui il vit.

— Y en a qui sont pas drôles… Et ton chum?

— Ça va, il est occupé toutes les fins de semaine. C'est mieux que rien. Quand est-ce que tu viens souper? Ça fait longtemps qu'on s'est pas vues, Sylvie…

— Je sais pas, mais, tu sais, avec le magasin, la famille, tout, ça ne laisse pas beaucoup de temps. Là, il faut que j'y aille, j'ai des commandes à passer. Salut, Élisa, et bonne fête encore.

— Salut, Sylvie.

Je me demandais si elle me donnerait de ses nouvelles avant ma prochaine fête. Peut-être pour l'accouchement?

Un anniversaire parmi d'autres...

Il y avait une tente dressée dans la cour. Dany m'a envoyée dedans le temps qu'il prépare la surprise. Seule, je caressais mon ventre et je parlais au bébé. Je lui souhaitais de ressembler physiquement à son père, mais, pour le caractère, j'avoue que j'espérais qu'il retiendrait davantage de moi, avec peut-être, pour lui donner des chances, la naïveté en moins. Puis je me suis dit que, malgré ses promesses, Dany continuait de boire, que je ne pouvais pas encore lui faire confiance et que ça devenait éprouvant. Si le bébé ne pouvait pas le changer, rien ne le changerait et je risquais de passer ma vie avec un saoulon.

Il est venu me chercher et m'a bandé les yeux. Dans la cuisine tout le monde m'attendait autour d'un gâteau. Le loyer était tout décoré de ballons. Ça a été une explosion de joie et de souhaits. J'étais heureuse.

Heureuse jusqu'à ce qu'il ouvre la porte du frigidaire et commence à offrir de la bière à tout le monde. Mais personne n'en a pris et lui seul s'est retrouvé avec une bouteille à la main.

Je lui avais pourtant bien dit que je ne voulais pas d'alcool chez moi. Pourquoi faisait-il ça? Je ne comprenais pas, j'avais l'impression qu'il cherchait à me punir de quelque chose. Mais je ne savais pas du tout de quoi.

À table, j'étais la dame d'honneur, mais, là où j'aurais dû être heureuse, je ne pouvais que regarder les bouteilles vides qui s'accumulaient devant lui. Il y avait un bon repas, mais il a commencé à s'en prendre à mes amies au point d'en faire pleurer une en disant des bêtises sur sa famille.

Le repas commencé dans la bonne humeur, un repas où rien n'avait été ménagé (il y avait du T-bone, du forêt-noire), ce repas qui aurait pu être si heureux s'achevait dans les divagations de Dany qui encore une fois voulait être la vedette.

— Vous me verrez plus longtemps comme ça, a t-il dit. J'ai des contacts et je sais que pour moi ça va marcher. Je vais rencontrer des producteurs bientôt. On m'a déjà dit que j'étais bon pas ordinaire et je sais ce que je suis capable de faire. Vous allez voir, dans pas longtemps, à côté de moi, Elvis ce sera rien pan-toute. Le King, ce sera moi et pas un autre. Chus le meilleur, crisse! Y en a pas deux comme moi.

Je n'osais pas regarder autour de moi. Il n'y avait plus que lui qui parlait. Je me disais qu'au moins pour cette journée il aurait pu laisser tomber la bière, faire un effort. Est-ce que ça allait être la même chose à chaque occasion de se réjouir ensemble? Allait-il falloir que tout soit gâché parce qu'il n'avait pas la volonté de se passer de sa broue?

La colère montait en moi. Soudain, je me suis mise à pleurer. Me levant, je me suis excusée et je suis partie dans ma chambre.

— Voilà que ça la reprend! a gueulé Dany. Je sais pas ce qu'elle a, maudit, elle est toujours après chialer. Je sais plus quoi faire avec elle. Sacrement! J'ai tout fait pour y faire plaisir, mais c'est pas assez, c'est jamais assez!

— Je pleure à cause de toi, j'ai dit en revenant dans la cuisine. Tu dis que tu as tout fait, mais la seule chose que je te demandais, c'était de ne pas boire, et regarde où t'en es. Qu'est-ce qui peut me faire plaisir là-dedans? Tu as même fait pleurer Sandra en voulant faire ton fin.

Il a sacré, il a cogné sur la table à en faire revoler les ustensiles, puis il est parti en claquant la porte et en disant qu'on serait bien plus tranquilles sans lui.

Nous avons continué même après son départ. Il avait dit vrai, car l'atmosphère était beaucoup plus sereine. S'il n'y avait pas eu ses bières et sa crise, ç'aurait été une journée parfaite.

Enfin presque, parce que par la suite nous avons tous décidé d'aller faire un petit tour à l'hôtel où j'ai trouvé Dany en train de faire le beau pour des femmes connues pour passer leur vie à la taverne. Avec elles, c'est sûr qu'il pouvait s'entendre. La boisson et la drogue l'avaient enlaidi au point de ne plus pouvoir séduire les femmes comme il voulait et voilà que ça ne lui faisait rien de chercher à me tromper avec des femmes qui, comme lui, ne vivaient que pour le cul et la bière. L'expression est crue, mais je n'en vois pas d'autre.

Il n'est rentré qu'au bout de quatre jours, en pleurant sur le sort qui s'acharnait contre lui et qui voulait le détruire.

— Je sais pas ce qui m'a pris. Pardonne-moi, pardonne-moi!

J'étais fatiguée de tout ça, je n'avais même pas envie de discuter avec lui. De toute façon, ça ne servait à rien.

— Fais ce que tu veux, Dany, je m'en fous.

Il s'est réinstallé et, pendant quelques jours, il s'est tenu tranquille. Le ménage, la vaisselle, couché à l'heure, bref un retour à la normale. Je commençais à me dire qu'il n'avait peut-être eu qu'une de ces rechutes dont parlent les alcooliques. J'en étais à cette hypothèse quand un matin il m'a déclaré:

— J'ai bien réfléchi, ma chérie, je vais faire un homme de moi. Je ne vais plus aller jouer de la musique, je vois bien où ça me mène. Je vais plutôt me chercher une vraie job qui nous donne un vrai salaire. Un travail que t'auras même plus besoin d'aller au restaurant quand le petit va naître et que tu pourras t'en occuper comme il faut.

— Tu as raison, Dany, je crois que c'est plus sage que de jouer de la musique dans les hôtels où il ne se passe jamais rien de bon.

— Oui, et pour être certain de ne pas faire marche arrière dans ma décision, je vais aller vendre les musiques. L'argent servira pour préparer l'arrivée du petit. Il faut que je change. Avec toi j'ai tout pour être heureux, il ne faut plus que je fasse de conneries.

Il avait tout mon accord et il est parti pour vendre les instruments. Encore une fois, je remontais la pente et me disais que cette fois il avait enfin compris.

Le soir, il n'était pas rentré. Il m'a appelée le lendemain pour me dire qu'il pensait que, pour être sûr de ne pas faire de bêtises, il valait mieux se séparer pour réfléchir sérieusement.

— Pour moi c'est tout réfléchi, Dany. Tu rentres ou c'est fini. Au fait, les musiques, tu les as vendues?

— Pas encore…

— Oublie pas que c'est à moi. Alors, qu'est-ce que tu fais?

— Je te l'ai dit, je veux réfléchir.

— Eh bien, pour moi, c'est tout réfléchi, salut.

Et j'ai raccroché, le désespoir au cœur, mais certaine que cette fois c'était fini pour de bon.

Le temps a passé et ma tristesse ne s'en allait pas. Ma grossesse avançait et il a fallu que j'arrête de travailler. Il ne restait plus que Diane pour s'occuper de David et me relever après l'accouchement. Je me demande encore ce que j'aurais fait sans elle. Dans le fond, elle n'avait aucune part dans les erreurs que j'avais commises avec Dany et voilà qu'elle payait les pots cassés avec moi.

Un mois avant mon accouchement, Dany est arrivé, tout naturellement, presque comme s'il n'était sorti que plus tôt le matin. Il a regardé mon ventre, il a souri et a dit que la venue de son enfant paraissait toute proche. J'aurais presque voulu avoir la force de lui mentir, de lui dire qu'il était d'un Africain que j'avais connu à Québec. Je lui ai simplement dit que l'enfant allait venir, mais que lui allait partir, qu'il n'avait rien à faire chez moi et que je ne voulais plus le voir. Je lui ai également demandé de me rapporter les instruments afin que je les vende moi-même pour aider à acheter tout ce qu'il fallait.

— Je les ai vendus.

— Combien?

— Trois mille.

— En tout cas, c'est mieux que rien. Ils t'ont donné un chèque?

— J'ai pu l'argent, on est partis sur une go avec Janine et on a tout bu.

— Et tu viens me dire ça comme ça! Tu viens me dire que t'as bu l'argent qui devait servir à acheter ce qu'il fallait pour le bébé! Mais t'es un monstre! T'as donc aucun sentiment! Comment est-ce que j'ai pu seulement te regarder! T'es un rien du tout, un maudit écœurant! Je veux plus te voir! Va-t'en de chez moi!

— Pantoute! Je m'en irai pas, c'est chez moi comme chez toi, icitte. Et pis tu vas avoir besoin de moi avec le bébé.

Et il s'est assis à la table, comme chez lui.

Je suis partie en ville pour reprendre mes esprits. Qu'est-ce que je pouvais faire? Je n'avais plus la force de me battre. Qu'y avait-il avec moi qui ne marchait pas? Pourquoi chez les autres couples, ça semblait aller normalement et que pour moi ça virait toujours de travers?

En marchant, j'ai rencontré ma voisine Jojo dont la fille jouait souvent avec David. Elle et son mari paraissaient très bien s'entendre. Ça, c'était un couple qui avait de l'allure. Ils semblaient toujours heureux. Quand ils se regardaient, il y avait toujours de la lumière qui passait dans leurs yeux. Pourquoi ce n'était pas comme ça pour nous? Qu'est-ce qu'on avait fait de croche?

Un sale type

Sans réponse à mes questions, sans doute par faiblesse et par peur de la solitude, je l'ai laissé se réinstaller. Je n'aurais jamais dû, je sais. Quelques jours plus tard, ma carte de guichet avait disparu de mon portefeuille.

— Dany, as-tu vu ma carte de guichet?

— Pourquoi je l'aurais vue…

— Des fois… Tant pis, je vais appeler à la banque pour les prévenir que je l'ai perdue.

Au téléphone, l'employée de la banque m'a dit qu'elle allait voir et, lorsqu'elle est revenue, elle m'a annoncé que ma carte était restée bloquée dans le guichet.

— C'est pas possible, la dernière fois que je m'en suis servie elle est ressortie.

— Il s'agit sans doute d'une personne qui l'aura prise à votre insu et l'aura essayée. La carte est ici, à la succursale, nous la gardons à votre disposition.

Je me demandais bien où j'avais pu l'oublier. Un instant j'ai soupçonné Dany, mais je ne pouvais pas croire qu'il ait été jusque-là. Il avait bien des défauts, mais il n'irait quand même pas jusqu'à me voler. Peut-être après tout que je l'avais laissée sur le guichet et que quelqu'un l'avait essayée.

Au fil des jours, l'attitude de Dany me renforçait dans l'idée que ça ne pouvait pas être lui. Il redevenait plus humain, était aux petits soins et recommençait même à dialoguer. Plus la date de l'accouchement approchait, plus il devenait correct. Il restait à la maison, faisait le ménage, on se couchait ensemble et dans la soirée nous allions même faire une marche en jasant.

Une nouvelle fois encore, je recommençais à prendre espoir. La venue de l'enfant était en train de le changer. Oui, plus le temps passait, plus je devenais fière de lui. Il ne prenait même plus de bière.

Vraiment heureuse, je ne l'étais pas. Après tout ce qu'il m'avait fait voir, je ne ressentais plus l'amour que j'avais eu pour lui au départ, mais, malgré cela, je m'estimais contente. Après tout, on ne peut pas tout avoir. Pour le moment, Dany était correct, je n'avais rien à lui reprocher; nous faisions nos affaires ensemble, ça devait être comme ça pour la plupart des gens. Il n'y avait peut-être pas de la lumière qui passait dans nos yeux comme dans ceux de Jojo et son mari, mais, en tout cas, on s'entendait.

Il était parti dans le nord avec Bruno et Jocelyne lorsque je suis allée passer mon échographie. Apprenant de la bouche du médecin que j'attendais un garçon, j'ai tout de suite voulu l'annoncer à Dany et j'ai composé le numéro qu'il m'avait laissé.

— Alors, qu'est-ce que c'est? m'a-t-il demandé sitôt qu'il a reconnu ma voix.

— Devine…

— Un gars?

— Tu as raison, c'est un garçon. Le docteur dit qu'il va très bien.

— Câlisse! c'est ce que je voulais. Merci, Seigneur! Maudit que j'ai hâte d'y voir la bette…

— Et moi… Quand est-ce que tu reviens? Ils m'ont dit qu'à partir de maintenant le bébé pouvait arriver n'importe quand.

— Ça presse pas tant que ça, tu vas pas accoucher ce soir.

— Ça va, j'ai compris…

— Prends-le pas de même, je vais revenir dès que je vais pouvoir.

Il est finalement revenu quelques jours plus tard et le temps passait tranquillement. Toutefois, il n'était déjà plus comme avant son voyage. Je me demandais ce qui s'était passé. Un matin, il était tard, nous étions encore au lit, le téléphone a sonné, Dany a répondu le premier et m'a passé l'appareil en disant que c'était pour moi.

— C'est qui? j'ai demandé.

— J'en sais rien, une bonne femme.

La personne s'est présentée comme étant de la banque et m'a demandé si j'étais vraiment Élisa.

— C'est bien moi. Qu'est-ce qui se passe?

— Madame, nous avons ici une série de chèques qui ne sont pas approvisionnés.

— C'est pas possible! J'ai fait un dépôt la semaine passée.

— Tout a été retiré depuis, madame…

— Comment ça, retiré! J'ai rien retiré du tout!

— Je suis désolée, madame, mais il n'y a pas d'erreur possible dans ce cas.

— Écoutez, je m'habille et j'arrive. Il y a sans doute quelque chose qui ne va pas avec votre ordinateur.

J'ai raccroché et me suis levée en colère.

— Qu'est-ce qui se passe? a marmonné Dany.

— C'est à la banque. Ils sont mêlés, ils trouvent plus mon argent. Il faut que j'y aille.

— Maudit, les banques sont toutes pareilles. C'est pour ça que j'ai pas de compte…

Je n'ai rien dit. Je savais très exactement pourquoi il n'en avait pas, et ça n'avait rien à voir avec l'honnêteté des banques, au contraire.

Je suis allée directement à la succursale et, là, la femme m'a expliqué que tout avait été retiré d'un guichet de Sept-Îles.

Ça m'a fait comme un coup de poing. C'était exactement à Sept-Îles que Dany était allé avec Bruno et sa sœur. Je suis ressortie sans avoir le cœur de mettre mes affaires en ordre et j'ai commencé à pleurer sur le stationnement. Le salaud! Il m'avait fait ça. Il était allé jusque-là.

Me sentant le cœur gros comme un chou de Siam, j'ai préféré ne pas rentrer tout de suite au loyer. Je me sentais capable de l'assommer avec ce qui me tomberait sous la main. Il fallait que je me calme. Je suis entrée au Zellers et, là, j'ai bu trois ou quatre cafés en ligne et j'ai bien dû fumer la moitié d'un paquet de cigarettes. Je ne pouvais cesser de pleurer. Je n'avais que le mot salaud en tête. Je voulais qu'il disparaisse de ma vie, de ma vue, de ma mémoire. Je ne voulais même plus accoucher, pas d'un enfant de lui! Jamais!

J'ai tout de même fini par rentrer, car il fallait que je m'occupe de David qui revenait de l'école. Comme d'habitude, Dany était devant la télé.

— Où ce que t'étais? a-t-il demandé.

— J'étais en train de passer le gros de ma colère pour ne pas t'assommer en arrivant…

— M'assommer! Pourquoi? Qu'est-ce que j'ai fait encore?

— Oh! ne joue pas l'innocent, tu sais très bien ce que tu as fait.

— Mais non! J'ai rien fait, moé.

— Non, t'as juste été au guichet à Sept-Îles et tu as tout retiré ce qu'il y avait sur mon compte. C'est rien du tout… Comment tu as pu me faire ça?

Il a compris qu'il ne pouvait plus nier l'évidence. Voyant qu'il ne pouvait plus jouer sur ce tableau, il s'en est pris à lui-même comme pour s'attirer de la sympathie.

— Maudit, j'en sais rien pantoute, c'est comme un trip qui m'a passé par la tête. Ç'a été plus fort que moi, Élisa. Je m'en veux encore.

— Je croyais qu'un trip, c'était un coup de tête. T'en connais, toi, des coups de tête qui commencent ici par voler ma carte et qui durent jusqu'à Sept-Îles? C'était tout organisé d'avance, ton maudit trip. Et j'ai bien l'impression que c'était pas la première fois que t'essayais… Tu sais ce que tu es? T'es rien qu'une ordure, un déchet, un moins que rien, une mauviette, une lavette, une maudite grand-vache, une merde, un lâche, y aura jamais assez de Drano sur la terre pour déboucher la bol si jamais tu tombais dedans.

J'avais eu tout le temps au Zellers pour préparer mes injures. Je lui en donnais sans arrêter, mais il me semblait à chaque fois que je n'en mettais pas assez.

— Arrête ça! a-t-il crié. J'ai commis une faute, c'est d'accord, mais chus quand même pas si pire que tu le dis. Je te l'ai dit, ça a été plus fort que moi : quand j'ai eu l'idée, il a fallu que je le fasse.

— C'est ce que je te reproche, pauvre imbécile! Je ne te reproche pas d'avoir des idées, tout le monde en a, des maudites idées. Ce que je te reproche, c'est de pas avoir eu le cran de simplement en rire. T'es rien qu'un verrat. Non! Pire qu'un verrat. Ce serait insultant pour eux autres.

— Je vas te le rendre, ton ostie d'argent! Câlisse-moé patience, là!

— Et tu veux la paix, astheure! Monsieur veut faire tout ce qui lui passe par la tête et il veut la paix! C'est-ti possible! Je comprends pas… C'était juste pour mal faire que tu m'as fait ça! T'as jamais manqué de rien ici. Tu manges comme tu veux, tu as un toit sur la tête, tu es habillé, tu as de l'argent autant que tu veux, tu as tout le fumage que t'as besoin, quand ton chômage arrive j'en vois jamais la couleur, mais c'était pas assez, il a fallu que tu me voles. Te rends-tu compte? T'as volé celle à qui tu dis «je t'aime»! Comment que t'appelles ça, toi, un type de même? Oui, toi qui vois des vues en masse, comment tu réagis quand tu vois une ordure de ton genre qui vole sa blonde? Mais c'est peut-être bien ton personnage favori, après tout! C'est ça, tu as une âme de maquereau, de gigolo, de pimp. Tu veux pas que j'aille faire le trottoir pour toi, par hasard? Oh! pis non. Je te le demande pas, tu dirais oui.

— Si t'étais pas enceinte…

— Quoi, si j'étais pas enceinte? Quoi? Ah! au fait, j'ai oublié de te dire, tu as quarante-huit heures pour me rembourser. J'ai porté plainte à la police et si je ne retire pas ma plainte avant ce temps-là, tu vas les voir débarquer.

Cette fois, j'ai vraiment vu l'inquiétude passer dans ses yeux.

— Comment ça? a-t-il dit. T'as pas fait ça, ma chérie, tu l'as pas fait, hein? J'ai mes défauts, mais tu sais que je t'aime.

— J'en veux pas, de ton amour. Il m'apporte rien que de la misère, ton amour. Garde-le, j'en veux pas.

Il a voulu me passer le bras autour des épaules, mais, en voulant me dégager, je lui ai envoyé violemment ma main sur la bouche.

— T'approche pas de moi! j'ai hurlé.

Surpris, Dany se tenait la bouche d'où coulait du sang.

— Tu m'as cassé des dents, a-t-il dit.

— Pas assez à mon goût.

— Élisa, calme-toé, je te croyais pas maligne comme ça…

— T'aurais dû le deviner, et pis je te jure que si

j'ai pas mon argent comme je t'ai dit, tu vas tout droit en dedans. Maintenant, vas-y, grouille-toi le cul, je veux plus te voir icitte.

— Mais…

— Va-t'en, je te dis.

Il a regardé autour de lui un peu comme un chien traqué, a haussé les épaules puis il est parti sans rien ajouter.

Le soir, je me suis couchée seule et j'ai eu bien du mal à m'endormir. Finalement, j'avais enfin réussi lorsque j'ai entendu cogner fort à la vitre de ma chambre. Me redressant, j'ai aperçu Dany qui me faisait des signes désespérés.

— Câlisse! ouvre-moé, se lamentait-il.

Je suis allée ouvrir, bien décidée à le renvoyer ailleurs.

— Laisse-moé entrer, a-t-il supplié. J'ai les bœufs aux fesses…

Il avait une grosse bouteille de vin blanc sous le bras et une cartouche de cigarettes. Je me demandais où il avait pris ça.

— Pourquoi? Qu'est-ce que t'as encore fait?

Il m'a tendu quelques billets de vingt dollars tout froissés.

— Tiens, v'là une partie de ton argent. Il en avait pas plus, le vieux tabarnak.

— Je comprends rien à ce que tu racontes, Dany. Pourquoi est-ce que la police te court après? Qui t'a donné cet argent? Et la bouteille?

— Ça, je l'ai piquée au Provisoir, comme les cigarettes. Les piastres, ça vient de la poche d'un vieux crisse qui voulait pas me les donner. Il a fallu que j'y tape un peu sur la caboche. C'est pour ça que j'ai les polices aux fesses. S'ils viennent icitte, tu leur diras que j'ai pas bougé, que chus resté couché avec toé tout le temps.

Je le regardais: il avait noué un foulard rouge autour de sa tête, il avait les yeux vitreux et il sentait la vinasse. J'avais l'impression d'avoir affaire à un motard de la pire espèce. Sauf que lui était trop lâche pour se gagner de quoi acheter une moto et pas assez franc pour vraiment se montrer comme il était.

— Je veux pas d'histoires icitte, je lui ai dit. Et j'abriterai pas personne qui tape sur les petits vieux, jamais dans cent ans!

Il a posé violemment la bouteille sur le bureau. J'ai cru qu'il allait tout casser.

— Tu veux pas m'aider?

— Pantoute. Je veux pas aider les gens comme toi.

Il s'est mis à fesser dans les murs et à hurler au point que les voisins ont commencé à réclamer la paix. Il s'est mis à se taper dessus. Il se donnait des grands coups sur la tête et je me demandais s'il n'allait pas s'assommer lui-même.

— T'es rien qu'une câlisse de pute, comme toutes les autres plotes! hurlait-il.

Bien plus à cause de la situation que des mots, je me suis mise à pleurer. Je ne me sentais plus la force de lutter contre lui et il a dû le sentir, car il est finalement resté.

Le bébé

Un matin, je me suis réveillée avec mes eaux crevées. J'ai dit à Dany que c'était le moment, qu'il fallait qu'il appelle un taxi.

Jamais encore je ne l'avais vu aussi nerveux, comme si c'était lui qui allait accoucher. À l'hôpital, il ne vivait presque plus. J'étais sur la civière et lui suivait en regardant partout, un peu comme un animal effrayé.

Le travail a commencé vraiment et j'avoue ne

plus m'être occupé de lui. Je ne me souviens que de ma première impression quand ils m'ont montré notre bébé. Je me suis dit: «Comme il est beau!»

Dany, qui venait de couper le cordon, n'en revenait pas.

— Câlisse qu'il est beau! répétait-il sans arrêt.

Quand ils m'ont reconduite vers la chambre, Dany n'était plus là. Il était à la vitre de la pouponnière et je ne l'ai pas revu avant presque deux heures.

— Tu te rends-tu compte? m'a-t-il dit en revenant enfin. Chus père astheure. Un vrai père! Pis il est-ti beau à ton goût un peu! Faut que j'aille chercher mes chums. Y vont voir ce que chus capable de faire.

Il est parti là-dessus et, comme il l'avait dit, il est revenu le soir avec les chums qu'il avait pu trouver. Tout de suite, à ses yeux, j'ai vu qu'il était gelé. Pour fêter la naissance de son fils, il n'avait pas trouvé mieux.

— Hein qu'il me ressemble! disait-il à ses chums qui visiblement se trouvaient bien loin de leur taverne et n'en avaient rien à faire.

Les autres approuvaient et Dany en rajoutait, disait qu'il avait de l'or dans les gosses, que son fils était le plus beau de la pouponnière, que tous les autres faisaient pitié à côté. Nous étions quatre patientes dans la chambre et, vis-à-vis des autres, j'étais gênée de son comportement.

En revenant le lendemain, j'aurais préféré qu'il soit gelé, car il était rond comme une bille. Il y avait un rideau devant la vitre de la pouponnière et il s'est mis à hurler dans le passage.

— Câlisse de tabarnak, j'veux voir mon fils! C'est à moé, crisse! Y a pas un maudit sale qui va m'empêcher de voir mon fils!

Une des gardes est venue lui dire de se taire ou de sortir. Il s'est mis à l'engueuler.

— Je partirai pas tant que j'aurai pas pris mon fils. Il est à moi, viarge! Apportez-moi mon fils ou je vas le chercher et ça va faire dur dans la cabane!

Il a commencé à filer doux lorsque la garde principale a dit qu'elle appelait le service de sécurité.

Je n'osais pas regarder mes compagnes de chambre. Je voyais qu'elles m'observaient comme pour dire: «Pauvre elle, elle est bien mal prise avec ça…» Je crois qu'à leur place je ne l'aurais pas juste pensé, je l'aurais dit tout haut. Leurs maris à elles se comportaient comme du monde. Pourquoi fallait-il encore une fois que ce soit le mien qui ait l'air d'un fou? Et moi d'une folle de rester avec lui.

Le troisième jour, surprise, il est arrivé à jeun.

— Excuse-moi pour hier, m'a t-il dit. Je crois que j'ai un peu fait un fou de moi. Pas de ma faute, j'étais si énervé d'avoir un fils…

Je me suis dit que les autres étaient pères tout comme lui et qu'ils n'étaient pas tous arrivés en boisson. Mais, comme pour l'excuser, j'avoue aussi m'être dit que les autres n'avaient pas la chance d'avoir un aussi beau bébé. Car c'est vrai que c'était le plus beau de la pouponnière.

Ce jour-là, il a appris à le changer, à lui donner son boire et à lui faire faire son rot. Il s'est comporté comme un vrai père.

Pour la millième fois, je reprenais espoir. Peut-être après tout allait-il faire comme du monde à présent. Je lui ai demandé s'il aimait «Brandon» comme prénom.

— Non! Je crois que le mieux pour lui ce serait Dany Junior.

— Oh! non merci! Il y en a assez d'un comme ça! Et Carl? Qu'est-ce que tu penses de Carl?

— Non, on dirait le nom d'une police. Faudrait trouver quelque chose qui va avec mon fils, quelque chose de fort, comme Elvis…

— Elvis, je trouve que ce serait un peu trop, tu ne crois pas?

— Ouais, peut-être…

— Et William, qu'est-ce que tu dis de William?

— William, ouais, ça se dit bien… William… Dany et William… Ouais, c'est pas pire.

Avec le bébé

Toute une surprise en arrivant chez moi avec le bébé. Je m'attendais à nous retrouver tous les quatre dans l'appartement propre comme je l'avais laissé. Au lieu de ça, en entrant avec le bébé dans les bras, j'ai trouvé une vraie soue. Sans m'en parler, Dany avait invité des chums, et tout le monde avait établi ses quartiers un peu partout. La musique au bout, la vaisselle sale empilée sur la table et sur le comptoir, des canettes écrasées dans les coins, les cendriers débordants… Tout ça sans parler de l'odeur. Ça sentait le vieux garçon pas propre.

J'ai pris les nerfs:

— O.K., je veux plus voir personne icitte dans cinq minutes. Tout le monde prend son bagage et sapre son camp ou je câle les polices.

Dany a essayé de me calmer; c'est moi qui l'ai remis à sa place:

— Toi, tu fermes ta grand-boîte. Regarde-moi le dégât… J'avais pas encore imaginé que tu puisses manquer de cœur au point que ça te soit égal de voir arriver ton propre fils dans la marde! Ça te fait rien que ton fils vive dans la marde?

Ça l'a calmé. Il a regardé les autres partir et il m'a promis qu'il allait tout de suite faire un grand ménage.

Au début, c'était tout nouveau. Dany a bien fait ça, puis, comme le temps passait, ses vieilles habitudes l'ont repris. D'abord de temps en temps, puis de plus en plus souvent, il partait sans dire où il allait et, lorsqu'il revenait, il sentait souvent la bière ou le pot.

William, lui, était un vrai petit ange descendu du ciel. Jamais un cri, jamais une colique, toujours content. J'avais parfois du mal à croire qu'il puisse être de Dany, même si je me rappelais encore trop bien comme je l'avais trouvé beau.

Un matin j'ai donné cent dollars à Dany pour qu'il aille faire l'épicerie. J'avais dû en emprunter cinq cents pour survivre en attendant de reprendre mon travail et pour acheter ce qu'il fallait pour le bébé. À midi, je l'attendais encore pour préparer le repas et il n'était toujours pas revenu. Le téléphone a sonné.

— Élisa? C'est moi. Je vas être retardé une escousse...

— Qu'est-ce qui se passe?

— J'ai rencontré un de mes grands chums qui arrive de Québec. On est allés prendre une p'tite bière...

— Alors tu recommences...

— C'est pas pareil, c'est un vrai grand chum. Je pouvais pas y dire juste salut et m'en aller.

— Alors pourquoi que tu l'as pas amené chez nous?

— La vie de famille, c'est pas vraiment son truc. Il faut le comprendre, il a grandi dans toutes sortes de foyers ioù ce que ça brassait pas mal... Sa mère faisait des passes à Saint-Roch. Elle a pogné le sida, elle est morte sur une civière dans le couloir des urgences de l'Hôtel-Dieu.

— C'est triste, d'accord, mais qu'est-ce tu veux que j'y fasse, que je laisse William pour m'en aller pleurer avec vous autres devant une bière? Et puis à part de ça, il me semblait que tu m'avais dit que tu connaissais personne à Québec, que t'étais malheureux comme les pierres là-bas. D'où ce qu'il sort, ce si grand chum?

— Laisse faire…

Il a raccroché et je ne l'ai revu que trois jours plus tard. Bien sûr, je lui avais préparé toute une scène concernant l'argent qui devait servir au bébé et qu'il avait bu, mais, avant que j'aie pu dire quoi que ce soit, il a posé deux billets de cent sur la table.

— D'où ce que ça sort, ça, Dany?

— T'occupe pas. C'est pour faire l'épicerie et t'acheter une gâterie. Vas-y, je vais garder le bébé. Ça va te sortir et moi chus crevé.

— Mais…

— Pose pas de questions. L'argent que je ramène, ça me regarde, O.K.?

— O.K., O.K…

Je me disais bien que ça ne devait pas être des piastres gagnées à la sueur de son front, mais j'avoue que son geste me touchait. C'était la première fois qu'il ramenait quelque chose. Je me sentais un peu dans la peau d'une femme de gangster italien comme on voit dans les films.

Quelques jours plus tard, Dany a décidé d'aller passer deux jours chez Jocelyne avec moi et les enfants.

— Faut montrer cet enfant-là aux gens que je connais. Ça va les rendre jaloux.

La première personne à venir fut sa cousine Janine. Quelques jours plus tôt, j'avais appris, en faisant mon tour au restaurant, qu'elle s'était accotée avec un bon gars. Sachant cela, elle me faisait beaucoup moins peur vis-à-vis de Dany et même je la trouvais sympathique. Dany était dans un autre état d'esprit.

— Pas question que tu te penches sur mon fils! lui a-t-il déclaré sur un ton mauvais. Tu t'approches pas de lui!

— Voyons, Dany, je viens voir ton fils!

— J'ai dit non, sacrement!

Il avait empoigné une chaise et l'avait garrochée par terre.

— Je comprends pas... a dit Janine qui semblait tellement perdue que j'en avais pitié.

— Câlisse, t'as pas compris ce que je t'ai dit? Tu t'approches pas de mon fils. Tu le regardes même pas!

Je ne voulais pas trop comprendre pourquoi il agissait comme ça, mais je trouvais, et Jocelyne avec moi, que Janine pouvait voir le bébé. Je me suis fâchée:

— Ça suffit, Dany! C'est mon bébé aussi et si ta cousine veut le voir, moi, ça me fait plaisir de lui montrer.

Je me suis adressée à Janine:

— Viens le voir, c'est pas lui qui décide après tout. C'est niaiseux, son affaire...

Comme elle s'apprêtait à me suivre, Dany s'est interposé et lui a donné une poussée si violente qu'elle est tombée sur le derrière.

— Y a pas personne qui va voir mon fils sans que je dise oui! a-t-il hurlé.

Je devais être bouche bée. Jocelyne n'en revenait pas non plus et Janine avait des larmes dans les yeux. Comme elle se relevait, il l'a de nouveau envoyée par terre. Cette fois je me suis mise devant lui.

— Tu la touches encore, et plus jamais tu revois ton fils. Des crises de jalousie de même, t'es bon à enfermer. Elle t'a rien fait, Janine. C'est pas ta femme, innocent, c'est ta cousine. Elle a le droit de vivre comme elle veut, tabarnak. Regarde ce que tu me fais dire, je me mets à sacrer comme toi.

Il était blanc comme un linge de baptême. Il a levé le doigt vers moi. Je me suis approchée.

— C'est ça, j'ai dit, essaye seulement de me

toucher, essaye et je te jure que tu vas t'en repentir toute ta vie. Des coups, j'en ai eu ma part et j'en accepterai jamais un de plus. Tu comprends bien ce que je veux dire, là?

Je me suis tournée vers Janine:

— Allez, viens voir le bébé et occupe-toi pas de lui.

Même s'il avait toujours l'air furieux, il n'a plus rien dit et j'ai emmené Janine voir le bébé. Ce n'était pas la première fois que je remarquais que, lorsqu'on criait fort après Dany, il se tenait tranquille comme un petit garçon qui a peur. Je me suis dit qu'il n'y avait eu personne pour le faire quand c'était le temps, quand il était petit. Ce n'était pas vraiment de sa faute, mais ce n'était pas plaisant pour ceux qui avaient à le faire maintenant.

C'est cette nuit-là que je me suis réveillée sans trouver Dany à côté de moi. Je ne comprenais pas, car le soir il s'était couché avec moi. Chaudette un peu, mais il s'était couché. Où pouvait-il bien être? J'ai attendu cinq minutes en me disant qu'il était peut-être allé à la salle de bains, mais il ne revenait pas. Je me suis levée et, dans le passage, je l'ai entendu qui chuchotait en haut. Je suis montée et me suis rendu compte qu'il parlait au téléphone. Il me tournait le dos et ne me voyait pas. Sa conversation était émaillée de: «Oui, ma chérie», «Oui, mon amour, moi aussi je m'ennuie de toi», et puis des choses plus cochonnes du genre: «Moi aussi, je m'imagine que je te déshabille, que je baisse tes culottes et que…» Ça allait plus loin que ça, beaucoup plus loin et ça n'en finissait pas. Il avait assez de vice dans la tête pour faire des films pornos.

Je ne savais pas quoi faire. J'étais partagée entre l'idée de l'assommer sur place, celle de lui crier par la tête et de le laisser là au milieu de la nuit en emportant les enfants et celle, plus réfléchie, de faire demi-tour en silence, de retourner me coucher et d'essayer de continuer à le changer dans l'espoir que son fils ait un père dont il n'ait pas trop honte.

J'étais triste, mais je ne peux même pas dire que j'étais jalouse. J'en avais trop vu avec lui et, très franchement, je savais désormais que je ne perdais pas grand-chose. Plus profondément je devais me dire que, s'il y en avait encore une plus poire que moi, elle pouvait le prendre et le garder. Bon débarras!

J'ai laissé faire, je suis redescendue me coucher. J'avais vraiment changé depuis Brigitte.

Et la vie a encore continué dans ce style. Je croyais toujours pouvoir l'améliorer et, au contraire, c'est lui qui prenait de plus en plus le dessus sur moi. Tous ses chèques de chômage partaient dans les bars de Chicoutimi dès qu'il les recevait. Il ne se cachait même plus pour fumer son hasch dans le salon chez nous. J'avais bien tenté une fois de m'y opposer, mais il m'avait fait un grand discours comme quoi le hasch et la mari seraient bientôt légalisés, que ce n'était pas plus grave que de fumer une cigarette.

— Ça te donne quoi? je lui ai demandé une fois.

— Tu peux pas comprendre, t'es trop straight.

— En tout cas, je peux comprendre que, tout ce qui t'intéresse dans la vie, c'est de boire, de te droguer et de cruiser toutes les filles que tu vois.

— Qu'est-ce qu'il y a d'autre? Hein, dis-moi ce qu'il y a?

— Tout le reste…

— C'est quoi, tout le reste?

— Les enfants, l'amour, le plaisir d'avoir fait ce qu'on a à faire.

— Maudit, j'ai bien plus de plaisir à savoir que j'ai rien à faire.

— C'est ça, ton problème, Dany. T'as l'impression que la vie doit être une grande partie de plaisir, mais tous ceux qui croient ça se trompent et finalement sont plus malheureux que les autres. Parce que c'est ça: le bonheur n'est pas nécessairement dans le plaisir, Dany, il est dans la satisfaction de soi et on n'est satisfait de soi que par ce qu'on peut apporter aux autres, pas parce qu'on s'effoire devant la télé en fumant un joint ou parce qu'on joue aux fesses avec le plus de partenaires possible.

— Qu'est-ce que tu en sais, toi?

— J'ai juste à te regarder aller.

Quelques jours plus tard, il revenait d'un de ses mystérieux voyages; j'ai trouvé dans son linge la photo d'une fille couchée sur un lit dans une pose sexy. En arrière, c'était écrit: « À Dany, mon amour, de Claudia. » Je me demandais si c'était celle du téléphone ou une autre. Je n'étais pas jalouse, mais cette fois c'était trop. J'ai décidé que, puisque je n'arrivais pas à le mettre dehors, c'est moi qui allais partir. Je n'allais pas renouveler mon bail.

Rencontre avec ma mère

C'est à cette époque que j'ai revu ma mère. J'étais allée retrouver Diane au centre commercial. Nous étions au restaurant; je suis allée à la salle de bains et, en revenant, surprise, ma mère était assise avec elle. Un moment, j'ai hésité. Je ne savais plus quoi faire, mais Diane m'a fait signe et je me suis retrouvée face à face avec celle qui a été la cause de tout. Nous nous regardions à la dérobée, mal à l'aise toutes les deux, incapables de parler de quoi que ce soit d'important. Pourtant, de toutes mes forces, je voulais lui demander: POURQUOI? Pourquoi elle m'avait traitée comme elle l'avait fait. Pourquoi, après mon premier livre, elle avait interdit à mes autres frères et sœurs de me reparler. Dans *Des fleurs sur la neige*, je n'avais rien fait d'autre que dire la vérité! Oui, elle m'avait à ce point privée des autres que si Diane l'avait écoutée, si Diane ne lui avait pas désobéi, je ne suis pas sûre que je serais encore là aujourd'hui. Mais, ce jour-là, assise à cette table de restaurant, je ne voyais plus ma mère comme avant. Je la voyais soudain comme une femme qui n'avait jamais connu le verbe aimer, qui ne savait même pas ce que ça pouvait vouloir dire. Ce n'était plus non plus la personne qui avait tous les pouvoirs. Elle ne pouvait plus rien contre moi à présent, elle le savait, je le lisais dans ses yeux et c'est peut-être pour ça qu'elle cherchait visiblement à effacer tout le passé. Nous ne nous sommes pas vraiment parlé ce jour-là, mais c'est celui où j'ai commencé à lui pardonner.

Et je me demande si j'aurais pu le faire si je n'avais pas connu Dany. Car Dany et Arthur, je commençais à m'en rendre compte, ils étaient de la même graine. Tout comme moi-même j'ai hérité de certaines des faiblesses de ma mère vis-à-vis des hommes.

Changement de décor

J'ai déménagé dans une petite paroisse avec l'aide de deux de mes sœurs et leurs chums. Comme un petit chien, Dany a suivi et, comme d'habitude, je n'ai pas eu le courage de lui dire non. Je ne me comprenais pas et j'en étais malheureuse. Rien à faire pour le mettre dehors, il finissait toujours par m'entortiller dans une histoire et j'avais pitié ou je me disais que c'était mieux pour William.

Pour le salaire, mais aussi surtout pour me changer les idées, je me suis mise à rechercher du travail. Ça n'a pas été long: on m'a offert un poste pour les soirs de fins de semaine dans un bar. J'ai dit à Dany qu'il ne pourrait pas sortir comme il voulait, car il allait devoir garder.

— Pas question que tu travailles. Tu restes à la maison. Pis t'as pas besoin de ça. Tu peux aller te chercher du BS.

— Ça non, Dany. Et tu ne m'empêcheras pas de travailler. C'est mon droit.

— Et qui va s'occuper du bébé?

— Toi, c'est ton fils. De toute façon, à ces heures-là tu n'auras rien d'autre à faire qu'à rester assis sur tes fesses.

— Non, je garde pas.

— Fais comme tu veux, tant pis, je vais trouver une gardienne.

— T'en trouveras pas.

— Tout le monde n'est pas aussi vache que toi, mon pauvre.

— Arrête de m'insulter, et puis il est pas question que tu ailles te faire trôler par les hommes toutes les fins de semaine. Ça se fait pas, ça, pour une femme mariée. De quoi je vais avoir l'air, moi le cave?

— On n'est pas mariés.

— On vit ensemble, c'est pareil.

— Pas pour moi. Et puis est-ce que je chiale chaque fois que tu me trompes?

— Moi, ça?

— Claudia, par exemple, ça te dit rien? Tu as peur que les hommes me mettent dans leur lit comme toi tu mets les femmes? Tu juges d'après toi, sauf que tu te trompes. Pour moi, la peau pour la peau, ça m'intéresse pas.

Il a haussé les épaules en disant que de toute façon il était tranquille, que je ne trouverais pas de gardienne. Mais il a déchanté deux heures plus tard lorsque je lui ai annoncé que j'en avais trouvé une. C'était la fille d'une vieille amie. Elle avait quinze ans et acceptait de venir pour quinze dollars de la soirée.

— Cancelle ta gardienne, a-t-il dit. Je vais le faire pour trente piastres.

— Quoi! Tu me demandes trente piastres pour garder ton propre enfant! Mais dans quel monde que tu vis? Et combien tu me donnes à moi pour te garder depuis plus de trois ans! Monsieur est nourri, logé et blanchi et il veut trente piastres pour garder son fils! J'en reviens tout simplement pas!

— Avec trente piastres par jour, j'aurais ce qu'il me faut, j'aurais pas besoin d'aller travailler en dehors.

— Oh! j'aime mieux pas parler avec toi, ça n'en vaut même pas la peine. Pourquoi vouloir discuter avec quelqu'un qui s'imagine que les autres sont là pour le faire vivre, y compris bientôt son propre fils? Eh bien non, et je garde ma gardienne. Si tu veux garder, tu iras ailleurs. De toute façon, tu iras ailleurs, parce que je ne veux pas que tu restes ici tout seul avec la gardienne. Je te connais: tu t'amuserais à poser tout bandé devant elle dans tes culottes de jogging.

Il est parti en sacrant et en disant qu'il allait vivre une secousse chez sa sœur où il ne recevait pas sans arrêt des leçons de morale. Quant à moi, il pouvait y rester. Cette fois j'étais vraiment fatiguée de lui. Pour tout dire, il y avait déjà un moment que je m'étais surprise à rêver d'un homme, un vrai cette fois, qui m'aimerait pour moi et qui saurait faire ce qu'il faut pour que notre famille ressemble à une vraie famille.

J'ai commencé mon travail au bar et là, des Dany, j'ai commencé à en voir pas mal. Je me suis même rendu compte qu'il était loin d'être une exception. Et je ne parle pas seulement des hommes; sur trois robineux, il y a bien une robineuse. Et tout ce monde-là place toute sa fierté dans la quantité de boisson qu'il avale. La plupart des discussions portent sur la brosse de la veille qui en était une bonne. Ils ne se rendent pas compte que demain ils parleront de celle d'aujourd'hui. Et bien de ces gens-là ont des enfants qui attendent à la maison. Des petits qui ne voient pas l'ombre d'un vrai repas pendant trois, quatre jours et qui se font envoyer chier – qu'on m'excuse l'expression – lorsqu'ils disent un mot.

Et on est là, derrière le comptoir, à les écouter raconter à quel point ils les aiment, leurs chers enfants. Comme ils voudraient, s'ils en avaient les moyens, leur payer des beaux cadeaux ou les emmener à Disney World. Rien que de la broue. Et tous ces gens-là se serrent la main, se passent le bras dans le dos, s'appellent « mon chum », car ils sont tous chums, tout le monde est du bien bon monde, on en a la larme à l'œil. La seule contre laquelle ils ont à redire, c'est la bonne femme qui reste à la maison. Celle-là, par exemple, c'est « toute une maudite câlisse ». Elle ne sait jamais ce que c'est que de vivre, elle est incapable de comprendre de quoi un « vrai homme » a besoin. Elle est toujours là pour mettre des bâtons dans les roues, pour chialer, pour écœurer. Et, s'ils ne l'avaient pas à l'œil, elle serait toujours dans le lit des autres. Car ces pauvres gens-là ont tous eu le malheur d'épouser des courailleuses. Ils les appellent poudrées, garces, créatures, guedounes, plotes, fendues. Avec elles ils n'ont jamais fait l'amour, ils ont joué aux fesses, fait minouche, ils se sont mis, ils ont fourré, verrassé, tisonné ou souigné.

Quand ils sont trop chauds et qu'ils ne peuvent plus bouger, certains s'attendrissent : ils sont ici, mais ils ne devraient pas y être. Ils devraient être au chalet avec les flos, mais il y a la maudasse de boisson. Là, ils versent une larme attendrie et puis se disculpent : c'est pas de leur faute : leur père était de même pis leur grand-père aussi. « Il a bu et fumé tous les jours de sa vie, le vieux, et il a vécu passé quatre-vingts.

C'était le bon temps… » Ils ne parlent jamais de la vieille qui vivait avec. Ils oublient aussi de dire que ces vieux-là, au moins, ne restaient pas effoirés devant Super Écran toute la semaine en fumant des joints ou en tétant une canette.

Et, comme Dany, ils ont tous un autre point commun : aujourd'hui ils boivent, mais, demain, ils vont faire des hommes d'eux autres. Ils sont tous capables de s'arrêter quand ils le veulent. S'ils continuent, c'est juste à cause de la tannante à la maison qui arrête pas de chialer et qui ne veut rien comprendre.

Mes shifts de nuit avaient un avantage : ces nuits-là, je n'avais plus besoin de coucher avec Dany. J'en étais rendue là avec lui. Et de voir tous ses semblables m'ouvrait définitivement les yeux sur lui.

Dans le temps des fêtes, par bonheur, il s'est tenu à peu près tranquille. Moi, encore une fois, j'étais triste parce qu'à part ma sœur Diane, je ne voyais personne de ma famille. Pas un appel pour me souhaiter une bonne année, rien. Comme chaque fois à cette époque-là, je regrettais un peu d'avoir écrit toute la vérité sur ma famille, ce qui me valait d'être laissée toute seule. Et comme chaque année, je me consolais en relisant quelques-unes de ces milliers de lettres que m'ont envoyées des enfants qui, comme moi, vivaient l'enfer à la maison. Je me disais en tout cas que *Des fleurs sur la neige* avait eu l'avantage de leur dire qu'ils n'étaient pas tout seuls et cela me consolait un peu. Ça n'avait pas servi à rien.

Violent

C'est le lendemain du jour de l'An que ça s'est gâté. Jocelyne a appelé pour parler à Dany et j'ai compris à ce qu'il disait que son « grand chum » Laurier était en visite dans la région.

Tout ce que je savais de ce Laurier était qu'il

vivait à Montréal et que, lorsqu'il venait au Lac, c'était surtout pour rencontrer ses pushers.

— Eille! Il faut absolument que je lui présente William, a-t-il dit au téléphone. Il en a un du même âge. Ioù ce qu'il est exactement?

Il a pris en note les coordonnées que lui donnait sa sœur et il a appelé aussitôt.

— Salut, Laurier, c'est Dany... Qu'est-ce tu fais dans le bout?.. Il faut que tu viennes voir mon fils... Ah! tu peux pas... Ouais, ouais, je peux y aller... Certain que ça me fait plaisir, y a une escousse qu'on s'est pas vus... Ah! tu pourras pas être longtemps... C'est pas grave, ce qui compte, c'est de se dire bonjour. On remettra ça une autre fois... Bon, ça marche, à tout à l'heure...

Il a raccroché, tout énervé, et j'ai compris qu'il risquait fort de revenir chaud, s'il revenait ce jour-là...

— Mon grand chum Laurier, m'a t-il dit. Il m'attend. Il est monté pour me voir...

— Pourquoi est-ce qu'il ne vient pas jusqu'ici, alors?

— Il est occupé... Maudit, je me suis ennuyé de lui. Ça fait un bon bout...

— Environ un mois, un mois et demi, j'ai répondu.

— Pas plus que ça?

— Non, la dernière fois il t'a emprunté ta soute de ski-doo et il ne te l'a jamais redonnée. En passant, tu pourras lui demander de te la rendre. C'est encore moi qui l'avais payée, tout comme le ski-doo que vous avez réussi à me faire payer deux fois...

— C'est mort et enterré tout ça, a-t-il dit en ne voulant pas se souvenir de la fois où, avec la complicité de mon ancienne patronne qui me voulait tant de bien, il avait fait des faux papiers avec Laurier pour me faire accroire qu'il lui avait vendu mon ski-doo et ensuite me dire que je pouvais le racheter pas vraiment cher parce que l'autre partait à Montréal et n'en avait plus besoin.

J'étais pas dans mon état normal dans ce temps-là…

— Hé! Élisa, il faut que je te parle…

— T'as besoin de quelque chose?

— Ça me prendrait un vingt.

— Non, Dany, c'était entendu que je ne te donnais plus une cenne. Si tu en veux, tu le gagnes.

— C'est la dernière fois que je t'en demande. Il me les faut, je vais les donner à Laurier pour qu'il puisse me renvoyer la soute par la poste.

— Non, Dany, rien pantoute. Ce qui est dit est dit. Si tu en veux, va demander à ta sœur puisqu'elle était si contente de te dire que Laurier était par ici… Et puis prends-moi pas pour une niaiseuse avec tes histoires d'envoi de soute par la poste.

— Maudit! Essaye de me comprendre un peu…

— Je te comprends trop bien: tu veux des piastres pour aller prendre un coup avec un si grand chum qui ne serait même pas venu te voir.

Le laissant réfléchir à ça, je suis montée coucher les enfants. Comme je redescendais, Irène, la voisine, arrivait nous faire une visite. Dany était déjà en train de lui demander de lui passer les vingt dollars.

— Lui donne pas, Irène, j'ai dit. Ça c'est une affaire entre lui et moi.

— Bon, je vois que vous êtes en discussion, a-t-elle dit. Je reviendrai plus tard…

— Non, non, tu peux rester, la discussion est terminée.

Dany s'est approché de moi et m'a pris le poignet en le serrant très fort. Il était blanc comme l'écran d'un cinéma. J'ai pris peur.

— Mon ostie de chienne, tu vas me donner mon vingt, O.K.!

— Non! Rien pantoute! Tu peux me casser le poignet, tu peux toute me démolir, t'auras rien pantoute. Rien!

Il me faisait mal et je prenais sur moi pour ne pas crier. Je ne voulais surtout pas lui donner la satisfaction de lui laisser voir qu'il me faisait mal. Je savais trop bien que, sur certains, cela a l'effet d'une drogue et qu'ils y reviennent tout le temps.

— Arrête ça! a crié Irène. Arrête, Dany!

Est-ce parce qu'il s'est rendu compte qu'il n'était pas tout seul? Il m'a lâchée et a donné un coup de poing dans le mur. Malheureusement, il n'est pas arrivé dans le madrier et il est passé bord en bord du gyproc. Le trou était aussi gros que sa tête.

À mon tour j'ai pris les nerfs, je me suis jetée sur lui et lui ai donné une poussée au point qu'il s'est affalé par terre. Lorsqu'il s'est relevé, ses traits faisaient peur à voir. Je me suis dit qu'il allait me tuer sur place et j'ai fait le tour de la table. C'est à ce moment qu'Irène a eu la présence d'esprit de lui tendre un vingt dollars en lui disant:

— Prends ça, Dany, et laisse-la tranquille maintenant.

Il a pris l'argent, presque content de lui. Mais moi, la peur mise de côté, je voyais rouge. Je lui criais après.

— T'es rien qu'un maudit écœurant. Qu'est-ce qui peut te faire croire que je suis obligée à toi? Retourne donc chez ta sœur et laisse-moi tranquille. Je veux plus te voir.

— Pas question! C'est chez moi icitte et j'y reviendrai quand ça me plaira. Et t'es mieux de pas barrer la porte si tu veux pas que je la défonce au milieu de la nuit.

Je le découvrais plus dangereux que je ne l'avais

cru. J'étais certaine qu'avoir été seule, il n'aurait pas hésité à me casser le poignet pour un malheureux vingt.

— Il est dangereux, m'a dit Irène après qu'il a eu claqué la porte à en faire trembler tous les murs.

— Je sais plus, là… Je l'avais encore jamais vu comme ça.

— Je vais rentrer chez nous. Il pourrait aussi bien revenir avec un fusil dans l'état qu'il est là. À ta place, je resterais pas icitte.

— T'inquiète pas, il me tuera pas, il a trop besoin de moi. Sans moi, et à moins de quêter sa sœur, il est dans la rue.

— Ouais, mais ça il s'en rendrait compte trop tard.

J'ai barré la porte derrière elle et j'ai fermé toutes les toiles et les lumières. Je ne voulais plus lui ouvrir. Je ne voulais plus de lui. Quand il est revenu, il a commencé à cogner méthodiquement. Je m'étais promis de tenir bon, mais j'ai pris peur. Je me suis imaginé qu'il allait enfoncer la porte et qu'ensuite, tellement enragé, il pourrait tout aussi bien me tuer. Je lui ai ouvert. Il avait un sourire moqueur au coin de la bouche et il s'est mis à chantonner. Excédée, je lui ai demandé :

— Pourquoi tu n'es pas allé chez ta sœur comme je te l'avais dit?

— Parce que c'est ici chez moi. On vit ensemble et, d'après la loi, on est considérés comme mariés. Je connais mes droits. Tu n'as plus le choix, tu dois m'accepter comme je suis.

— Tu crois ça! Tu te trompes; demain tu fais tes bagages et tu déménages. Si tu veux pas, j'appellerai les polices.

— Essaye et j'arracherai les fils avant que tu puisses rejoindre le poste.

— Ça ne fera qu'aggraver ton affaire. Moi aussi, je connais un peu la loi. Mon poignet, regarde, il est violet; le trou dans le mur, peut-être les fils du téléphone… Tu n'auras jamais raison devant aucun juge.

Il avait toujours son petit sourire au coin des lèvres. Il a haussé les épaules. Je me demandais bien pourquoi; d'habitude il s'adoucissait plus rapidement.

— Je suis ici chez moi, a-t-il dit, mais tu n'auras pas besoin de me jeter dehors, car je m'en vais très bientôt. Tu vas être débarrassée de moi, tu seras contente.

— C'est vrai ça?

— Ça a l'air à te faire plaisir?

— Bien certain que ça me fait plaisir, Dany. Je te le dis et je te le répète : je ne veux plus de toi, je ne veux plus te voir, mais toi tu comprends pas, tu t'imposes, tu m'empêches de refaire ma vie.

— Ah! parce que tu veux déjà en chercher un autre!

— Si je trouve quelqu'un de bien, quelqu'un qui ne me dit pas qu'il m'aime juste quand il a besoin d'argent, t'inquiète pas, je ne le laisserai pas passer à cause de toi. Je t'ai aimé quand je t'ai rencontré, Dany. L'enveloppe était plutôt plaisante à l'époque, mais depuis que je sais ce qu'elle contient… Non, merci. On ne sera jamais un couple, tu es trop ce que je déteste.

Il n'avait plus du tout son petit sourire. Il est allé s'asseoir au bout de la table, l'air abattu. Si cela avait été comme d'habitude, j'aurais sans doute encore cédé, je serais allée le trouver, il m'aurait dit les mots qu'il fallait et j'aurais de nouveau passé l'éponge, mais cette fois, peut-être parce qu'il avait menacé de me casser le poignet, je ne voulais plus rien savoir. Je suis passée tout droit, le laissant à tous les airs abattus qu'il voulait bien faire semblant de prendre, et je suis allée me coucher directement, sans même un remords.

Couchée, je ne parvenais pas à m'endormir. Notre vie ensemble repassait dans ma tête comme un film et la conclusion que j'en tirais était impitoyable pour moi-même : j'avais choisi pour compagnon de vie la réplique exacte d'Arthur. Arthur qui a gâché mon enfance, Arthur qui représente tout ce que je déteste, Arthur dont jusque-là je n'avais jamais pu comprendre comment ma mère avait pu le choisir et même ensuite l'épouser. Et pourtant, comme une véritable malédiction, j'avais inconsciemment refait le choix de ma mère. L'un tapait sur les enfants, l'autre se tapait dessus et dans les murs. L'un comme l'autre, ils ne pouvaient rien voir qui ait de la valeur sans aussitôt le revendre pour se payer de la boisson. L'un comme l'autre, ils détruisaient tout autour d'eux, les choses et les sentiments. L'un était aussi vache que l'autre, pour eux le travail ne les concernait pas, ils étaient sur terre pour jouir et être servis, le reste n'avait aucune importance. Oui, ils étaient tous les deux le reflet d'une même image; à croire que l'on ne peut échapper à ce que l'on connaît et que l'on est condamné à répéter les erreurs de ceux à qui on les reproche. Est-ce pour apprendre à pardonner?

Le lendemain matin, j'avais levé les enfants, il était encore couché sur le divan et marmonnait que ça faisait beaucoup de bruit.

— Peu importe, je lui ai dit, je t'ai préparé un café, tu te lèves, tu le bois et tu déménages.

— T'as décidé ça, toé…

— Comme tu le vois. Je te l'ai dit, je ne veux plus de toi chez moi, c'est clair!

— Non, parce que chus chez moi aussi…

— Ah oui? Tu trouves normal qu'un homme chez lui fasse des trous comme ça dans le mur? Tu trouves ça normal?

— C'est toi, tu m'as poussé à bout…

— À bout de quoi? Je t'ai tout donné, tu ne m'as rien rendu. Avec tout ce que tu as obtenu de moi depuis cinq ans, il y en aurait eu assez pour acheter une maison neuve. Mais avec toi ça suffit jamais. Hier soir tu étais prêt à me casser le poignet pour un vingt piastres qui a sans doute servi à acheter du hasch. Non, Dany, tu n'es pas chez toi, tu n'as rien fait pour ça. Tu es chez moi et je ne veux plus que tu y restes une heure de plus. De la merde, j'en ai depuis que je suis au monde, mais aujourd'hui j'ai décidé que c'était fini, alors tu t'en vas. Je vais m'occuper de tout pour tes droits de visite et le reste, mais tu t'en vas.

— Élisa, merde! Laisse-moi encore une chance, une seule petite chance. Je te jure sur la tête de William que je vais faire ça comme il faut à partir de maintenant. Je te jure que je ne toucherai plus jamais à la boisson ou à la drogue. Si je tiens pas ma promesse, que le bon Dieu me fasse crever icitte, là.

— J'aime pas trop ça que tu jures de même sur la tête de William…

— Je sais que c'est sérieux, mais je sais aussi que je veux garder ma famille. C'est vous autres, ma famille. Si tu me jettes dehors, je sais pas du tout ce que je suis capable de faire…

Oui je l'ai cru! Encore une fois, j'ai voulu y croire et il a gagné.

Il faut dire que, durant tout un mois, il n'a pas pris une goutte de bière, pas plus, à ma connaissance, qu'il ne s'est drogué. Je ne l'aimais plus, ça c'était clair, mais je croyais encore pouvoir faire de lui un père pour William. Parce que, finalement, même si je ne l'aimais plus, ce n'était pas une raison pour lui ôter son fils, ni à celui-ci de lui ôter son père. Je ne m'en sentais pas le droit.

La parole du mauvais Samaritain

À la fin de ce mois de tranquillité, Diane était venue me rendre une visite avec un de ses amis. Comme ils s'apprêtaient à repartir, la voiture de son ami ne démarrait pas : plus de batterie.

— Vous en faites pas, j'ai dit, j'appelle Dany. Il va venir avec la voiture de Bruno pour vous booster.

Mais quand j'ai eu Dany au téléphone, il m'a dit que ça ne le regardait pas, que ce n'était pas de ses oignons, que les gens avaient qu'à se débrouiller sans lui.

— Mais c'est ma sœur, je lui ai dit. Ça te fait rien de laisser ma sœur à pied?

— C'est pas de mes troubles…

— O.K., fais comme tu veux.

J'ai raccroché, bien désappointée, me rendant compte une fois de plus à quelle sorte d'égoïste j'avais affaire. Quelle idée de la famille il se faisait s'il refusait même de rendre un petit service à sa belle-sœur? Je me suis excusée pour lui auprès d'elle.

— Excuse-toi pas pour cet imbécile, a-t-elle répondu. Je sais trop bien ce qu'il vaut. Je le sais depuis le jour où tu as acheté cette guitare. Ce que tu devrais faire, par exemple, c'est de le mettre dehors à grands coups de pied dans le derrière. Tu mérites mieux que ça…

— Il ne boit plus, il ne se drogue plus, je n'ai plus de raisons pour le mettre dehors…

— Si c'est rien que ça, a-t-elle dit, je suis pas mal certaine que tu n'auras pas longtemps à attendre…

— Il a juré sur la tête de William qu'il ne reprendrait plus rien.

Elle n'a pas répondu, mais j'ai vu que c'était loin de la convaincre. Pourquoi n'avais-je pas réussi à le juger aussi vite qu'elle l'avait fait? Est-ce qu'au fond je n'aurais pas dû le laisser dès le jour où j'ai acheté la fameuse guitare? Tous les faits étaient déjà là et je n'avais pas voulu les voir. Oui, c'est exactement cela, je n'avais pas voulu les voir, ça faisait trop mon affaire que ce beau spécimen de mâle (à l'époque) soit à moi. Il y avait de l'orgueil là-dedans, je dois le reconnaître.

Ce soir-là, il est rentré très tard en m'annonçant qu'il allait à Chicoutimi le lendemain.

— Qu'est-ce que tu vas y faire?

— Rien de spécial; j'accompagne Bruno...

Lorsqu'il est revenu, l'air sombre, au milieu du souper, j'ai tout de suite noté que ses yeux étaient drôles. Ils avaient cette fixité que j'avais pris l'habitude de remarquer lorsqu'il consommait de la drogue. Je lui ai demandé s'il avait fait un beau voyage.

— Pas pire... Chus fatigué.

— Qu'est-ce que vous avez fait?

— Rien de spécial.

— Tu as les yeux bizarres, Dany.

— Comment ça, les yeux bizarres?

— Comme si t'avais pris de la drogue.

— Ben oui, j'en ai pris un peu, et après? Câlisse-moé donc patience avec ça. C'est pas la fin du monde, maudite marde!

J'aurais hurlé, mais j'ai essayé de conserver mon calme. Froidement, je lui ai ordonné de faire ses bagages tout de suite. Il avait l'air étonné.

— Pourquoi que je ferais mes bagages?

— Parce que tu avais juré sur la tête de ton fils que tu n'en prendrais plus. Tu es le pire des lâches que je connaisse. Je ne veux même plus t'entendre, je ne veux plus rien savoir de toi, jamais! Rompre un serment sur la tête de son propre enfant! Tu ne vaux même pas la peine que je te parle... Va-t'en d'ici tout de suite.

— Qu'est-ce que je vais faire?

— C'est le dernier de mes soucis. Ça t'était bien égal, hier, quand ma sœur était mal prise ici. Ben aujourd'hui, c'est à mon tour. Il peut t'arriver n'importe quoi, je m'en fous.

— C'est ça! Dis-le que tu ne m'aimes plus.

— Je le dis: je ne t'aime plus. Pire, je ne t'aime pas. Tu n'es qu'un pauvre type qui n'a rien dans les culottes. Ça doit être pour ça que tu portes des culottes serrées, c'est pour faire croire aux autres que t'as quelque chose...

— Alors tu ne veux plus de moi, c'est ça?

— Comment est-ce qu'il faut que je te le dise?

— Mais tu peux pas me jeter dehors de même. Ma sœur non plus veut pas que j'aille chez eux.

— Ça prouve que tu lui as déjà demandé et que tu savais ce qui t'attendait.

— Si je peux pas rester en mari, prends-moé comme pensionnaire le temps que je me trouve de quoi. Je pourrais prendre la petite chambre libre et je te donnerai un loyer de chambreur.

Je ne me sentais pas la force de lui refuser ça. Je lui en voulais, mais je ne lui souhaitais tout de même pas de dormir dans la rue. J'ai accepté à la condition qu'il se conduise comme un vrai pensionnaire, qu'il ne me considère pas autrement que comme la locatrice et surtout qu'il était bien entendu qu'il n'entrerait ni boisson ni chum dans la chambre. Il a accepté toutes mes conditions.

Il les a acceptées et s'y est tenu durant les quelques semaines où il est resté à la maison. Ça me faisait tout drôle de le savoir là durant la nuit et de savoir en même temps qu'il n'avait plus rien à faire avec moi. J'avoue même que parfois la nuit, lorsque je l'entendais, j'avais tendance à oublier tout le mal qu'il pouvait faire et il m'est aussi arrivé d'avoir envie d'aller frapper à sa porte, simplement pour jaser tous les deux, comme on le faisait au tout début.

Heureusement, ma raison a tenu bon et je n'y suis jamais allée. Je savais aussi qu'il n'attendait qu'une faiblesse de ma part pour reprendre tous ses droits sur moi, sur la maison et sur mes salaires.

Une pause trop courte

Puis il est parti et, durant un bon bout de temps, je n'en ai plus entendu parler. Je commençais à mieux respirer. Je reprenais goût à la vie. Alors qu'avant tout me paraissait sombre, que je me sentais toujours avec un poids dans la poitrine, tranquillement, la lumière me semblait plus vive, l'air, plus pur. Je recommençais même à chantonner en faisant mon ménage ou ma vaisselle. Une fois, j'ai rencontré Anthony. Il était en ménage avec une autre, mais j'ai compris à ses yeux qu'il me regrettait toujours un peu. Ce jour-là, j'ai réalisé que j'avais peut-être encore mes chances et qu'après tout il n'était pas encore impossible que je rencontre quelqu'un de bien.

Bref, je recommençais à vivre et à espérer, même si, tout au fond du cœur, la blessure ne se refermait pas vraiment. Dany, je l'avais aimé (ou plutôt, comme je l'ai compris depuis, je m'étais inventé que je l'aimais) et, quelque part, je ne voyais toujours pas pourquoi ça n'avait pas marché. Je ne m'ennuyais pas du Dany réel, mais de celui que j'avais imaginé connaître durant quelques jours quatre ans plus tôt. Car c'était exactement ce qui s'était passé : j'avais rencontré une belle image et, avec tous mes espoirs et mes espérances, j'avais voulu lui donner un contenu. Je ne dis pas que le contenu n'y était pas. Encore aujourd'hui, il y a de nombreux points qui me laissent à penser que le vrai Dany n'était peut-être pas très différent de celui que j'avais imaginé, mais ce Danylà avait été tué par la boisson et par la drogue. Je dis ça, mais je trouve qu'on accuse facilement les choses qui en réalité n'y sont pour rien, car, pour tout dire, le vrai Dany n'avait qu'un défaut, mais c'était un défaut qui mange toutes les qualités: il était lâche. C'est ce que je n'avais pas su ou voulu voir quand je l'ai rencontré. Peut-être au bout du compte que moi aussi je me suis montrée un peu lâche.

Un beau jour que je pensais justement à ce qu'il pouvait devenir, le téléphone a sonné. C'était lui. Lui dans tous les sens du terme puisque, juste à l'entendre, il était clair qu'il était saoul comme un cochon.

— Je veux voir mon fils, a-t-il exigé. C'est mon fils, câlisse, je veux le voir tout de suite... Je viens chez toi...

— Non, Dany, pas dans l'état où tu es.

— Tu peux pas m'empêcher de le voir, il est à moi.

— Eh bien, si tu veux vraiment le voir, je vais aller chez ta sœur avec lui. Il n'est plus question qu'un gars chaud rentre chez moi.

— Bon, j'y vas... Mais viens-t'en parce que sinon ça va faire dur dans la cabane...

— J'y vais, ne t'inquiète pas. En attendant tu pourrais prendre une couple de cafés pour te dégriser un peu. Tu veux voir ton fils, mais n'oublie pas que lui aussi il va te voir...

— O.K., O.K., pas besoin de ta maudite morale.

J'étais vraiment découragée. Il venait voir son fils, et il n'avait pas pu s'empêcher d'être chaud. Est-ce que ça n'avait pas de limites?

Lorsque je suis arrivée, il était déjà là, dans le sous-sol avec sa sœur en train de fumer un joint. J'ai presque sursauté en le voyant: était-ce le même gars dont j'étais tombée amoureuse cinq ans plus tôt? Il était devenu franchement laid. Ses yeux n'avaient plus de vie, son teint était jaune verdâtre et ses traits étaient devenus lourds, vulgaires. Vis-à-vis de moi-même, j'avais presque honte d'avoir pu l'aimer.

— V'là mon fils, tabarnak! a-t-il sacré en se levant de sur le divan. Donne-moé-le.

— Assis-toi d'abord. Dans l'état où tu es, je veux pas que tu l'échappes.

— Pour qui tu me prends? J'échapperai pas mon fils. Regarde donc si y est beau, le ti-cul, comme son père. Crime! Ça fait quasiment un an que je l'ai pas vu: ça change… Je me suis ennuyé. Donne-moé-le, tu sais bien que je vais pas l'échapper.

Sitôt qu'il a eu William dans les bras, le petit s'est mis à hurler au meurtre. Ça a fâché Dany.

— Viarge! Qu'est-ce qui lui prend? Y reconnaît pas son père! Eille, le flo! Tu me reconnais pas, crisse?

— Ça fait presque un an, Dany. Un enfant de cet âge-là nous reconnaît pas après une semaine, alors un an… Et puis tu parles fort, tu sacres, tu sens le fond de tonne… Les enfants n'aiment pas ça.

— Maudite marde! Tu l'élèves comme toé; tu vas en faire un coincé. Check ben: t'es capable d'en faire un fif ou une police.

Je n'ai même pas discuté. J'ai habillé William et je suis partie en lui disant qu'il pourrait voir le petit lorsqu'il serait à jeun. Ce soir-là, j'avais envie de pleurer, non pas tant pour moi que pour William. Cet enfant-là n'avait pour ainsi dire pas de père et je m'en sentais responsable.

Le lendemain, Dany a rappelé. Cette fois il semblait à jeun et, comme d'habitude, il a commencé par s'excuser pour la veille.

— J'étais content de revoir mon monde et je me suis un peu laissé aller, a-t-il expliqué sans se rendre compte que son vrai monde ici aurait d'abord dû être son fils. Est-ce que je peux passer le voir?

— Tout le temps que tu prends pas de boisson, Dany. Pour moi y a pas de problème.

Il est arrivé quelques minutes plus tard et, comme William faisait sa sieste, il s'est assis dans la cuisine pendant que je lui préparais un café.

— Qu'est-ce que tu deviens? m'a-t-il demandé. T'es-tu fait un nouveau chum?

— Non, merci! Pour l'instant je suis très bien comme ça, même si…

— Tu t'ennuies?

— Non, non, c'est pas ça que je voulais dire.

— Tu sais, j'y ai bien pensé, je crois qu'on pourrait s'entendre, tous les deux…

— Qu'est-ce que tu veux dire?

— Ben on est tous les deux célibataires. Je crois que ce serait le fun si on se voyait de temps en temps… On pourrait… Enfin, tu vois, on pourrait faire l'amour tous les deux en attendant de se trouver un nouveau partenaire. Qu'est-ce que tu en penses?

Je n'en revenais pas. Il me proposait froidement que je devienne sa maîtresse. Est-ce qu'en plus d'avoir été son pourvoyeur, il ne m'avait aussi considérée que comme une roue de secours sur le plan sexuel? Je n'avais jamais eu cette impression auparavant, mais là, je ne savais plus.

— Si je comprends bien, je lui ai dit, tu me proposes de jouer aux fesses pour passer le temps? Non mais, est-ce que tu te rends compte de la façon que tu me considères? Comment je dois prendre ça, moi?

— Fâche-toé pas, je voulais pas te choquer.

— Ah non? Pourtant, dans tes mots, tu viens de me dire que t'avais dans l'idée que je pouvais avoir le feu au derrière au point de coucher avec n'importe qui pour me soulager.

— Pas avec n'importe qui! Avec moi!

— Mais, Dany, tu n'as pas compris: tu n'es

plus rien pour moi. Je tiens à ce qu'on reste en bons termes à cause de William, mais ça ne va pas plus loin que ça. Tu n'as plus rien à voir dans ma vie et encore moins dans mon lit.

Il était visiblement en train de chercher une réponse lorsque le téléphone a sonné. J'ai répondu. C'était Janine qui demandait Dany. Même pas de «comment ça va», rien du tout, comme si je ne l'avais pas hébergée et nourrie durant des mois. J'ai passé le combiné à Dany qui soudain s'est trouvé beaucoup plus à l'aise qu'avec moi. À ce qu'il disait, j'ai compris qu'il était question d'un party le soir et qu'il était bien content d'y être invité. Bref, ça allait être «super le fun». J'avais l'impression d'entendre un adolescent de dix-huit ans. Comment j'avais pu le considérer comme un homme?

Il a joué un peu avec William lorsque celui-ci s'est réveillé, puis il est vite parti, sans doute pressé d'aller à son party. Il n'avait pas du tout été question de son fils, de ce qu'il comptait faire pour lui, de la façon qu'il envisageait de l'aider plus tard ou même de ses droits de visite. Il avait juste été question de jouer aux fesses et de s'amuser une secousse sur le tapis du salon avec l'enfant pendant que ses pensées étaient déjà occupées par le party du soir.

Au cours de cette même nuit-là, vers les deux heures, le téléphone m'a tirée du sommeil. C'était lui, saoul de nouveau.

— Élisa, je t'aime! a-t-il crié dans l'appareil.

— Pas assez pour respecter mon sommeil, on dirait…

— Il fallait que je te le dise, ma chérie. Pour moi, il n'y a que toi.

— Tu veux dire, mes fesses, ton joint et ta bière…

— Prends-le pas comme ça. Y a assez de ma

sœur et de mon beau-frère qui veulent même pas que j'aille coucher chez eux.

— Ah! je comprends, tu n'as pas d'argent pour te payer un motel et tu me ressors le grand jeu de l'amour pour avoir une place où coucher. Eh bien, non, ça ne m'intéresse pas, et puis je dois dormir, je travaille demain, moi. Salut.

— Élisa!

Je n'ai même pas écouté. J'ai raccroché, bien décidée à débrancher le téléphone s'il rappelait. Il a rappelé moins d'une heure plus tard.

— Raccroche pas, je t'en prie! Je capote, ma chérie, c'est toi que je veux, j'en veux pas d'autre, juste toi. Toi et moi, on serait heureux pour le reste de la vie.

— Pour ça, il faudrait qu'elle soit courte en maudit…

— Tu veux pas me croire quand je te dis que je t'aime. Qu'est-ce qu'il faut que je fasse pour te le prouver? Tiens! je te le dis, pour toi, je suis prêt à renier ma sœur, mon beau-frère et ma cousine. Je veux plus rien savoir d'eux autres, c'est des maudits sauvages.

— Les seules choses que je voulais que tu renies, Dany, c'étaient la boisson et la drogue, mais ça, tu ne peux pas. Tu n'es pas assez fort pour ça. Et moi, je suis désolée, mais j'avais besoin d'un homme fort. Je ne peux pas aimer un faible. Maintenant, il faut que je raccroche parce que je travaille demain. Il faut que je sois en forme, j'ai des enfants à nourrir, si tu comprends ce que je veux dire…

— Je comprends, je comprends, chus rien qu'un bon à rien… J'vas me tuer, c'est tout ce que j'ai de bon à faire…

— Non, Dany, ça ne marche plus avec moi le chantage au suicide. Tu ne me rendras responsable de rien. Bon, je te laisse, il faut que je dorme.

Il a presque crié, mais j'ai raccroché. Je me doutais que, où il se trouvait, il devait sacrer, se taper dessus et dans les murs, mais tout cela m'était devenu presque égal. Je voulais la paix.

J'ai été tranquille jusqu'au lendemain après-midi lorsqu'il a rappelé. À l'entendre j'avais la nette impression qu'il n'avait pas encore dormi et qu'il était toujours sur la même conversation que dans la nuit.

— Je chiale, Élisa. Chus fatigué de tout ça. Il faut que tu m'aides, j'ai besoin de toi. Tout le monde me sacre dehors comme un chien…

— Mais qu'est-ce que tu veux?

— Comme c'est là, je veux juste dormir. Tu n'as pas un petit coin pour moi où je puisse me reposer, un tout petit coin?

— À une condition, Dany, tu viens sans boisson et, lorsque tu arrives, tu montes directement te coucher. Pour le reste, je te l'ai dit, je ne veux plus rien savoir.

— Merci, ma chérie! Merci!

— Non, Dany, pas ma chérie, ça c'est fini.

— O.K., O.K…

En raccrochant, je me demandais ce qu'il avait pu faire pour que Jocelyne le jette dehors. Ça ne devait pas être joli. Je regrettais déjà d'avoir cédé. Il avait sans doute autre chose en tête que juste vouloir dormir.

Charmante visite…

Il s'est écoulé presque deux heures et j'ai entendu le moteur d'un ski-doo. Je suis allée à la fenêtre pour le voir descendre de la machine. Il devait faire trente en dessous de zéro. Il n'avait rien sur la tête, rien sur les mains, portait des petites bottes de cow-boy et une petite froc d'été. Le temps de me dire qu'il allait attraper la mort, je l'ai vu tituber vers la maison. Il me faisait pitié.

— À quoi tu penses, tu veux ta mort? je lui ai demandé en ouvrant la porte.

— À cause?

— T'as rien sur le dos, espèce de fou.

— Mourir gelé, il paraît qu'on se rend compte de rien…

Il traînait avec lui une épouvantable odeur de fond de tonne, à s'imaginer qu'il était tombé dans un baril de baboche. Les yeux lui sortaient de la tête et il avait l'air presque fou. Je voulais qu'il monte tout de suite avant que William ne le voie dans cet état.

— Je te remercie de m'accueillir, bafouilla-t-il, avant de crier:

— Ma sœur et mon beau-frère, c'est des câlisses d'hypocrites…

— Pas de criage ici, Dany.

— O.K., je vais rester assis bien sage.

— Non, tu m'avais dit que c'était pour te coucher. David va arriver tout à l'heure. Il garde toujours un bon souvenir de toi, je ne veux pas qu'il te voie dans cet état.

Il m'a regardé en silence, comme si ce que j'avais dit n'existait pas. Il avait à présent un petit sourire que je n'aimais pas du tout.

— Tu sais quoi, ma chérie, je te ferais bien un autre petit, drette là…

— Je comprends! C'est pas de l'aide dont tu avais besoin. Tu es venu ici pour me niaiser. C'est ça, hein?

— Pantoute, je voulais juste te revoir, jaser… Je voulais qu'on prenne une petite bière tous les deux.

— Bon, Dany, maintenant tu m'écoutes. Ou tu montes en haut pour te reposer comme c'était convenu ou alors tu passes la porte tout de suite, O.K.?

Comme si ce que je disais n'était que du vent, pas gêné du tout, il a sorti deux canettes de bière des poches de sa froc. Au même moment, par la fenêtre, j'ai vu David qui arrivait. J'ai crié:

— Dany, tu serres ça tout de suite dans tes poches, tu remontes sur ta motoneige et tu vas boire ça ailleurs! Tu n'es qu'une espèce de maudit écœurant! Tu m'appelles en criant à l'aide et lorsque je dis oui, tu viens me niaiser jusque chez moi. Sacre ton camp et je veux pu te revoir! Plus jamais! Retourne te faire geler pour de bon qu'on aye la paix une fois pour toutes!

Jusque-là les mots dépassaient ma pensée, mais j'étais vraiment fâchée. Il m'a pointée du doigt, les yeux mauvais.

— Toé, ma maudite grand-raie, tu fermes ta grand-gueule. Comme c'est là, je monte me coucher avec mes deux osties de bière et y a pas personne qui va me dire quoi faire, fini ce temps-là. Pis arrange-toé pour qu'il y ait de quoi de bon à manger quand je vas redescendre…

Il est monté et, paralysée sur place, je ne savais plus quoi faire. Il fallait absolument que je réagisse, sinon, il allait prendre le dessus et transformer mon chez-moi en un enfer où il régnerait en tyran, invitant tous ses chums dans des partys à plus finir. Je le voyais même invitant ses blondes pour forniquer dans mon lit. Il en était capable.

Toujours sans avoir trouvé de solution, je suis allée chercher William pour le lever et le changer. Qu'est-ce que je pouvais faire? Je me posais toujours la question lorsqu'il est redescendu. Il n'avait pas dû avoir le temps de dormir. Il m'a tendu un bon de l'assistance sociale.

— Remplis ça pour moé, m'a-t-il commandé, pis tu le malleras.

— Et je suppose que le chèque doit arriver ici?

— Exact…

— Donc, tu t'installes, tu fais comme chez toi?

— Exact…

— Maudit! Pourquoi est-ce que t'en as pas trouvé une autre à faire souffrir…

— J'en ai une, à Chicoutimi. Elle s'appelle Hélène, elle est folle de moi et elle ressemble à Mitsou. Elle me fait des pipes, tu peux pas savoir…

— Ça ne prend plus avec moi, Dany. Je ne t'aime plus, je ne peux pas être jalouse. Du reste, je ne t'ai jamais aimé. J'ai compris ça l'autre jour quand j'ai lu ce que j'avais ressenti pour toi dans un livre des Témoins de Jéhovah.

— Sacrement! Dis-moé pas que tu vas avec ces gens-là?

— Je ne suis pas Témoin, si c'est ce que tu veux savoir, mais il y avait du vrai dans ce qu'ils disaient dans leur livre: ce que j'éprouvais pour toi, ce n'était pas de l'amour, c'était de la passion. C'est deux sentiments bien différents…

— Les maudits Témoins… Y faudrait les enfermer. Ils arrêtent pas d'achaler le monde.

— J'en connais des pas mal pires… Et j'aime autrement mieux me faire achaler par des gens qui veulent bien faire que par des ivrognes qui ne pensent qu'à eux et qui sèment le malheur partout où ils passent…

— C'est pour moi, ça?

— Exact, comme tu dis si bien…

— Choque-moé pas!

— Sinon?

— Sinon tu vas le regretter…

— Ce que je regrette, mon pauvre Dany, c'est de t'avoir connu… Ou plutôt non, ce que je regrette c'est d'avoir été faible et de n'avoir pas su faire la différence entre l'amour et la passion.

— Et c'est quoi, la maudite différence?

— La passion, c'est quand tu es attiré physiquement et que pour le reste tu veux changer l'autre pour le mettre à ton goût. L'amour, c'est quand tu es ébloui par les qualités de l'autre au point de vouloir te lier à lui. L'amour rend heureux, la passion perturbe, et pour être perturbée, je te jure que je l'ai été… L'amour rend meilleur, la passion te fait faire et accepter toutes sortes de folies. En amour tu veux tout partager, avec la passion tu veux prendre ton plaisir.

— Tu vas pas me dire que je t'ai pas donné de plaisir?

— En prenant le tien, juste en prenant le tien. Tu n'as jamais voulu partager, et moi non plus au fond. Aujourd'hui je le sais.

Il s'est approché de moi en se tenant les parties à pleines mains.

— Des osties de niaiseries tout ça! a-t-il grimacé. Ce qu'il te faut, c'est un bon coup de queue. Hein! dis-moé pas que ça te plairait pas de l'avoir entre les jambes, comme Hélène, comme toutes les autres…

— T'es rien qu'un animal.

— Tu dis ça parce que tu es jalouse de l'autre.

— Jalouse! Tu me dégoûtes. Je ne comprends même pas comment j'ai pu faire pour aller avec un minable comme toi. Pis j'en ai assez de parler avec toi. Tout ce que je demande, c'est que tu t'en ailles retrouver ta Mitsou. Pis arrête de te jouer après les gosses, y en a des milliards comme les tiennes sur la terre. Elles n'ont rien d'exceptionnel…

Je voulais l'humilier, qu'il comprenne qu'il ne m'était plus rien sinon un mauvais souvenir, mais sa réaction a dépassé ce que j'espérais. Il est devenu fou furieux, a fait un tour sur lui-même comme s'il cherchait quelque chose, puis il a traversé le salon en hurlant que je n'étais rien qu'une «câlisse de pute» et il a donné un grand coup de poing sur mon système de son, cassant du même coup le couvercle en plastique.

Je me suis approchée de lui pour l'empêcher d'en donner un autre, mais il m'a poussée et je suis tombée en travers du sofa. Comme il s'approchait les poings fermés, j'ai eu peur et je lui ai envoyé mes deux pieds dans le ventre au point qu'il est allé s'écraser dans le système de son. Il s'est relevé en hurlant et là j'ai eu très peur. Il voulait me tuer, c'était dans son regard. À ce moment, sans doute paniqué par ce qu'il voyait et entendait, William s'est mis à pleurer. Dany l'a regardé, a froncé les sourcils puis il est allé vers lui et l'a pris dans ses bras sans trop savoir ce qu'il faisait.

— Repose-le! j'ai hurlé. Tu es chaud, tu peux l'échapper. C'est ton fils! Ton fils, tu ne comprends pas ça?

— Justement! Puisque c'est mon fils et que tu ne veux pas de moé icitte, ben je l'emmène…

— Dany, non! Tu vas le tuer, il fait moins trente dehors!

— Il est à moi et tu veux déjà m'empêcher de le voir. Tu ne veux même pas que je vive près de lui. Mais au fait! C'est peut-être pas moi, son père?

— Dis pas ça! Dis pas ça! Tu n'as pas le droit de douter que c'est ton fils. Je ne ferais pas une chose pareille à mon pire ennemi. Pis assis-toi, tu marches tout croche, tu vas l'échapper.

Il a prétendu qu'il était parfaitement à jeun, qu'il savait ce qu'il faisait et, précisant que c'était pour me le prouver, il s'est mis à lancer William en l'air. Je me suis précipitée pour essayer de le rattraper s'il le manquait et, comme de fait, à un moment donné, j'ai juste eu le temps de le rattraper. Aussitôt, Dany a voulu le reprendre et a commencé à le tirer par les jambes. Je pleurais, je criais, je lui disais de le lâcher, mais il ne voulait rien comprendre. Chahuté, tiraillé,

William aussi s'est mis à pleurer. Puis ça a été au tour de David, qui pouvait pas faire autrement que de voir tout ça, de nous supplier d'arrêter et d'implorer Dany de ne pas faire de mal à son petit frère.

Voyant que Dany tirait trop fort, je lui ai laissé William de crainte qu'il ne le désarticule.

— C'est à moi! a encore dit Dany comme un enfant qui reprend son jouet. Je l'emmène…

Il a pris la couverture qui était sur le sofa pour envelopper William. J'implorais tous les saints du paradis, je promettais n'importe quoi pour ne pas qu'il le sorte comme ça par ce froid. Je lui expliquais qu'un bébé de onze mois ne pouvait pas supporter ça, qu'il allait mourir, rien ne réussissait à convaincre Dany.

Comme il s'apprêtait à passer la porte, j'ai pris le gros cendrier de vitre, bien décidée à le lui écraser sur le crâne s'il faisait un pas de plus dehors.

— Tu avances, et je te le casse sur la tête et c'est pas une farce…

Il a bien vu que cette fois je ne plaisantais pas et que j'étais déterminée à le faire. L'air un peu ahuri, il a reculé et a posé William sur le sofa.

— Mais c'est vrai! a-t-il dit comme tout étonné. Tu m'aurais tué pour de bon. Tu l'aurais fait… T'es complètement malade…

— C'est toi qui es malade, c'est toi qui voulais emmener ton fils dehors par moins trente. Il n'y a rien de malade à être prête à tuer pour protéger son enfant.

— Tu l'aimes mieux que moi, c'est ça!

Je n'ai même pas pu répondre à ça. C'était par trop ridicule de pouvoir s'imaginer que j'aurais dû le préférer à notre enfant. Lui en était insulté et recommençait à donner des coups de poing partout. Les enfants pleuraient tous les deux. Je leur ai dit que personne ne leur ferait jamais de mal et j'ai ordonné à Dany de quitter la maison sur-le-champ ou alors je faisais venir la police. Je n'aurais pas dû le menacer. Il a repris William, le tenant serré trop fort contre lui parce que le petit voulait redescendre.

— Prépare-moé de la bouffe! m'a-t-il lancé. Je veux des patates, fais-moé des patates pis du steak en tranche.

Je n'avais pas le choix. Il tenait William et risquait de lui faire mal. En pelant les patates, je me suis dit que je serais capable de me servir du couteau. A-t-il deviné mes pensées? Il est soudain venu se coller dans mon dos, m'a pris la main et a remonté le couteau tout contre sa gorge.

David hurlait à Dany de me laisser et de s'en aller. Je n'entendais que cela. Étrangement, je n'avais pas peur. J'étais simplement et totalement écœurée de cette ordure.

— Et après, je lui ai demandé, qu'est-ce que tu crois qui va se passer? Tu peux bien te poignarder en te disant que j'irai en prison pour ça, mais tu oublies juste une chose, c'est qu'après tu seras mort, complètement mort, et que tu n'en profiteras pas du tout.

— Tu vas regretter tout ça un jour! a-t-il crié en jetant soudain le couteau puis en se dirigeant de nouveau vers la sortie après avoir pris William au passage.

Je me suis précipitée devant la porte pour lui barrer le passage.

— Il faudra d'abord que tu me passes sur le corps, je l'ai prévenu.

— Tasse-toé ou je te fais passer à travers la vitrine du salon.

— Vas-y, gêne-toi pas…

Comme je m'y attendais, frustré, il a posé William pour s'en prendre à moi. J'en ai profité pour attraper le petit et aller me réfugier à l'autre bout de la pièce en reprenant le cendrier au passage.

Il a haussé les épaules, comme si ça lui était égal.

— Pas grave, a-t-il dit. Je vais revenir quand tu seras pas là. La gardienne pourra pas m'empêcher de prendre mon fils et après tu ne le reverras plus jamais. C'est à moé, cet enfant-là, rien qu'à moé.

Puis, pour mon grand soulagement, il est sorti. Je croyais avoir enfin la paix pour le moment, mais il est rentré quelques secondes plus tard, le visage complètement changé.

— Excuse-moé, Élisa, tout ça c'était rien que des farces. T'as pogné en masse, pas vrai? T'as cru que c'était du vrai…

Je lui ai simplement montré le cendrier en lui faisant comprendre que j'étais encore sur le bord de m'en servir. Comment? Mais comment j'avais pu regarder ce type? Il est sorti, il a décollé le ski-doo, est revenu devant la fenêtre, regardant dans la maison d'une façon qui me donnait froid dans le dos.

Lorsqu'il a enfin quitté la cour, je n'ai pas hésité, j'ai appelé la police pour leur expliquer que je craignais pour ma sécurité et celle de mes enfants.

Une voiture de patrouille est venue un peu plus tard et deux policiers sont entrés pour recueillir ma déposition. Apprenant que j'avais menacé Dany avec le cendrier, l'un des policiers m'a dit que j'étais mieux de retirer ma plainte parce que Dany, à son tour, pourrait porter plainte pour tentative d'agression. Je lui ai demandé ce qu'il fallait que je fasse pour protéger ma famille. Il m'a répondu qu'ils allaient trouver Dany et lui parler très sérieusement.

Après une nuit à me demander s'il n'allait pas arriver à l'improviste pour me menacer ou partir avec William, ce n'est que le lendemain que j'ai appris que les policiers avaient été le cueillir chez Bruno et l'avaient embarqué.

Ce que j'ignorais toujours, c'est que Dany avait déjà une probation et qu'à cause de ça il se retrouvait en prison pour plus d'un mois. Bien entendu, Jocelyne m'a tout de suite fait savoir qu'il m'en voulait pour me tuer, puis elle s'est dépêchée de m'ignorer.

Au début, je ne cessais de m'imaginer qu'en sortant de prison il voudrait se venger. Puis, avec le temps, j'ai cessé d'y croire en me disant que l'idée de la prison l'en empêcherait.

Je n'étais quand même pas rassurée lorsque, un bon mois plus tard, il a appelé pour son « droit de visite ». J'ai accepté en exigeant la présence d'un témoin. Je n'avais pas envie que se répète la scène précédente.

Il s'est amusé un peu avec William, puis, trouvant ça sans doute moins drôle que de me torturer d'une manière ou d'une autre, il est parti.

C'est ce jour-là que j'ai enfin commencé à croire que j'allais avoir la paix.

En affaires

C'est durant cette période que, pour m'occuper, j'ai pris un petit restaurant en gérance. Je n'avais pas imaginé les problèmes que ça pouvait apporter. D'abord, j'ai eu une employée qui buvait, qui dormait sur les banquettes et qui envoyait même les clientes lui acheter de la boisson. Il a bien fallu que j'en trouve une autre. La nouvelle était une vieille amie qui était dans le besoin. Ça me faisait plaisir de pouvoir lui venir en aide. Celle-là s'est mise à marquer des gains fictifs gagnés par des personnes fictives sur les machines à poker. Évidemment, ça n'a pas duré longtemps, mais elle avait ainsi empoché plusieurs centaines de dollars. Il a bien fallu qu'elle avoue et elle s'est excusée. Je lui ai donné une autre chance en lui offrant de me rembourser à tant la semaine. Elle ne l'a fait qu'une seule fois. Mais ça ne lui a pas suffi : une nuit, vers les quatre heures, elle s'est fait prendre par les polices à vendre de la boisson en dessous du comptoir.

Des retrouvailles

C'est durant cette période qu'un après-midi, où je profitais d'une pause pour me reposer sur mon divan, j'ai reçu un appel inattendu :

— Élisa? Salut, c'est Isabelle…

— Hein! Mon doux! Isabelle…

Il y avait des années que je n'avais pas parlé à ma demi-sœur. Elle m'en voulait de ce que j'avais écrit sur son père, Arthur. De l'entendre, là, au téléphone, j'en avais les larmes aux yeux.

— Élisa, je voudrais te rencontrer, m'a-t-elle dit.

— Bien sûr! Quand tu voudras, ça va me faire plaisir…

— Je vais aller conduire Diane à ton restaurant tout à l'heure. Est-ce que tu seras là?

— Oui, justement j'y retournais. Ça me fait vraiment plaisir de te revoir, Isabelle…

J'ai presque couru vers le restaurant tellement j'étais nerveuse. Dans ma tête, je remerciais Dieu de me permettre de retrouver ma sœur perdue. J'avais l'impression que quelque part quelqu'un était en train de lever un grand rideau noir.

Lorsqu'elle est entrée en compagnie de Diane, nous nous sommes regardées un instant puis nous sommes tombées dans les bras l'une de l'autre. Durant un moment, nous avons échangé tout ce qu'il y avait eu dans nos vies puis elle est devenue très grave et m'a demandé :

— Élisa, il faut que je te demande quelque chose. Je veux que tu me dises la pure vérité…

— Je n'ai pas l'intention de te mentir, Isabelle. Pourquoi je le ferais?

— Je ne sais pas… Dis-moi, dans ton livre, *Des fleurs sur la neige*, est-ce que c'est vrai tout ce que tu dis sur mon père?

— Oui, Isabelle, tout est vrai. C'est sûr que je préférerais te dire non, mais c'est malheureusement trop vrai. Mais aussi il faut que tu saches que, quand je l'ai écrit, ce n'était pas du tout pour en faire un livre. Je ne pensais jamais que je pourrais faire un livre, non, je le faisais comme mon journal intime, pour m'aider à me libérer de ce cauchemar. C'est Marius, ensuite, qui a eu l'idée que ça pouvait être publié. Si aujourd'hui je regrette un peu pour moi personnellement, parce que ça m'a surtout apporté bien du trouble, je ne regrette rien par contre pour les milliers de gens que ça a pu aider. Il fallait briser le mur du silence. Tu sais, c'est en parlant qu'on se libère de ce qui nous tue un peu chaque jour. Et puis, bizarrement, en mettant ça sur papier, on y voit plus clair et ça aide à pardonner. Et une fois qu'on a pardonné, c'est à ce moment-là qu'on est libéré.

— Tu as pardonné à Arthur?

— Non… Lui, je ne peux pas, pas encore…

Je voyais bien dans son regard toute la détresse qu'il y avait à se sentir la fille du personnage que j'avais révélé. J'aurais tellement voulu pouvoir lui dire qu'il n'était pas si pire que ça, mais comment? Tout à coup, je me suis posé la question si ce n'était pas plus dur de se savoir la fille d'un gars comme Arthur, que de l'avoir enduré comme beau-père. Car, au fond, ce n'est pas de ce que me faisait ma mère dont je souffrais le plus, mais de ce qu'il fallait qu'elle soit pour me faire mal et laisser Arthur me faire mal.

Faillite

Les affaires au restaurant n'allaient pas du tout. L'amende pour vente de boisson forte a été difficile pour le business. Pour moi, c'était le coup de grâce. Je n'avais plus d'argent pour continuer. J'ai appelé la propriétaire pour lui dire que je ne pouvais plus faire marcher le restaurant, que je ne pouvais faire autrement que de fermer.

J'étais prise jusqu'au cou, plus un sou, des dettes en masse, pas de chômage, deux enfants à nourrir et un ex-chum qui était vraiment très loin de verser une pension alimentaire. Je n'avais plus comme solution que le Bien-être social. J'en étais terriblement gênée, j'avais tellement vu de bons à rien se vanter d'aller chercher leur chèque au gouvernement.

Mais, même avec le Bien-être, je ne voyais pas comment je pouvais garder mon loyer. Un matin, j'étais vraiment au bout du découragement. J'étais sur la toilette (je sais, ce n'est pas reluisant, mais c'était là), je ne voyais plus aucune issue, je me sentais comme un animal pris au piège qui n'avait plus qu'à attendre qu'on l'achève. C'est à ce moment-là que j'ai pensé à mon ange gardien à qui je n'avais pas parlé depuis que j'étais petite fille.

— Si tu es là, je lui ai dit tout haut dans la salle de bains, viens-moi en aide, je ne sais plus quoi faire!

Le jour même, le gérant de la Caisse m'a demandé d'aller le voir et il m'a appris que, puisqu'il n'y avait eu aucun papier de signé entre moi et la propriétaire du restaurant, c'était elle qui était responsable des dettes de celui-ci, y compris de l'amende. J'étais bien embêtée pour elle, mais ça m'ôtait un grand poids de sur les épaules. Ensuite, le même jour, une bonne copine est passée prendre un café.

— As-tu vu dans quel état tu es? m'a-t-elle dit. Pourquoi est-ce que tu ne vas pas à la Maison Halte-

Secours à Dolbeau? Ils t'aideraient à te remonter. Tu as l'air complètement au bout du rouleau, pauvre toi.

Je n'y avais pas pensé, mais ça a été ma porte de secours. Là, j'ai enfin pu m'occuper un peu de moi. Ils m'ont envoyée chez le docteur qui, en me voyant, m'a fait monter sur la balance.

— Quatre-vingt-quatre livres! Mais qu'est-ce que tu fais de toi? s'est-il écrié.

Comme si cela pouvait tout expliquer, je lui ai répondu que j'avais eu un long béguin. Mais en moi-même j'étais affolée, je n'avais pas réalisé à quel point j'étais maigre. Quatre-vingt-quatre livres! Mon Dieu! je n'avais plus que la peau sur les os.

J'ai fait un cauchemar cette nuit-là. J'essayais de manger, de manger, mais rien n'y faisait, je n'arrêtais pas de maigrir. Bientôt, je n'étais plus rien. Les gens passaient autour de moi sans me voir. Je n'existais plus et personne ne pouvait m'aider. Je me suis réveillée complètement glacée; ça ressemblait à la mort.

Heureusement, la vie était un peu différente. Durant des jours, tranquille et choyée, me remontant le moral et la santé dans la bonne humeur ambiante, j'ai pu analyser toute la situation, revoir tout ce qui s'était passé durant ces cinq années. Tout me semblait un gâchis épouvantable. Le seul point positif de tout cela était William qui, comme je l'avais demandé secrètement, était beau comme son père avait pu l'être autrefois et, par bonheur, ne semblait pas du tout avoir son caractère.

C'est fini, je me disais. Les hommes, à présent, je savais à quoi m'en tenir. Peut-être qu'un jour je rencontrerais l'amour, le vrai, mais en attendant je me faisais la promesse de ne plus me laisser prendre par des belles paroles ou « des belles petites fesses ».

On croit tout savoir, on se croit armé pour la vie

et puis on se sent parfois tellement seul qu'un sourire, une belle façon et on oublie toutes ses propres mises en garde.

Tout en réfléchissant, je me rendais à l'évidence que, même si avec Dany l'échec avait été total, je continuais quand même à croire et à espérer qu'un jour ce serait mon tour. Ils n'étaient pas tous comme lui, il devait bien y avoir sur cette terre un homme que je pourrais aimer pour ce qu'il était et non pour ce que j'aurais voulu qu'il soit.

Je réfléchissais fort à tout ça et me demandais les raisons de tous mes échecs, lorsque Diane, qui a parfois des intuitions fameuses, m'a prêté un livre qui contenait toutes les réponses que je cherchais. C'est curieux comme parfois d'autres personnes trouvent des solutions à ce qui détruit votre existence sans que vous en compreniez vraiment la raison. Ce livre, qui m'a tout révélé sur moi-même, c'est celui de Robin Norwood, *Ces femmes qui aiment trop*. Un soir que je le feuilletais sans trop de conviction, je suis tombée sur ces mots: «C'est ce handicap que l'on retrouve toujours chez les femmes qui aiment trop. Nous devenons incapables de discerner la nature dangereuse, embarrassante ou malsaine de certaines personnes ou de certaines situations [...]. Et cette attirance aggrave encore davantage notre mal, car la plupart de ces choses [je pensais à Dany] qui nous attirent sont la répétition de ce que nous avons vécu en grandissant.» Et voilà, en quelques lignes cet auteur a compris ce que moi je n'avais jamais réalisé complètement. Poursuivant, l'auteur énumérait les 15 caractéristiques de ces femmes qui aiment trop et je me suis retrouvée dans chacune d'elles. En recommandant la lecture de ce livre à toutes celles qui se reconnaîtront en moi, je fais ici, avec mes mots, le détail de ces caractéristiques pour démontrer à quel point l'auteur a su mettre le doigt sur mon problème, et aussi pour dire à ceux ou celles qui prétendent le contraire à quel point on peut trouver ce qui nous manque dans les livres:

Comme toutes ces femmes qui aiment trop, même si je crois que je préférerais le terme «femmes qui ne savent pas aimer», je viens d'une famille à problèmes où mes besoins affectifs n'ont pas été comblés.

Comme j'ai manqué de soins durant mon enfance, j'essaie de combler ce vide en devenant moi-même celle qui donne les soins, surtout à des hommes qui paraissent en état de détresse.

Comme je n'ai pas réussi à changer mes parents en des personnes bonnes et généreuses, je suis attirée par le type d'homme que je connais bien et que je veux essayer de changer.

Ayant trop peur d'être abandonnée, je suis prête à tout pour éviter une séparation.

Ayant l'habitude d'être privée d'amour, je passe ma vie à vouloir plaire.

J'ai une très petite estime de moi-même et je crois, quelque part en moi, que je ne mérite pas le bonheur.

Il n'y a rien de trop beau ou de trop cher si cela peut aider l'homme auquel je me suis attachée à s'en sortir.

En dernier lieu, je suis toujours prête à prendre pour moi la responsabilité quand ça va mal dans mon couple.

Je me sens dépendante des hommes et, d'une certaine façon, je cherche à me servir d'eux pour échapper au vide que je sens en moi.

Parce que j'ai vécu des situations où tout partait à la dérive à cause des abus de boisson, de brutalité ou de vice, je ressens la nécessité d'exercer le contrôle sur mes hommes.

Plutôt que de voir mon couple comme il est

réellement, je préfère le voir à travers les apparences d'un rêve idéal.

Pour compenser mon manque d'affection, je lutte contre, mais je me sais capable d'abuser de boissons fortes et de sucreries.

En étant attirée par des types à problèmes, je m'évite de penser à mes propres manques.

Parfois, je me sens prête à certaines relations sans lendemain, dans le but d'en retirer une douleur capable de cacher celle qui est toujours là.

Même si au fond je désire un foyer stable et une relation harmonieuse, malgré moi, je me sens attirée par des hommes du type un peu voyou; les «bons» et les «gentils» me tombent vite sur les nerfs.

Je n'avais pas tellement porté attention à cette dernière caractéristique. J'aurais dû, car elle illustre parfaitement ce qui a suivi.

Charles

C'est comme ça qu'un soir, sortant avec des amies et Diane pour nous détendre, j'ai rencontré Charles.

Il était assis dans un coin, je l'avais remarqué et, par chance, un de nos amis, Richard, était allé lui parler. S'il le connaissait, cela donnait une entrée en matière. Parce que, juste à le voir, il était clair que ce gars-là était gêné.

— À qui tu parlais, là-bas? j'ai demandé à Richard, l'air de rien.

— Lui? C'est Charles. Pourquoi? Tu veux lui parler?

— Ben non, voyons! C'est juste pour savoir…

— En tout cas, je peux te dire que c'est un bon gars. Pas le genre de ce que tu as pu connaître. Il est cultivateur à Saint-Augustin. C'est pas un buveur ni un gigolo.

J'avais de plus en plus envie de le connaître davantage. D'où je me trouvais, je voyais qu'il avait de beaux cheveux bruns. Il devait avoir entre trente-trois et trente-cinq ans, un peu le style cow-boy, mais un cow-boy doux et sensible, et son visage exprimait la bonté toute nue.

Avec sans doute la timidité en trop, cet homme-là devait avoir le caractère que j'avais toujours recherché. Je me demandais bien comment je pourrais l'aborder. Deux ou trois fois nos regards s'étaient croisés et à chaque fois il avait détourné les yeux. Il ne viendrait certainement pas de lui-même pour entamer la conversation.

J'ai remarqué qu'il fallait passer à côté de sa table pour aller aux toilettes; je me suis dit que peut-être en passant près de lui et en lui faisant un sourire… Je me suis levée et, comme prévu, je lui ai fait mon plus beau sourire auquel il a répondu. J'ai eu l'audace de lui dire que j'avais l'impression qu'on se connaissait.

— Ça me dit quelque chose aussi… a-t-il répondu.

Quelques mots encore et j'ai dû poursuivre mon chemin vers les toilettes pour garder une bonne contenance. En tout cas la porte était ouverte.

Je l'ai revu deux semaines plus tard, alors que j'étais allée veiller avec Diane. Cette fois-là, Richard était assis avec lui et ça me donnait une bonne raison de me rendre directement à sa table. Charles m'a tout de suite demandé pourquoi je n'étais pas venue la semaine précédente.

— Ma sœur déménageait. Je n'ai pas pu venir.

— Tu as besoin de ta sœur pour sortir?

— Je suis trop gênée pour aller veiller toute seule.

Je me rendais compte qu'il s'intéressait à moi, que je ne lui étais pas indifférente. Je m'étonnais même qu'il ait remarqué mon absence la semaine précédente.

Un peu plus tard, passant près d'une autre table, un type m'a arrêtée en me demandant si c'était moi la Élisa T. qui avait écrit les deux livres. Je lui ai répondu que oui et la jeune fille qui était assise à sa table s'est levée, émue, pour me serrer la main. Pendant des minutes, elle n'a pas arrêté de me complimenter sur ce que j'avais fait. J'en étais gênée. Puis, comme je lui ai demandé d'où elle venait, elle m'a dit qu'elle était de Saint-Augustin.

— C'est drôle, j'ai dit en désignant la table de Charles, je viens justement de rencontrer un garçon bien sympathique de la même place que toi.

— Charles! s'est-elle exclamée. C'est mon frère.

— Ça alors! Le monde est petit.

Nous avons continué à jaser et elle m'a appris qu'elle s'appelait Alice. Elle me vouvoyait; je lui ai demandé de me dire tu, puis, comme elle semblait hésiter, je lui ai proposé d'aller danser.

— C'est un grand honneur pour moi!

— Arrête ça, Alice, je suis comme tout le monde. J'ai pas inventé le bouton à quatre trous. J'ai juste écrit ce qui m'était arrivé. J'ai fait ça comme d'autres prennent un coup pour oublier, y a rien là.

— Moi, je trouve que oui. Il faut du courage pour raconter aux autres ce qui arrive dans sa propre maison. Ça n'a rien à voir avec prendre un verre pour oublier. Ça je trouve que c'est plutôt de la faiblesse.

J'en ai profité pour demander, l'air de rien, s'il y avait des problèmes de boisson chez elle.

— Non, y a personne qui est alcoolique. Un petit verre durant les veillées, c'est tout. Même pas assez pour que ce soit dangereux pour la balloune. Tu demandes ça pour Charles?

— Hein? Oh non, pas du tout, c'était juste comme ça, parce que mon dernier, il avait un gros problème de boisson.

— Tu devrais écrire là-dessus, ça en ferait peut-être réfléchir quelques-uns…

— C'est ce que je suis en train de faire…

— Oui? C'est vrai?

— Je te l'ai dit: quand j'ai des problèmes, je n'arrive à m'en délivrer qu'en les écrivant. On dirait qu'une fois qu'ils sont sur papier, ils ne sont plus à moi, c'est fini, j'en suis délivrée.

Elle est venue s'asseoir avec nous et, vers la fin de la soirée, elle et ma sœur avaient comploté pour que j'aille danser un slow avec Charles. C'est ainsi que nous nous sommes retrouvés lui et moi sur la piste.

Il y avait bien longtemps que je n'avais pas été dans les bras d'un homme. Ça me faisait tout drôle. Celui-ci était bien différent de Dany, tout le contraire au niveau du caractère et de la moralité, et je m'étonnais de ne pas en être follement amoureuse puisqu'il représentait ce que je désirais. Je l'aimais bien, il me plaisait, mais je ne me sentais pas transportée, mon cœur ne s'arrêtait pas lorsqu'il était à proximité. Bref, ce n'était pas le feu d'artifice.

La semaine suivante, je suis encore retournée veiller avec Diane. Il était là, mais, à ma grande surprise, il y avait une jeune femme assez ronde assise près de lui et ils semblaient bien se connaître. Ils riaient ensemble et ça me faisait un peu mal. Je me suis dit que ce n'était qu'un faux espoir de plus, que ce n'était pas pire que ça.

Un peu plus tard, il m'a aperçue et m'a fait signe de venir. J'ai un peu hésité. Je ne voulais pas les déranger et surtout je ne voyais pas l'utilité d'aller plus loin.

— Je te présente mon ex-petite amie. On prenait un verre ensemble pour savoir ce qu'on devenait chacun. Tu ne t'assois pas?

J'ai accepté et bien vite la conversation a porté sur les femmes face aux hommes. Il prétendait que, si les hommes voulaient souvent coucher trop vite, les femmes, elles, voulaient trop rapidement des marques d'amour.

— Tu trouves que j'ai l'air pressée? je lui ai demandé.

— Pas toi spécialement, mais, souvent, quand on parle à une femme, on a l'impression qu'elle voudrait mettre les grands sentiments et le sérieux avant que le gars ait le temps de tomber en amour. Et souvent le gars est entraîné là-dedans au point qu'il finit par croire qu'il doit être vraiment amoureux jusqu'à temps qu'il se rende compte du contraire et ça finit par un divorce ou une rupture douloureuse.

— Tu as peut-être raison, mais, tu sais, comme moi, c'est parfois dur de rester toute seule. On voudrait tellement rencontrer l'âme sœur que des fois c'est peut-être possible qu'on presse un peu les choses. Comme c'est aussi vrai qu'il y a beaucoup de gars qui pressent les choses pour que ça finisse dans un lit.

Son ex-amie a ri et elle a dit que chacun devrait porter un panneau sur le front avec écrit ce qu'il recherche : aventure d'un soir pour les uns, cherche âme sœur pour les autres. Charles, alors, a eu un mot qui m'a touchée : il a dit qu'au fond tout le monde était à la recherche de l'âme sœur et que c'était seulement les moyens pour la trouver qui étaient différents. Et il m'a plus émue encore lorsque, tout bas, il a chanté les paroles de Cabrel :

Tout le monde y pense
Tout le monde espère
Même à l'arrière des arrière-cours
Tout le monde veut son billet-retour

D'amour, d'amour, d'amour, d'amour…
Son éclat de chance.

— C'est vrai, j'ai dit, c'est ce que tout le monde cherche. On dit que c'est l'argent, le pouvoir ou je ne sais pas quoi, mais, au bout du compte, même l'argent ou le pouvoir, c'est parce qu'il y en a qui s'imaginent qu'avec ça ils vont pouvoir acheter l'amour.

Il m'a demandé s'il y avait longtemps que je cherchais et je lui ai expliqué que pendant un petit moment j'avais cru avoir trouvé. Ensuite, pendant longtemps, je n'avais plus cru à rien du tout et que depuis quelque temps, oui, j'espérais de nouveau le trouver, mon éclat de chance, mon billet-retour pour l'amour.

— Tu n'as rencontré personne depuis plus d'un an?

— Je suis un peu sur mes gardes. Je ne veux pas retomber dans le piège où je me suis déjà mise, tu comprends.

— Oui, je comprends…

Un peu plus tard, il y a eu un slow et, surmontant sa gêne, mais en rougissant un peu, il m'a invitée à danser.

Nous étions plus collés que la semaine précédente et, un peu moins embarrassés, nous jasions un peu plus intimement. Il m'a dit que c'était la première fois qu'il dansait avec quelqu'un comme moi.

— Ben non, puisqu'on a dansé ensemble la semaine dernière.

— Non, je voulais dire avec une mince. C'est la première fois que j'en tiens une petite dans mes bras. Ça me fait tout drôle…

— Tu n'aimes pas ça?

— Au contraire! Mais, tu sais, jusque-là, je ne sais pas pourquoi, j'ai toujours été avec des filles un peu obèses.

— Qu'est-ce que ça te fait, une petite?

— C'est… C'est excitant…

Nos visages étaient tout près l'un de l'autre. C'est à ce moment-là que nous nous sommes embrassés. Évidemment, je n'étais pas pour lui dire que, pour moi, un gentil n'était peut-être pas aussi excitant. Quelque part, et même si je rêvais d'un gars qui avait son caractère, je commençais à me douter qu'il y avait en moi quelque chose qui m'attirait vers les voyous.

Ça m'a énervée un peu, à la fin de cette veillée, qu'il soit trop gêné pour oser me proposer de me raccompagner.

La semaine suivante, Diane ne pouvait pas venir avec moi et je voulais néanmoins revoir Charles. Sachant qu'il n'en ferait rien, j'avais pris sur moi de l'appeler au téléphone et nous avons convenu de nous rencontrer. Je ne savais pas très bien où j'en étais avec lui et j'espérais que d'une manière ou d'une autre il allait se passer quelque chose entre nous. C'est pour ça que j'ai pris mon courage à deux mains pour aller seule à l'Hôtel du Capitole.

Il n'était pas encore là lorsque je suis arrivée. Mal à l'aise, je me suis assise seule à une table. Je ne me sentais pas du tout à ma place. Finalement, il est arrivé en s'excusant du fait qu'il avait dû retourner pour une vache qui était proche de vêler.

— Je peux m'asseoir? m'a-t-il demandé, rouge comme une cerise.

— Bien sûr!

Je trouvais vraiment qu'il était trop gêné. Dany ne m'avait pas du tout habituée à toutes ces marques de respect. Charles se tenait très sage et nous avons commencé à jaser de nos goûts respectifs pour toutes sortes de choses, y compris la couleur des rideaux et les bonnes marques de savon à vaisselle. Pour tout dire, je trouvais que ça manquait un peu de piquant.

Puis la propriétaire m'a dit qu'on me demandait

au téléphone. J'ai tout de suite pensé que ça devait être la gardienne qui avait de la misère avec les enfants. Je me suis précipitée, mais finalement ce n'était pas pour moi, c'était quelqu'un qui demandait ma sœur. En revenant, Charles m'a dit que j'avais eu l'air d'avoir très peur.

— J'ai cru qu'il était arrivé quelque chose avec les enfants. Toi, tu n'en as pas, je crois?

— Non, mais j'aimerais ça... Il me semble que, pas d'enfants, ce n'est pas une vie.

Lui au moins ne me disait pas qu'il deviendrait le bon Dieu s'il en avait. Et j'étais certaine que, s'il venait à en avoir, il ne les garrocherait pas en l'air comme Dany en menaçant de les sortir enveloppés dans une petite couverture de flanellette par trente en dessous de zéro.

En fin de soirée, je l'ai invité à prendre un café chez moi et j'ai remarqué qu'il avait presque eu un mouvement de recul. Il devait se demander si je ne me jetterais pas dessus dès qu'il aurait mis les pieds dans mon salon. L'idée m'amusait un peu.

— Je peux faire un tour, a-t-il accepté, mais il faut que je sois rentré pour six heures. C'est l'heure du train.

— Où ce que tu vas?

— Non, le train des animaux; c'est l'heure de la traite.

— Oh!

J'ai pensé qu'avec Dany qui parfois se levait en fin de journée, les pauvres vaches auraient eu les mamelles gonflées comme des montgolfières.

Mais arrivée chez moi avec Charles, je me suis soudain rendu compte de ce que je faisais. Voilà un homme bourré de bonnes qualités, qui visiblement voulait une famille et des enfants, un homme qui voulait faire une bonne vie. Et moi qui ne pourrais jamais lui donner tout ça, je le laissais s'attacher à moi. Je lui laissais même croire que je l'aimais alors que je ne l'aimais que comme on aime un bon ami ou quelqu'un de respectable et de sympathique.

Là, debout dans mon appartement, il m'apparaissait vraiment comme il était : un homme. Et tout à coup je me suis sentie indigne de lui. Je ne pouvais pas l'entraîner dans ma vie toute croche. Non, ce qu'il me fallait, c'était un amant, quelqu'un que je rencontrerais les fins de semaine, quelqu'un qui vivrait de son bord et à qui je n'aurais aucun compte à rendre ou à demander.

Il a bu le café que je lui ai préparé, puis nous nous sommes embrassés pour nous dire au revoir. Il était tout contre moi et je sentais bien que je n'aurais pas eu grand-chose à faire pour précipiter la situation. Il avait beau être gêné, c'était aussi un homme, il n'y avait pas à s'y tromper. Pendant un instant de faiblesse, j'ai même pensé qu'on pouvait se donner ça, que ça n'engagerait à rien, mais, j'ignore si j'ai eu tort ou raison, je me suis dit que ce ne serait pas raisonnable et, m'écartant un peu (à regret!), je lui ai dit qu'on se reverrait dans une semaine.

Est-ce parce qu'il n'avait pas insisté davantage? Est-ce parce que quelque part au fond de moi je lui en voulais un peu de ne pas avoir pris les guides la dernière fois, en le retrouvant la semaine suivante, je me suis dit qu'il m'agaçait un peu.

Cette fin de semaine là, toute ma famille, y compris ma mère, était au Capitole. J'ai commencé par jaser avec ma mère. Je lui ai posé une question qui m'avait toujours intriguée :

— M'man, j'aimerais savoir si ta mère ou ton père t'ont déjà prise dans leurs bras.

— Dans leurs bras! Tu rêves ou quoi? C'était pas du tout le genre à minoucher…

— Ils t'ont au moins dit qu'ils t'aimaient, non?

— Jamais. Ils avaient pas de temps à perdre avec des niaiseries.

— Est-ce qu'ils vous battaient?

— Quand je le méritais, je suppose. Mais qu'est-ce que c'est que toutes ces questions? Qu'est-ce que vous avez, vous autres, les jeunes, avec vos «je t'aime» par-ci et vos «je t'aime» par-là? Quand je vous vois ramollir vos jeunes avec des petits mots tendres... Qu'est-ce que vous voulez en faire, des fifs?

Une nouvelle fois, je comprenais que ma mère n'avait jamais connu ce que ça peut être que l'amour et elle a fini par ne pas y croire. À la télé, j'ai entendu un missionnaire qui disait qu'après quinze ans passés chez les Papous primitifs, jamais, dans la tribu où il était, il n'avait vu la moindre marque de tendresse entre eux. Et encore moins des mots d'amour. Je me suis demandé si au fond l'amour n'était pas un sentiment qui se gagne et j'avais l'impression que ma mère n'en connaissait que le mot. Aurait-elle pu faire ce qu'elle avait fait autrement? Plus je pensais à ça, plus je trouvais que cette constatation pouvait expliquer un tas de choses, à commencer par les tueurs, les camps de concentration et les enfants martyrs. Il y a sur cette terre des gens qui ne connaissent pas l'amour; parce que sans doute un jour ils ont trop souffert de son absence, ils s'en sont détournés une fois pour toutes. J'aurais très bien pu devenir comme ça si je n'avais connu qu'Arthur. Mais heureusement il y a eu mon père, si faible qu'il ait été, et il y a eu aussi ma tante, la pauvre, malheureusement aujourd'hui décédée. Grâce à quelques personnes, j'ai au moins pu échapper à la malédiction dans laquelle vit ma mère; même si je souffre trop souvent de son absence, je sais au moins que l'amour existe.

Ce soir-là, vu que j'étais avec Charles, un de mes frères s'est mis à l'appeler beau-frère. Sur le coup, je n'ai pas répliqué et aussitôt j'ai vu que Charles était tout joyeux à cette idée. Pourquoi? Ça m'a énervée. J'avais envie de les laisser là et de partir. Envie de leur dire que moi seule choisirais celui qui me plairait et que personne n'avait affaire là-dedans. Envie de crier à Charles qu'il n'espère pas de me trouver dans son étable en train de tirer ses vaches. Non pas que je n'aime pas les vaches, au contraire, mais j'avais soudain l'impression que tout le monde voulait absolument me coller avec lui. Dans le fond, aujourd'hui, je me demande si ce n'est pas pour ça que ça n'a pas marché. Si tous m'avaient dit: c'est un crotté, un bandit, un cow-boy, je ne sais pas si tout n'aurait pas été différent; j'ai tendance à faire le contraire de ce qu'on me conseille. Et puis aussi, en matière d'hommes, comme j'ai pu le vérifier dans le livre de Norwood, je trouve plus de charmes aux voyous. Ma sœur me l'a encore fait remarquer dernièrement en voyant un poster de Brad Pitt sur le mur de ma chambre:

— Nous autres, on dirait qu'on préfère les gars qui apportent des troubles. Si c'était la photo de l'abbé Pierre qui était sur ton mur, on en serait certainement pas là…

Je n'ai pas osé lui avouer que je venais de passer une petite annonce révélatrice de moi-même dans le journal local. Je me suis rendu compte de ce que je recherchais vraiment en la lisant une fois imprimée:

J. f., 5' 4", 110 lb, yeux bruns, mère sérieuse, cherche h. 35-38 ans, 6 pieds, cheveux longs, style cow-boy, mince, sérieux, romantique, stable, sage, fidèle, aimant enfants et sorties.

Je voulais tout en un: le bon, la brute et le truand. Et comme je voulais dans le style cow-boy, eh bien! j'ai rencontré l'Indien.

L'Indien

C'est ce même soir, au Capitole, que l'Indien est arrivé. Lui, c'était un ami de Diane et, la seule fois auparavant où je l'avais vu, ma sœur m'avait dit:

— Tu peux toucher à tous les hommes que tu veux, mais celui-là, il est à moi.

J'étais plus que surprise, d'autant plus qu'elle avait déjà un chum. Je me suis dit que chacun a son jardin secret. En tout cas, avait-elle vu une flamme s'allumer dans mon regard en le voyant? Je l'ignore, mais la mise en garde était précise.

Ce soir-là, j'ai pu vérifier que dès qu'ils étaient ensemble ces deux-là n'arrêtaient pas de se crier des mots par la tête. Et ce soir-là (je l'ignorais à ce moment), c'était moi le sujet de leur chicane. Il lui avait dit, tout simplement, que j'étais de son goût et qu'il pouvait m'avoir comme il voulait, ce à quoi elle avait évidemment répondu qu'il se faisait trop d'illusions. Et ça a dû être dans l'intention de lui prouver le contraire qu'il est venu m'inviter à danser. J'ai refusé en lui faisant valoir que j'étais avec Charles. Il m'a regardée avec un sourire qui m'a fait courir des frissons partout.

— Es-tu certaine que ça a une grosse importance? a-t-il demandé.

Avant que je réponde, blême, Charles s'est dépêché de m'inviter à son tour.

Tout en dansant, j'avoue que je ne pensais qu'à Dylan (le vrai nom de l'Indien) et je me demandais si vraiment ma sœur était accrochée. J'étais presque certaine qu'ils n'avaient jamais couché ensemble.

Chaque fois que ma position me le permettait, je ne pouvais m'empêcher de l'observer. Il me faisait de l'effet. Sentant certainement qu'il se passait quelque chose avec moi, Charles me serrait contre lui comme jamais. Je sentais son corps puissant contre le mien et j'imaginais que c'était celui de Dylan. Il y en a beaucoup que cela va énerver, mais qu'est-ce que j'y pouvais? La raison ou même le cœur ne vont pas toujours de pair avec les tripes, et quand les tripes parlent…

Entraînant Diane, il est venu à son tour sur la piste. Chaque fois que nous étions face à face, nous nous regardions sans rien nous cacher. J'en avais mal partout. Qu'est-ce qui m'arrivait encore!

Comme si elles devinaient ce qui se passait en moi, des connaissances bien intentionnées se sont mises à me parler de lui, disant que c'était un type vraiment dangereux à qui personne ne pouvait faire confiance, que sa place aurait plutôt été dans une prison bien gardée.

— Il n'a pourtant pas l'air méchant, j'ai dit.

— Faut pas se fier aux apparences…

Curieusement, plus l'on m'en disait contre Dylan, plus je prenais son parti. Pour un peu, je leur aurais crié de se fermer la boîte, que Dylan était un type très bien qui méritait toute mon affection.

En moi la question se précisait rapidement; je devais choisir. D'une part j'avais Charles, presque l'homme parfait; d'autre part l'Indien, un voyou à ce qu'on en disait et, de plus, la chasse gardée de ma sœur.

Le choix aurait dû être facile; il n'y aurait même pas dû y avoir de choix, sauf que tout en moi appelait Dylan. Allez donc comprendre. En lui, je reconnaissais quelque chose de moi. Nous nous étions regardés et une complicité s'était établie. Une complicité que des siècles de vie commune n'auraient pas pu installer entre Charles et moi. C'était comme ça. Je savais même que ce que voulait Dylan, c'était de me mettre dans son lit, mais comment j'aurais pu lui en vouloir pour ça puisque moi aussi je le voulais dans le mien?

Je sais bien que ça ne va pas en accord avec tous les commandements de la Bible, mais si tout était simple et tracé, il n'y aurait pas besoin de commandements.

Je vais quand même soulager ceux qui pensent que j'étais en train de me jeter la tête la première dans le même pétrin d'où je venais de sortir avec Dany. Allant contre mes vrais sentiments, j'ai décidé que ma chance était avec Charles.

Pour ceux qui pourraient croire que j'étais volontairement en train de m'embarquer dans d'autres troubles bien prévisibles, je dois tout de suite faire la grande distinction que je voyais entre Dany et Dylan. Dany était un beau garçon qui avait mal tourné et, au fond, il n'était rien devenu d'autre qu'un pauvre type. Dylan, lui, n'était pas vraiment beau à proprement parler; c'est une espèce de force qui lui venait du dedans qui me séduisait. Ce n'était pas nécessairement une force de lumière, mais au moins c'était une force. Dany m'avait séduite avec son corps qui était un mensonge et j'avais voulu croire à ses autres mensonges; Dylan le faisait avec cette force qui me troublait et dans laquelle il n'y avait aucun mensonge.

Mais, je le répète, j'ai choisi Charles. Lui aussi avait une force, je dirais même que c'était une force de lumière. Mon défaut était de ne pas être capable de la reconnaître. Il y avait trop longtemps que j'étais dans les ténèbres et, comme on dit, on n'aime que ce que l'on connaît.

À cause de son travail et aussi parce qu'il restait à une demi-heure en voiture, je ne voyais pas Charles souvent. Le vendredi soir jusqu'au petit matin du samedi et le dimanche après-midi jusqu'à cinq heures. Nous parlions, qu'est-ce que nous pouvions parler! Il me disait tout de lui, comme s'il avait peur que plus tard je lui reproche de m'avoir caché quelque chose. Il savait tout juste lire et écrire, toutes ses idées étaient un peu vieux jeu et tout ce qui comptait vraiment pour lui était la terre et la famille, comme dans le bon vieux temps. Oh! je n'avais rien contre ça, au contraire, ça me plaisait beaucoup, c'est simplement que lui-même ne me mettait pas spécialement en émoi.

Il est venu chez moi un dimanche après-midi et les enfants l'ont tout de suite aimé. Encore une fois je me suis dit que je faisais fausse route. Il ne fallait pas que je les laisse s'attacher à lui et lui à eux, car, au fond, je ne pouvais m'imaginer faire ma vie avec. Et puis aussi, pour lui, je me disais que ce ne serait pas bien de m'imposer à lui, moi qui ne pourrais jamais lui donner des enfants qui soient vraiment les siens.

C'est dans la nuit du 26 novembre 1994 que je lui ai expliqué tout ça.

— Tu verras, je lui ai dit, tu vas vite m'oublier. Tu mérites beaucoup mieux que moi. Tu as le droit d'avoir tes propres enfants.

— Mais je t'aime, Élisa!

— Moi aussi, Charles, je t'aime bien. Mais il vaut mieux qu'on reste amis, que ça n'aille pas plus loin.

— Il y a quelqu'un d'autre?

— Ben non, voyons!

Mais là je savais que je n'étais pas entièrement franche, car je pensais toujours à Dylan et, chaque fois que je le voyais, je n'étais plus moi-même. Au fond, sans Dylan, je n'aurais peut-être pas trouvé toutes ces bonnes raisons de dire à Charles que ce n'était pas possible. Je peux même dire que je me trouvais cruelle de lui faire ça en sachant au fond qu'ensuite j'espérais bien mettre la main sur son rival.

Mais Dylan aussi avait un rival. Ce rival, c'était le souvenir de ce que j'avais vécu avec les hommes de ma vie. Je ne voulais plus souffrir pour un homme. Jamais! Je savais que ce n'était pas un ivrogne du genre de Dany, même si parfois il prenait un coup. Je savais aussi qu'il travaillait, même qu'il avait la réputation d'être un des meilleurs chauffeurs de vanne qui soit. Je savais aussi qu'il avait eu un fils dont il s'occupait avec amour chaque fois qu'il venait à Dolbeau, mais par contre, ce que je n'étais pas sans savoir non plus, c'est que c'était un homme à femmes. Il aimait les femmes et les femmes l'aimaient. Je n'avais qu'à regarder les yeux que lui faisait Diane. Oui, je savais ça, mais je me sentais prête à prendre le risque de vivre cette passion, ou plutôt je devrais dire que je ne me sentais pas capable de lui résister.

Le mardi suivant ma rupture avec Charles, j'ai eu la surprise de voir arriver celui-ci à la maison.

— Charles! Qu'est-ce qui se passe?

— J'ai pensé à te ramener tes cassettes…

— C'est gentil.

— Tu sais, Élisa, je ne peux pas me passer de toi…

— Mais enfin, pourquoi tu me dis ça, on est presque pas sortis ensemble?

— Mais moi, je croyais que… Je t'ai tout dit, j'avais cru que tu m'aimais comme je t'aime…

— Je t'aime bien, Charles, mais pas d'amour. Je ne te cache pas que j'ai essayé; tu as toutes les qualités dont une femme peut rêver, mais on ne peut pas forcer ces choses-là.

— Ouais… Toutes les qualités sauf la bonne, celle qui fonctionne…

— Laquelle?

— Je ne suis pas un voyou. Je crois que les femmes préfèrent les voyous.

— Mais c'est faux! Qu'est-ce que tu vas inventer là!

— J'ai pas fait de grandes études, mais j'ai des yeux pour voir… Et puis c'est pareil partout, même les vaches semblent préférer un taureau fou furieux à un bon taureau qui fait pas de mal. C'est comme ça, on n'y peut rien.

— Et les hommes! j'ai dit. On en a vu combien quitter une vraie bonne femme pour suivre une traînée qui passait dans tous les lits? La meilleure femme court tous les risques contre celle qui s'écartille sans avoir l'air de s'en rendre compte.

— Moi, en tout cas, ce que je voulais, c'était une vraie bonne femme.

Il est parti là-dessus, me laissant avec mes remords de lui avoir fait du mal. Je repensais à ce qu'il disait et je savais trop bien qu'il n'avait pas tout à fait tort. Mais le pire, c'est que, tout en le sachant, je continuais à imaginer des rencontres avec Dylan. Et à chaque fois je m'en voulais de penser à lui, car je pensais à Diane qui l'aimait aussi. Je n'avais pas le droit de lui faire ça. Même pas le droit d'y penser!

Ce jour-là, j'ai demandé à Dieu de me faire rencontrer quelqu'un qui serait bon comme Charles et qui me ferait de l'effet comme Dylan.

Mais le même soir, sur mon divan, les yeux grands ouverts, j'ai rêvé que Dylan venait m'enlever. Il passait avec sa vanne et nous partions tous les deux pour la Floride ou la Californie où nous allions nous refaire une vraie vie d'amour. Une vie qu'un jour je pourrais écrire pour montrer à tout le monde ce que pouvait être une grande et belle histoire d'amour. Je m'y voyais dans la cabine de son camion. Libres, nous traversions des milliers de paysages en riant, nous mangions dans les restaurants en nous regardant dans les yeux, nous nous couchions dans le bed en arrière pour des nuits rouges et bleues. Parfois nous nous arrêtions au bord d'un torrent ou d'une vallée et, bras dessus, bras dessous, nous regardions s'écouler le temps et la vie, heureux comme c'est pas possible.

Mais je me suis retrouvée sur mon divan, dans la lumière grise, et je me suis dit que Diane devait faire le même rêve chez elle. Et là, au lieu de rêver, j'ai pleuré en pensant à tous ces bonheurs qu'on s'invente et à toutes les misères qui nous arrivent parce qu'on finit par croire qu'on y a droit.

Des hommes

Pour essayer d'oublier toutes ces folleries, j'ai décidé que je ne sortirais plus durant un bon bout de temps. Si je ne le voyais pas, j'allais sans doute finir par penser à autre chose.

Je m'occupais à plein temps de mes garçons si différents. Alors que David aime être tranquille et faire ses affaires tout seul, William veut tout le temps que ça remue. Ils sont toujours à se chicaner et je passe une grande partie de mes journées à essayer de les faire tenir tranquilles.

Au bout d'un certain temps, me disant que ça devait être passé, qu'à présent le meilleur moyen de compléter l'oubli était de rencontrer quelqu'un d'autre, je suis ressortie. Je n'avais pas encore compris que, tout comme j'avais choisi Dany qui au fond était un autre Arthur, comme ma mère je continuais à fréquenter le même genre de tavernes où elle avait passé ses veillées. Le genre d'endroit où finalement il y a peu de chances de rencontrer quelqu'un de bien. Sauf peut-être par une erreur dont je doute, il n'y a pas de prince charmant là où aiment à se retrouver les robineux.

J'étais assise au comptoir. Un gars à qui j'avais déjà parlé est venu s'asseoir à côté de moi et m'a offert une petite bière. J'ai pas dit non, je n'allais pas me mettre chaude avec une bière.

— T'es toute seule? m'a-t-il demandé.

— Ouais…

— Ça doit te manquer un peu, pas vrai?

— Quoi?

— Jouer aux fesses.

— Non, détrompe-toi, c'est pas ça qui me manque.

— Pourquoi est-ce que ça vous fait mal de dire la vérité, vous autres, les poudrées?

— Je dis la vérité!

— Ah oui?…

Et c'est comme pour vérifier qu'il m'a pris un sein à pleine main.

— Arrête ça! j'ai crié. Pour qui tu me prends?

Mais, au lieu de répondre ou même d'arrêter, il a mis son autre main sur ma cuisse et est monté droit sous ma jupe. Je l'ai repoussé vivement en lui disant que si jamais il recommençait ça je lui cassais une bouteille sur le crâne. Ça n'a pas eu l'air à lui faire peur. Il a pris ma main et l'a posée sur son pénis en me demandant ce que j'en pensais et ce que ça me faisait.

Le feu en moi, je suis partie en pleurant de rage. Comment est-ce que des hommes pouvaient être aussi bas et grossiers?

Ensuite, j'ai connu un vieux garçon qui s'appelait Michel. Très gentil et correct, lui. Nous nous sommes vus durant plusieurs semaines, le vendredi soir. Une fois, il m'a raccompagnée jusqu'à l'appartement et, là, il m'a demandé pour entrer prendre un café. Je n'étais pas prête à le recevoir chez moi; je ne le connaissais pas assez.

— J'aime mieux pas, je lui ai dit. Les enfants dorment et je ne veux pas les réveiller. Et puis il faut que je me lève à sept heures.

Il n'a pas insisté, mais il s'est approché et m'a embrassée presque par surprise. En le quittant j'étais fâchée. Je trouvais qu'il allait au-devant de mes sentiments. Et en plus j'avais eu la faiblesse d'accepter de sortir avec lui le lendemain, chose que je ne faisais jamais. Sortir le vendredi était bien suffisant.

Le jour suivant, il devait m'appeler à huit heures. Il a appelé à neuf.

— Je ne peux pas sortir ce soir, Élisa, mon chat est malade.

— Quoi?

— Mon chat est malade et il faut que je m'en occupe.

— C'est ce qui t'empêche de sortir?

— Je l'aime, mon chat, et il est vraiment pas bien.

— Bon... passe une bonne soirée avec ton minou.

Je ne comprenais plus rien. La veille, il m'avait presque embrassée de force et voilà qu'il préférait rester avec son chat plutôt que de me voir. Est-ce qu'il était fâché parce que je ne lui avais pas donné ce qu'il voulait?

Ensuite j'ai connu René, un autre vieux garçon. Toujours charmant, il aimait beaucoup les enfants. Ça marchait pas mal. Un soir j'ai accepté de l'accompagner à son loyer pour un dernier café. En entrant chez lui, je me suis tassée un peu pour le laisser passer, mais, malheureusement, en faisant cela, il restait de la neige collée sous mes semelles et mes souliers ont un peu dépassé du paillasson.

— Ôte-toi de sur mon plancher! a-t-il crié presque fâché.

— Excuse-moi...

Je suis allée vers le comptoir pour chercher une guenille, mais il a crié à nouveau:

— Non! pas celle-là, l'autre, tabarnak!

Je vous laisse imaginer comment je me sentais.

— Tu dois être malheureux quand tu viens chez nous, je lui ai dit, avec les jouets qui sont sur le plancher, les enfants qui crient…

— Je t'avoue que c'est dur…

— Alors pourquoi est-ce que tu veux sortir avec moi? Tu vois bien que ça ne marchera jamais. Tu te rends compte? On se connaît à peine et tu me fais une crise parce que mon soulier a un peu dépassé sur ton plancher.

En plus, il était fâché que je veuille le quitter. Il prétendait que je lui avais fait perdre son temps. Bien sûr, le mien ne comptait pas…

Le vendredi suivant, j'étais décidée à ne pas aller veiller. Qu'est-ce que ça me donnerait de toute façon? Et puis au Capitole j'avais pas mal fait le tour de toutes les têtes. Dans ma décision, je n'avais pas prévu que dans l'après-midi je rencontrerais Dylan au centre commercial. Tout de suite, j'ai deviné qu'il serait au Capitole le soir et j'ai voulu y aller. Je savais que ce n'était pas raisonnable, qu'il n'était pas pour moi. Je me le répétais en m'habillant et même en y allant, mais, rien à faire, je n'ai pas pu faire demi-tour.

Et puis tant pis! Arrivera ce qui arrivera. Je veux vivre, bordel!

Ce soir-là, nous avons eu l'occasion de jaser tous les deux à une table. Près de lui, je me sentais bien, je me sentais femme. Enfin une soirée qui valait la peine!

Petit à petit, nous nous sommes laissés aller à des confidences. Sans lui avouer vraiment que ce serait avec lui, je lui racontais comment j'espérais qu'il se passe quelque chose de romantique dans ma vie, je lui racontais comment j'aimerais que ça se passe…

— J'en demande pas pour la vie. Je sais que c'est pas possible. Juste une fin de semaine. Partir en cachette dans un chalet, faire de lui ce que je voudrais, souper en tête-à-tête à la chandelle, faire des randonnées dans la neige en se tenant par la main, se coucher dans la neige ensemble, regarder le ciel, se tirer des boules puis tomber dans les bras l'un de l'autre. Le soir, on retourne au chalet, on se déshabille et on se met devant le feu pour boire nos coupes de champagne, assis sur une grande peau d'ours blanc…

— Pourquoi un ours blanc? m'a-t-il demandé.

— J'en sais rien, c'est dans mon rêve. Là, on est tellement heureux qu'on peut faire une provision de ce bonheur pour la vie. On est ensemble et, ces moments-là, jamais on pourra nous les prendre, jamais une personne n'aura été aussi complice d'une autre que nous durant cette évasion. Assez qu'après, la solitude ne pourrait plus exister. Et puis on ferait l'amour à en mourir devant le feu, jusqu'à ce que se lève l'aube violette à la fenêtre à petits carreaux. C'est mon rêve, Dylan, je veux le vivre un jour avec celui que mon cœur a choisi.

— Et après, m'a-t-il demandé, qu'est-ce qui se passe après cette fin de semaine?

— On laisserait aller les choses, on les prendrait au jour le jour sans jamais faire des projets ou se faire des promesses qu'on ne peut pas tenir.

— Je te souhaite que ça t'arrive… a-t-il dit. Je te le souhaite, Élisa.

— Et toi, tu n'as pas un rêve comme ça?

— Moi, je ne veux pas qu'on m'aime…

— Pourquoi?

— Je ne veux pas, c'est tout. Et je ne veux pas aimer non plus.

— Tu veux te priver de ce qu'il y a de plus beau.

— Ou de plus stupide…

Il m'a souri avec les yeux. Il n'y avait pas de doute, tous les deux nous étions sur la même longueur d'onde. Juste ce sourire a suffi à me faire aimer cette soirée.

La semaine suivante, Dylan a prouvé qu'il fuyait l'amour comme la peste. Alors que pour lui j'étais disponible à une table et qu'il le savait, il est allé vers Diane qui attendait son chum et, comme si c'était tout normal, il a fixé son décolleté.

— Ça a l'air à se tenir, a-t-il dit.

Elle a fait celle qui l'ignorait, mais je voyais bien que ça lui faisait de la peine.

Un peu plus tard, il m'avait offert un verre et, pour mon plus grand bonheur, nous jasions tous les deux. Diane est passée près de notre table en me disant que je ne valais pas mieux que lui. Je savais qu'elle disait cela en voulant m'épargner les peines qu'elle était certaine qu'il allait me causer, mais je ne voulais rien savoir. Comme elle l'avait été avant moi, j'étais hypnotisée par lui. Est-ce parce qu'elle n'a pas pu supporter d'imaginer que j'allais de nouveau m'embarquer dans une histoire qui me ferait du mal? Je l'ai vue qui se fâchait toute seule puis, elle qui a toujours été la douceur en personne, sans réfléchir, elle a donné plusieurs gifles à Dylan.

Il n'a pas bougé. Un petit sourire triste au coin des lèvres, il se contentait de la regarder sans même se préoccuper du sang qui lui coulait sur le visage, là où, sans le vouloir, Diane lui avait un peu éraflé la peau avec une de ses bagues.

Ce n'était rien, mais j'étais retournée. J'avais mal pour lui, comme un grand creux dans le ventre. Bon sang, je l'aimais! Et ça faisait mal. Ne sachant comment faire passer ça, je me suis levée pour aller dire à Diane ce que je pensais de ce qu'elle venait de faire.

— T'avais pas le droit de le frapper comme ça! je lui ai crié. Qu'est-ce qui te prend? Je fais juste jaser avec lui, on ne s'est même pas effleurés d'un poil… Pourquoi est-ce que tu ne t'occupes pas de ton chum?

Qu'est-ce que c'est que ces maudites crises de jalousie?

— J'ai rien à te dire. Et puis de toute façon ça faisait longtemps que j'avais envie de lui en servir une couple. Il l'a mérité, le crisse, c'est juste bon pour lui…

Je savais ce qu'elle ressentait, je ne pouvais pas lui donner tort, mais d'un autre côté j'avais mal pour Dylan. Il ne le montrait pas du tout, mais j'étais certaine qu'en dedans ça devait lui faire quelque chose.

Quand je suis revenue près de lui, la propriétaire soignait son égratignure. J'aurais voulu le faire moi-même.

Lorsqu'elle a été partie, il m'a dit tout bas qu'il aurait préféré que ce soit moi qui le fasse. Du sang perlait encore sur son front. J'ai pris un kleenex pour l'essuyer, puis, là, j'ai dû partir un peu vite parce que j'avais une furieuse envie de pleurer.

La tête pleine de brouillard, j'étais en train de lacer mon soulier dans le passage lorsqu'il m'a rejointe. Il s'est accroupi près de moi et a vu que je pleurais.

— Pleure pas, merde!

Ce n'était pas spécialement des mots romantiques, mais je savais d'où ils venaient. Il était clair qu'il n'aimait pas me voir pleurer, et moi, de m'en rendre compte, ça me faisait chialer deux fois plus.

— C'est rien, j'ai dit. C'est à cause de ma sœur. Imagine-toi qu'elle a décidé que ça me ferait du mal si on se fréquentait.

— Elle a peut-être pas tort…

— Non, tu peux pas me faire de mal! Toi, tu es gentil avec moi, tu me respectes, pas comme tous ces vieux sacrements qui chialent si on met le pied sur leur plancher ou qui te mettent la main dessus à la première conversation en s'imaginant que ça va te mettre le feu au derrière et qu'ils vont pouvoir jouer au pompier. Pis toi tu me parles sans arrière-pensées, tu joues pas avec moi…

Je pleurais en lui disant tout ça. Nous étions toujours accroupis et je n'ai pas pu m'empêcher de poser mes mains sur son visage. Le cœur grand comme une caverne, je le caressais. Bon sang, j'aurais fait n'importe quoi pour lui. Je lui aurais payé toutes les guitares du monde s'il me l'avait demandé, j'aurais dévalisé une banque, détourné un avion, fait le tour du monde en patins à roulettes! J'étais à lui, rien qu'à lui! C'était là, dans la tête, dans le cœur, dans le ventre, partout. Et ça faisait mal! Un fichu de mal qui me faisait me sentir en vie comme jamais! Mais lui, ce n'était pas le genre à demander. Comment est-ce que j'avais pu croire que j'aimais avant ça?

Je me suis relevée pour sortir.

— Reste encore un peu, m'a-t-il demandé.

— Pour quoi faire, Dylan? Tu partirais avec moi?

Il n'a pas répondu. Le cœur comme une pierre, je suis allée faire la paix avec ma sœur et suis rentrée chez moi.

Une belle veillée du jour de l'An

Je l'ai revu au jour de l'An. Ce soir-là, c'était prévu que je sorte avec Diane et son chum. J'étais en train de me préparer, j'enfilais une robe un peu affolante lorsque le téléphone a sonné. J'ai dit à David de répondre.

— C'est pour toi, maman.

En prenant l'appareil, j'ai tout de suite reconnu la voix de Dylan. Mon cœur s'est arrêté.

— Galop! C'est toi! (Galop était le surnom que beaucoup lui donnaient, justement parce qu'au volant de sa vanne il était réputé pour mener la pédale au plancher.)

— Tu m'as reconnu…

— Évidemment, tu es bête… Je suis surprise, c'est la première fois que tu m'appelles…

— Je voulais savoir ce que tu faisais ce soir.

— J'attends ma sœur et son chum. On est supposés aller veiller ensemble.

— C'est de valeur, je voulais t'inviter…

— Zut! j'aimerais y aller avec toi, mais je ne peux quand même pas laisser tomber ma sœur. Il aurait fallu que je le sache avant.

Ça m'enrageait d'avoir à tenir ma parole. Il n'aurait pas fallu qu'il insiste beaucoup pour que je laisse tomber la veillée avec Diane. Je nous voyais déjà réveillonner ensemble.

— C'est tant pis, il a dit, mais si tu vas au Capitole, on se verra. On s'enverra des petits messages, O.K.?

— Tu sais bien que ça me fait plaisir. Qu'est-ce qui se passe, j'entends des drôles de bruits?

— Je suis dans mon bain…

— Tout nu, alors!

— Tu as deviné, comme chaque fois que je prends mon bain…

— Ouah…

— À ce soir, Élisa.

— À ce soir, Galop.

Diane arrivait juste comme je raccrochais. Ça faisait des bonds en dedans de moi. Il m'avait appelée! Je ne portais plus à terre, j'étais une nouvelle version de la sœur volante. Comment est-ce que moi, la maigrichonne, la moche, la tannante et la straight, je pouvais l'intéresser assez pour qu'il se donne la peine d'appeler? Dans le fond, peut-être que c'était vrai qu'un jour il allait m'embarquer dans son camion ou qu'on allait passer toute une fin de semaine de rêve dans un chalet rien que tous les deux.

Ma sœur a trouvé que j'avais beaucoup de pep. J'ai mis ça sur le compte du jour de l'An.

— C'est une bonne année qui commence, je lui ai dit. Une année pas comme les autres…

— Mon Dieu! Qu'est-ce qui t'arrive?

Oui, qu'est-ce qui m'arrivait? Voilà que j'aimais un gars pour ce qu'il était. Lui, je n'avais pas envie de le changer, je le voulais comme il était, point. Et peu importait ce que ça durerait et le temps qu'il me faudrait ensuite pour récupérer. J'étais prête à payer le prix. Et puis merde! J'avais besoin d'aimer sans contrainte, au moins une fois. Et puis, qui pouvait savoir? Peut-être que… Mais non, il ne fallait pas rêver, juste prendre les choses comme elles venaient. Prendre de lui ce qu'il voudrait bien m'offrir. Ce serait déjà en masse.

Lorsqu'il est arrivé au Capitole et que je me suis levée pour aller le trouver, Diane a tout de suite fait la tête, mais je ne voulais pas faire attention à elle.

— Assis-toi, m'a dit Dylan.

— Je ne sais pas…

— Assis-toi, je te paye un verre.

— Merci.

Nous nous sommes mis à jaser, puis la musique a recommencé, un slow, le premier de l'année. Il m'a invitée.

— Ça risque de faire des histoires, Galop.

— Je m'en fous.

— Ben moi aussi, d'abord!

Nous avons ri tous les deux, complices, et il m'a entraînée sur la piste.

Ça y était! J'étais avec lui sur la piste sombre avec les éclairs de lumière. La piste était pleine, mais nous étions seuls au monde. Il n'y avait plus que nous et la musique. J'aimais le sentir contre moi. Il était fort, ferme. C'était mon homme, mon type à moi. Il pouvait faire de moi ce qu'il voulait. J'étais bien à mourir. Il pouvait faire tempête dehors, les petits Chinois pouvaient se faire la guerre, Diane pouvait faire la gueule à sa table, les vieux garçons pouvaient penser à leur minou ou à leur plancher, personne n'allait nous ôter ces moments-là.

J'ai appuyé ma tête sur son épaule sans plus penser à rien. J'étais bien et ça suffisait. Là, oui là, enfin, j'étais bien, en paix avec moi et avec le monde. Là était ma place depuis le commencement du monde. Oui, la petite Élisa avait vécu toutes ces années et traversé toutes ces misères pour en arriver à cet instant de pur bonheur contre l'épaule d'un mauvais larron qui parcourait les routes au galop et ne se retournait sur lui-même que pour sourire à son petit gars.

À la fin de la danse, il a posé ses lèvres sur les miennes en me souhaitant bonne année. Je le dis au monde: ç'a été mon premier vrai baiser! Personne ne m'avait jamais dit qu'un baiser pouvait vous faire traverser le plafond, traverser le toit et foncer vers les étoiles sur un arc-en-ciel d'amour. Eh bien, à ceux qui ne le savent pas encore, c'est ça, un baiser. Si ça ne l'est pas, laissez tomber, c'est du cinéma.

— Tu sais, m'a-t-il dit à l'oreille alors que nous retournions pour nous asseoir, je veux que tu portes cette robe le soir qui sera notre soir. C'est celle-là que je veux retirer...

C'était clair, c'était net, et il l'avait dit sur un tel ton que ça n'avait rien de déplacé. Ça me convenait très bien.

L'attente

En le quittant cette nuit-là, j'étais loin de me douter que j'allais être des mois sans le revoir. Des mois où il ne s'est pas passé une journée sans que je pense à lui, sans que je me dise: peu importe le temps, je vais finir par le revoir et alors...

Un peu plus tard, j'ai appris de la bouche de Diane qu'elle venait de se faire un nouveau chum et qu'elle était follement amoureuse de lui.

— Et Galop? je lui ai demandé.

— Oh lui…

— Alors je peux le regarder, ça ne te dérange plus?

— Il va te rendre malheureuse, Élisa. Ça va être bien pire que tout ce que tu as connu. Ce gars-là ne s'attache à personne, il passe comme le vent et te laisse tout à l'envers…

— Je l'ai pourtant vu une couple de fois avec son fils et il avait l'air à vraiment l'aimer.

— Son fils, oui, c'est le seul être qui compte pour lui.

— Je m'en fous, je l'ai dans la peau. Je peux te le dire maintenant, depuis que tu me l'as présenté, je ne pense qu'à lui.

Elle a ri un moment sans que je comprenne pourquoi.

— C'est vrai, s'est-elle enfin expliquée, que c'est autre chose que ton espèce de Dany.

— Ne m'en parle pas! Je ne comprends même pas comment j'ai pu me laisser avoir. On est fou parfois au cours d'une vie, ça peut même durer longtemps et on ne s'en aperçoit pas. L'écœurant… Je ne me suis jamais sentie une femme avec lui, j'avais plutôt l'impression d'être une mère, une grande sœur, une assistante sociale, la banquière, mais jamais une femme. Avec Dylan, c'est complètement différent. Je sais que je peux souffrir par ce qu'il est, mais j'en prends le risque. Il me semble que c'est mieux que rien. Mieux en tout cas que de rester assise sur mon divan à attendre que la vie me passe sous le nez.

— Dans le fond, je ne sais plus, peut-être que

ça pourrait marcher, vous deux. Je t'ai jamais dit la merde qu'il m'a faite pour te voir... Attends, je vais trouver le numéro de son ami Réjean. Il n'y a que par lui que tu pourras rejoindre Dylan.

Encore une fois la joie m'envahissait. J'allais le revoir! Je remerciais mon ange gardien à qui j'avais demandé de m'aider à retrouver mon homme. À ce moment-là, j'ignorais qu'il me fallait encore passer par une tout autre épreuve qui n'avait rien à voir avec Dylan. Une épreuve qui a bien failli me faire perdre la foi.

Mon fils est malade

Il y avait déjà un moment que William ne filait pas. Toujours d'une allergie à l'autre, le médecin le gardait sur les antibiotiques, mais le pauvre ne remontait pas la pente, au contraire. J'ai même arrêté de fumer dans l'espoir que ça empêche ses crises d'asthme. Mais rien n'y faisait. Puis il lui a poussé une bosse derrière l'oreille. À l'urgence, ils donnaient des médicaments, mais ça ne changeait rien, il continuait de s'affaiblir. Il n'avait plus la force de combattre sa maladie, et je crois que tous les antibiotiques qu'ils lui avaient donnés jusque-là avaient contribué à miner son système de défense.

Puis il a eu des gales. À l'urgence, ils m'ont dit que c'était sans doute dû à des puces de chat. Je ne lui ai jamais trouvé une puce et en plus ça n'expliquait pas ses crises d'asthme, ses grippes à répétition et les feux sauvages qu'il avait dans la bouche, la gorge et sur les lèvres.

Quand même, ils ont fini par l'hospitaliser. Pendant dix jours, le malheureux enfant a été incapable de manger. Ils lui ont passé toutes sortes d'examens, mais aucun ne parvenait à expliquer ce qu'il avait vraiment.

Au bout de dix jours, toujours couvert de gales, le pauvre petit avait si faim et soif qu'il ne cessait de chigner. Je n'en dormais plus, cela me fendait le cœur de le voir comme ça. Je n'étais pas la seule : les infirmières se relayaient auprès de lui pour essayer de lui apporter un peu de réconfort.

Le docteur Alain Grenier a pris soin de lui comme si c'était son propre enfant. Il appelait partout, Alma, Chicoutimi, Québec. Il lui a même fait passer le test du sida. Il me disait qu'il ne le laisserait pas s'en aller comme ça.

Je passais mes journées à le bercer. Il ne voulait pas que je le lâche. Il n'y avait que dans mes bras qu'il trouvait un peu de réconfort. Mais je me sentais pourtant bien impuissante.

Que s'est-il passé tout à coup? Est-ce que mes prières avaient été entendues? Un beau matin, William s'est levé debout dans son lit et il a arraché les gales de ses lèvres en disant :

— J'ai pu bobos, j'ai pu bobos…

Sa fièvre était un peu tombée et il demandait du beurre d'arachide aux infirmières.

En quelques jours ses forces sont revenues. J'en pleurais de joie; pour moi c'était un miracle. Il avait été tellement proche de passer de l'autre bord, et tout d'un coup, comme ça, sans raison, le voilà qui guérit.

Finalement, j'ai pu le ramener à la maison, mais, quelques jours plus tard, il faisait cent quatre de température et la bosse derrière son oreille avait tellement repris que je suis repartie à l'urgence. Là, le chirurgien a tout de suite dit qu'il fallait l'opérer.

Je suis passée par toutes les émotions, de l'angoisse à la colère. Comme l'opération se faisait tout près du cerveau, ils ne pouvaient l'endormir, juste le geler localement. Est-ce qu'il était assez gelé ou avait-il trop peur? Dans la salle d'attente, nous l'entendions tous qui hurlait à fendre l'âme. Ses cris remplissaient les urgences.

Puis ils m'ont dit que je pouvais entrer, que ça le calmerait pendant qu'ils le conduisaient à l'étage sur sa civière. Dans la salle d'opération, j'ai vu tout le dégât. Dans un petit bassin, il y avait tout le pus qu'ils lui avaient retiré. J'ai failli me trouver mal. Comment est-ce que mon enfant pouvait avoir eu ça derrière l'oreille! À ce moment-là, j'ai pensé furtivement à son père en me disant que lui avait peut-être la même chose dans l'âme.

J'ai pris mon fils dans mes bras. Il s'agrippait à moi en criant très fort. Je ne savais plus quoi faire; je me sentais terriblement impuissante. Je ne pouvais que lui dire que j'étais là, avec lui, que tout allait bien aller, que c'était fini d'avoir mal. Mais en moi-même, je me demandais pourquoi est-ce qu'il faut tout le temps souffrir.

Après l'admission, en montant, j'avais du mal à reprendre mon souffle. J'avais aussi l'impression que j'allais vomir dans l'ascenseur. Parvenue à l'étage, je ne sais plus trop comment, tenant à peine sur mes jambes, j'ai dit à l'infirmier de surveiller William comme il faut, que j'allais perdre connaissance.

J'ignore ce qui s'est passé. On m'a installé la tête entre les jambes et ça a pris un moment avant que je revienne à moi. William pleurait et je m'en voulais de ne pas avoir tenu le coup. C'était lui qu'on venait d'opérer, pas moi!

William est encore resté un bon bout de temps à l'hôpital. J'étais là chaque fois que je le pouvais et ma famille m'a bien aidée. De Dany, pas beaucoup de présence. Il est bien venu quelques fois, mais pour le reste il disait qu'il n'avait pas d'argent et qu'il ne pouvait se procurer un billet d'autobus, qui pourtant ne coûtait que cinq dollars. Ça n'empêchait pas que, lorsque je l'appelais pour lui donner des nouvelles, il était bien souvent en boisson. Il faut croire que la bière était meilleur marché que l'autobus…

Et en plus il trouvait le moyen de me faire des reproches, disant que, si ç'avait été lui qui avait gardé son fils, il aurait fait ceci ou cela et William n'aurait jamais été malade. Je lui aurais tordu le cou.

Bien soigné, le petit a commencé à remonter la pente. Je priais tous les jours, même si, je l'avoue, ma foi n'était pas très forte. Pourtant, je savais que Dieu avait écouté mes prières. Il m'avait même ôté le goût de fumer depuis que j'avais décidé d'arrêter pour la santé de William. Pas une seule fois le besoin ne m'était revenu, moi qui m'attendais à ce que ce soit une épreuve presque insurmontable. Lorsque William a guéri si rapidement, j'avais tout de suite cru au miracle, mais ensuite j'ai oublié en me disant qu'après tout c'était peut-être aussi le hasard. C'est à ce moment-là que William est retombé malade, et c'est pour ça que je me suis remise à prier.

C'est curieux, alors qu'au début je priais sans vraiment trop y croire, plus je priais, plus je sentais une réponse, plus je sentais une présence attentive.

On est lâche, lorsque tout va bien. Dieu n'est jamais là, on n'en a pas besoin et, même, il dérange; mais si tout se met à aller de travers, qu'on ne sait plus quoi faire, aussitôt on se met à genoux et on prie. On demande pardon et on promet n'importe quoi si on obtient telle ou telle demande.

Ce que je ne comprends pas, c'est que Dieu nous écoute encore. Il est vraiment trop bon. Moi, à Sa place, j'aurais envoyé promener tout le monde. C'est vrai que je dis ça, mais, pour Lui, nous sommes sans doute ce que nos enfants sont pour nous : ils ont beau nous faire tous les mauvais coups, on trouve toujours le moyen de les absoudre s'ils reviennent et demandent pardon. On pardonne même s'ils ne disent rien du tout, alors…

L'Indien est en prison

Une fois les gros nuages noirs de la maladie passés, de nouveau, j'ai eu tout mon temps pour penser à revoir celui qui me manquait. Combien de fois, à l'hôpital, je m'étais dit que ce serait tellement merveilleux s'il était apparu à l'improviste pour me faire une visite? Bien sûr, je n'y croyais pas. D'abord il ne pouvait pas savoir que j'étais là et ensuite pourquoi l'aurait-il fait? Non, je ne faisais que rêver et imaginer que j'étais aimée de Dylan. Et cela m'aidait parfois un peu, même si d'autres fois je me répétais que nous n'étions que de bons amis.

En tout cas, lorsque les choses sont rentrées dans l'ordre, le cœur battant, j'ai enfin appelé Réjean dont Diane m'avait dit qu'il était le grand ami de Dylan. Je me suis présentée en mentionnant ma sœur qu'il connaissait.

— Tu es Élisa, la sœur de Diane? m'a-t-il demandé.

— C'est moi. Je t'appelle parce que Diane m'a dit que tu étais le meilleur ami de Dylan. Je voudrais l'appeler, mais j'ai perdu son numéro.

— Je ne peux pas te le donner…

— Bon, s'il ne veut pas que tu donnes son numéro, peux-tu lui demander de me rappeler?

— Je ne sais pas…

— Il sort avec quelqu'un, c'est ça?

— Non, non, il est seul. Ce que je veux dire, c'est qu'on ne peut pas le rejoindre facilement…

— Il est parti? (Je me sentais vraiment mal, il y avait comme un vide froid et noir qui m'envahissait.)

— Non, il est en dedans, en prison. Une histoire qui ne tient pas debout. Le système est pourri…

— Qu'est-ce qu'il a fait?

— Rien, rien du tout! Une veillée il a pris un coup, après il s'est couché et le lendemain, quand il s'est levé, il a pris sa voiture pour aller voir son fils à Dolbeau, mais les policiers l'ont arrêté, ils lui ont fait souffler dans la balloune et ont trouvé qu'il avait encore trop d'alcool dans le sang. Lui, il ne se doutait pas pantoute qu'il avait encore ça dans le système. Il a soufflé en se croyant clair. Après il a bien essayé d'expliquer la situation, mais ils n'ont rien voulu savoir.

— Il est pas chanceux.

— C'est rien, ça. Ils lui ont retiré son permis pour un an. Durant ce temps-là, il ne peut plus chauffer les vannes. En sortant de prison, il va se retrouver sans rien.

— C'est pas drôle pour lui… Crois-tu qu'ils vont le garder longtemps?

— J'en sais rien pantoute. Il va sortir bientôt, peut-être, c'est la première fois qu'il est condamné.

— Dès que tu le reverras, peux-tu lui dire qu'il me rappelle, même de la prison? À frais virés, ça me fait rien.

— Il va sûrement m'appeler ces jours-ci. Je lui ferai le message. Ça lui remontera peut-être un peu le moral de savoir qu'il y a quelqu'un qui pense à lui comme ça…

Je doutais que mon appel puisse faire une différence dans l'esprit de Dylan. Pour lui, je ne devais être rien d'autre qu'une connaissance qu'on rencontre parfois lorsqu'on va veiller. C'est pour ça que j'ai été très surprise lorsqu'il m'a rappelée dès le lendemain soir.

— Tu me reconnais? a-t-il demandé.

Mon cœur se débattait comme l'ours en cage que j'avais vu au zoo de Saint-Félicien.

— Bien sûr, Dylan…

— Réjean m'a dit que tu avais appelé. C'est gentil.

— Il y avait une secousse que je ne t'avais pas vu…

— Moi aussi, je me demandais ce que tu devenais.

— Ah… Mon bébé m'a donné pas mal de soucis, je n'ai pas eu grand temps pour moi… Mais toi, tu es sorti de prison?

— J'aime mieux pas parler de ça.

— Je comprends. Je veux simplement te dire que je suis avec toi, je sais comment ça s'est passé. Il y a des fois on se demande comment ça marche… J'en connais qui mériteraient de passer dix ans en dedans, mais ceux-là, ils sont dehors. Il y en a qui le font exprès de faire les fous sur le chemin; eux autres on dirait qu'ils se font jamais pogner. Ils savent qu'ils peuvent tuer du monde, mais c'est pas grave, ça les fait rire, ça les fait sentir plus mâles, c'est là-dedans qu'ils placent leur fierté. À se demander des fois si un homme, comme ils pensent que ça doit être, ça n'est pas juste un tas de bêtises sur deux pattes.

— Je sais ce que tu veux dire. Il y en a beaucoup qui pensent qu'avoir des couilles, c'est rien avoir entre les deux oreilles. Il y en a même qui croient qu'il suffit d'en avoir entre les jambes pour être un homme. Avec ça, ils sont convaincus qu'ils ont le droit de tout faire, y compris faire chier le monde.

Nous avons continué à parler comme ça longtemps, très longtemps. Il était trois heures et quart du matin lorsque nous avons raccroché. Moi qui n'aimais pas parler au téléphone, je venais de passer une des plus belles veillées de ma vie. J'avais bien l'oreille qui me chauffait un peu, mais autrement je n'avais pas l'impression qu'on avait parlé plus d'un quart d'heure.

Il me restait quelques heures à dormir avant de relever les enfants, mais, malgré ça, je ne suis pas arrivée à trouver le sommeil.

Le lendemain soir, le téléphone sonnait lorsque je suis rentrée, mais le temps que j'aille jusqu'à l'appareil, on avait raccroché. M'imaginant que ce devait être Dylan, j'ai rappelé au numéro qu'il m'avait donné.

— C'est toi qui viens de m'appeler, Dylan?

— Non.

— Excuse-moi, je viens d'arriver et le téléphone sonnait...

— C'est pas moi.

— Bon, c'est bien. Ça va?

— Pas pire...

Je n'ai pas osé lui demander si je dérangeais. J'avais l'impression de tomber comme un cheveu dans la soupe. Il devait avoir une fille avec lui. Ça me faisait mal d'y penser, mais j'essayais de me convaincre qu'il ne m'avait rien promis, que nous étions juste amis et qu'il était totalement libre de faire ce qu'il lui plaisait. Cela ne me consolait pas et j'ai essayé de le faire en me disant qu'un jour ce serait mon tour.

Visite matinale

Une nuit, je devrais plutôt dire de très bonne heure le matin, le téléphone m'a réveillée. Encore à moitié endormie j'ai décroché et il m'a fallu une ou deux secondes pour reconnaître Dylan.

— Est-ce qu'il y a quelque chose? j'ai demandé en me disant que ça devait être important pour qu'il appelle à cette heure.

— Rien de spécial, mais j'ai une occasion de monter à Dolbeau. Je me demandais si on pouvait se voir avant que j'aille chercher mon gars à dix heures. On pourrait prendre le café ensemble?

— Bien sûr! Ça me ferait plaisir. Tu sais où je reste?

— Pas exactement!

Je le lui ai expliqué et il m'a demandé de laisser une

lumière allumée pour se repérer. Après avoir raccroché, j'ai été débarrer la porte et suis retournée me coucher. Tout d'abord je m'étais dit que je devais me lever, puis une idée un peu ratoureuse m'est venue à l'esprit…

Je rappelle que Dylan, je le voulais…

Bien sûr, je ne dormais pas quand il est arrivé. Comment j'aurais pu? Je l'ai entendu qui ouvrait la porte et je lui ai dit que j'étais encore couchée, qu'il pouvait venir dans ma chambre. Je l'ai encore entendu qui faisait le tour du salon puis, enfin, regardait dans la chambre.

Le cœur battant à en exploser, j'entendais ses pas sur le plancher. Il s'approchait. Qu'allait-il faire? Je m'attendais à une caresse, un baiser dans le cou ou quelque chose du genre, mais il ne s'est rien passé, il s'est assis au pied du lit.

J'ai fait celle qui n'était pas réveillée depuis longtemps et qui était surprise.

— Oh! c'est toi! Tu es déjà là… Je crois bien que je me suis rendormie, excuse-moi.

— Y a pas de mal…

— Mon doux! Je ne dois pas être belle à voir…

J'en rajoutais, parce qu'avant de me recoucher j'étais quand même passée par la salle de bains pour me peigner et me rafraîchir. Mais lui ne m'a pas répondu sur ce point. Il se contentait de sourire, assis à l'autre extrémité du lit. J'ai tendu les bras en lui disant qu'il n'était pas interdit de s'embrasser.

Il s'est rapproché.

Il y avait des mois que je rêvais de cet instant. Je l'avais imaginé de toutes les manières, mais je n'avais jamais envisagé que je serais aussi gênée et aussi gauche. Je ne savais plus du tout comment je devais me comporter.

— Tu peux ôter ton manteau, je lui ai dit. Je ne vais pas te sauter dessus.

Je le sentais contracté. Depuis que je l'avais rencontré, j'avais toujours remarqué qu'il était très réservé sur les marques de tendresse. Il n'aimait pas qu'on le touche et, contrairement à tous les hommes que j'ai pu connaître, il semblait vouloir éviter de toucher lui-même, comme s'il craignait que les contacts puissent l'entraîner où il ne voulait pas.

Il a quand même retiré son manteau et, comme il avait les bras occupés, je me suis redressée, lui ai passé les miens autour du cou et je l'ai embrassé.

À partir de ce moment tout a été très vite. Je ne sais pas encore très bien ce qui s'est passé. Il a répondu à mon baiser. J'ignore comment, il s'est retrouvé tout contre moi à moitié déshabillé. J'ai été emportée dans un tourbillon aussi violent que rapide, une véritable perte de contrôle pour chacun de nous et, en moins de deux minutes, tout était fini.

Nous fixions le mur chacun de notre côté, terriblement gênés, n'osant même pas nous regarder. Que s'était-il passé? Je ne comprenais pas du tout.

Pas un mot. Nous étions incapables de dire quoi que ce soit. Je ne trouvais rien qui puisse expliquer ce qui venait de se passer. J'avais honte et je crois qu'il éprouvait la même chose. J'avais l'impression qu'une force brutale s'était emparée de nous et m'avait volé ce que j'attendais depuis des mois. Je ne regrettais pas ce que nous venions de faire, mais je m'en voulais d'avoir été si maladroite. J'aurais voulu recommencer tout de suite pour réparer les dégâts, mais, l'un et l'autre, nous étions beaucoup trop embarrassés.

Plus tard, nous avons enfin trouvé la force d'échanger quelques banalités qui n'avaient rien à voir avec ce qu'on venait de vivre. Puis il a remis son manteau, a dit qu'il devait se préparer à aller chercher son fils et il est parti en laissant derrière lui un silence épouvantable. J'étais certaine que je n'allais plus le revoir, que j'avais cassé quelque chose, et je me sentais fautive.

L'homme sans attaches

Durant les jours qui ont suivi, sans aucune nouvelle de lui, je me sentais comme une âme au purgatoire. Et puis un vendredi, alors que je n'y croyais plus du tout, il a appelé. Il s'était attendu à me voir et était étonné que je ne sois pas sortie.

— Pourquoi tu ne passes pas faire un tour? je lui ai demandé.

— Je vais peut-être passer…

Dylan… Mon beau Dylan… Lui aussi je l'avais trouvé dans *Ces femmes qui aiment trop*. J'avais relu ce livre et j'avais trouvé un passage qui nous ressemblait étrangement: « Son effort désespéré pour obtenir l'amour de personnes qui étaient incapables d'en donner était si fort que lorsqu'elle fit connaissance d'un homme qui la frappa par sa froideur, son caractère distant et son indifférence, elle fut aussitôt attirée vers lui. » Oui, ça nous ressemblait énormément, mais tant pis, je prenais le pari que peut-être…

En arrivant, il avait quelques histoires drôles qui ont détendu l'atmosphère. Nous étions côte à côte sur le sofa. Il avait réussi à recoller des morceaux que je croyais brisés, mais je le sentais toujours tendu, comme s'il avait peur que je le touche trop tendrement. Pourquoi n'acceptait-il aucune marque de tendresse? Pourquoi m'avait-il déjà dit qu'il ne voulait pas qu'on l'aime? Je n'arrivais pas à comprendre.

— Il n'y a pas longtemps, il m'en est arrivé une pas pire, m'a-t-il raconté. Imagine-toi donc, après une veillée j'étais trop chaud pour prendre le volant. J'ai dit à mon chum de conduire et je suis allé me coucher sur la banquette en arrière. Ça va bien, je dors comme un bébé et je ne m'aperçois de rien.

Quand je me réveille, il commence à faire jour et le char est arrêté. Je me demande pourquoi mon chum m'a laissé dormir là et je me redresse pour voir où ce qu'on est. Là, je te dis que j'ai été surpris pas mal. Par la vitre, tout proche, je vois deux pêcheurs dans leur chaloupe. Je me suis dit: j'hallucine! J'ai pourtant pas pris d'acide. Je me redresse pour essayer de comprendre et là je me retrouve les deux pieds dans l'eau. Je te jure que je n'y comprenais plus rien et que je commençais à virer dessous. C'est quand je me suis retourné pour regarder de l'autre côté que j'ai aperçu mon chum. Il était sur le bord du chemin en train de parler avec le gars d'une dépanneuse. Le maudit, il était aussi chaud que moi, il m'en avait rien dit et il nous avait mis dans le lac. Faut dire que je devais en avoir un bon coup dans le nez. Ça ne m'avait même pas réveillé.

— Sur le coup t'as dû croire que t'étais mort et au paradis?

— Quasiment. Ça m'est un peu passé par la tête quand j'ai vu les types dans leur chaloupe.

Nous avons ri pour mourir. Je l'imaginais se réveillant dans la voiture et s'apercevant qu'il était dans le lac avec des pêcheurs autour…

Un peu plus tard, je lui ai préparé du café et, prenant mon courage à deux mains de peur de tout briser de nouveau, je lui ai proposé de lui faire couler un bain pour qu'il se détende. Je voulais créer une intimité qui n'appartiendrait qu'à nous deux, établir un climat de confiance dans lequel il pourrait peut-être me dire pourquoi il était si dur pour lui-même.

Ensuite, j'ai pris le risque de lui demander s'il voulait qu'on passe la nuit ensemble. Il n'a d'abord rien dit, puis il a fait oui du menton. Dans la chambre, la lumière était allumée; il restait debout près du lit.

— Qu'est-ce que tu fais? je lui ai demandé.

— Ça te fait rien si je ferme la lumière? a-t-il demandé.

— Non, rien du tout. Fais comme tu veux. La lumière te gêne?

— Je préfère l'obscurité...

Avait-il honte de sa nudité? Je me posais cette question sans parvenir à y répondre. Dylan n'était pas le genre à avoir peur de quoi que ce soit. Est-ce que j'avais découvert là son point faible? Lui était-il arrivé quelque chose qui le mettait mal à l'aise en face des choses du sexe? Sans savoir si j'avais la bonne explication, j'ai fait comme si c'était ça:

— C'est quand même un peu dommage, je lui ai dit. Tu es beau, j'aime te regarder.

— Ne dis pas de niaiseries, je suis petit et mal foutu!

— C'est pas vrai, Dylan! J'aime ton corps et tu es désirable. C'est moi qui suis mal foutue. Je suis maigre comme un manche à balai...

— Non! Toi, tu es belle, tu as tout ce qu'il faut pour faire bander n'importe qui. Excuse l'expression, mais c'est ça.

— Est-ce que toi?...

Il n'a rien dit, il m'a prise dans ses bras, doucement, et c'est comme si le feu m'avait caressé tout le corps. Un feu dévorant qui ne brûlait pas, mais me faisait soudain me trouver pleinement et entièrement femme. Je le sentais partout tout contre moi et j'avais l'impression que j'allais en perdre le souffle.

L'obscurité de la chambre s'était colorée des lumières de la ville et j'avais la tête pleine d'une musique belle comme la nuit. Sans doute mis en garde par ce qui nous était arrivé la première fois, nous allions très lentement. Pas question, cette fois, de tout brûler d'un seul coup.

Autour de nous, la chambre me paraissait

immense, comme si les murs avaient reculé, presque comme s'ils n'existaient plus. La terre entière était devenue notre chambre, l'écrin de ce que nous étions en train de vivre.

Ceci est un témoignage et je ne sais pas si je dois considérer ces pages comme un journal intime. Mais, me posant la question, je me rends compte aussi que je n'ai pas le droit de cacher quoi que ce soit si je veux être bien comprise. Je dois dire ce qui est, sans voiler mes sentiments d'une fausse pudeur qui ne serait que de l'hypocrisie.

Donc, je ne vois pas comment expliquer cette nuit sans en donner des détails intimes.

Il y avait des mois que je voulais Dylan autour de moi, en moi. Des mois que je voulais être à lui et lui à moi. Des mois que je rêvais que, dans une obscurité comme celle-ci, nous coulerions tous les deux dans un abîme qui ne serait qu'à nous. Un monde qui se refermerait sur nous au point qu'en se rejoignant, ma solitude et la sienne exploseraient et que nous serions enfin réunis dans le sentiment unique d'être le même corps, la même pensée. C'est à cause de cette soif trop brutale que la première fois avait été un échec. La tempête avait tout emporté. Mais là, il me semblait que nous avions toute la nuit, toute la vie.

Malgré tout, je le sentais qui, contre lui-même, avait toujours le réflexe de garder une distance. Comme s'il avait toujours peur de sombrer dans le sentiment que je recherchais de toutes mes forces.

Je tentais de vaincre cette résistance en caressant doucement chaque partie de son corps. Je me disais que c'était par la chair que je devais essayer de briser ce qui l'empêchait de se donner.

Là, il était en moi, aussi collé qu'un homme et une femme peuvent l'être. C'était l'instant où l'on se trouve partagé entre la terrible tentation d'assouvir le désir et celle de rester là, sans plus bouger, jusqu'à ce que quelque part les esprits puissent se rejoindre dans une extase unique, encore plus loin que ce qu'on appelle l'orgasme. Bien sûr, l'orgasme, je le voulais, tout mon corps criait pour l'obtenir, mais mon esprit voulait encore plus, il voulait casser une fois pour toutes cette maudite solitude qui a fait que toute ma vie j'ai couru derrière des chimères du style Dany.

Je ne sais toujours pas si c'est possible. Je le crois, quelque part, mon cœur veut toujours y croire, mais ce n'est pas encore arrivé.

Cette nuit-là, le désir a encore une fois gagné la bataille. Oh! du plaisir, nous en avons eu. L'orgasme était au rendez-vous et nous nous sommes aimés très fort dans les bras l'un de l'autre, mais nous n'avons pas su aller au-delà.

Au matin, Dylan s'est rhabillé et il est parti sans que nous soyons assez intimes pour qu'il puisse me dire quand l'on se reverrait.

Je restais toujours seule, enfermée avec moi-même. On va me dire que c'est le sort de pas mal tout le monde. Je le sais, et je crois aussi que c'est ce qui fait qu'il y a tellement de choses qui vont si mal et qui font si mal. C'est même peut-être pour cette raison que mon enfance a été ce qu'elle a été. Ça n'excuse pas qu'on fasse du mal aux enfants, jamais! Mais ça explique que, plus on est loin de l'esprit, plus on est loin de l'amour. Et plus on est loin de l'amour, plus on souffre et plus on fait souffrir.

Toujours est-il que, Dylan parti, je me sentais bien seule et bien mélancolique. Physiquement, j'avais eu ce que je voulais, mais je n'en étais pas plus heureuse.

Dylan ne m'avait rien promis et je ne lui avais rien demandé. Je n'avais pas le droit d'exiger quoi que ce soit. Il m'avait autant donné que je lui avais donné. De toutes mes forces, je voulais le retrouver, mais j'ignorais même si cela l'intéressait.

Réfléchissant à tout cela et aux moyens pour qu'il me revienne, je me rendais compte que je ne pouvais qu'espérer. Surtout, je ne devais jamais faire en sorte qu'il se sente pris. Ce serait le meilleur moyen de le perdre.

Amants

Je me suis donc décidée à lui écrire une lettre dans laquelle je lui expliquais que nous étions amants et que je voulais que cela continue ainsi.

Dans mon esprit, amant signifiait que l'on se retrouve par exemple les fins de semaine pour aller au restaurant, faire une balade le dimanche, partager des bons moments, passer ensemble des nuits lorsque cela nous tenterait. J'espérais par là qu'il ne vienne à moi que parce qu'il le voudrait et non pas parce qu'il se sentirait obligé. Pour tout dire, en ne l'attachant pas, je comptais bien le retenir.

Dans l'espoir de le voir, un jour, je l'avais invité à une fête à l'école de David. Comme il m'avait répondu que ça ne l'inspirait pas trop, qu'il n'était pas très fort sur les écoles, sans aucune arrière-pensée, j'y suis allée avec Arnold, un ami que m'avait présenté Diane.

Je ne l'ai jamais su, mais je crois que Dylan a dû apprendre que j'étais allée à la fête en compagnie d'un autre, car, la semaine suivante, peut-être voulait-il se venger, il m'a invitée à veiller au Paquet-Saloon, mais à peine sommes-nous entrés dans le bar qu'il m'a plantée là pour aller jaser avec une fille qui n'avait certainement pas dix-huit ans, pas vilaine du tout, le style à faire monter le sang à la tête des hommes. Et elle marchait cent milles à l'heure! J'étais jalouse, mais je ne pouvais rien dire. Est-ce que je ne lui avais pas dit que nous n'étions qu'amants? Tout au plus je pouvais lui reprocher son impolitesse. S'il voulait passer la nuit avec elle, pourquoi est-ce qu'il m'avait invitée?

Je dis ça comme ça, mais dans mon crâne ça bouillonnait. De le voir lui parler et lui sourire était autant de coups douloureux. Je me souvenais lorsque la maîtresse de Dany était venue au restaurant et qu'il m'avait dit qu'il ne savait pas laquelle de nous il préférait. C'était une douleur semblable, sauf que si la première fois mon orgueil était surtout en jeu, cette fois c'était mon cœur. Oui, ça me faisait mal au cœur directement; je sentais la douleur dans ma poitrine. Je me sentais toute vide en voyant leurs genoux collés sous la table. Et il lui offrait des verres, des cigarettes; je n'existais plus.

J'étais descendue aux toilettes et je fixais le téléphone en me répétant qu'il fallait que j'appelle un taxi pour partir d'ici au plus vite. Mais j'en étais incapable, comme s'il s'agissait d'une potion qu'il fallait boire jusqu'à la lie.

J'étais rendue à bout lorsque soudain il a surgi et m'a dit qu'on allait ailleurs. J'ai commencé à reprendre espoir, mais j'avais tort: à peine sommes-nous arrivés au Capitole qu'il a rencontré une autre fille du style de la première et ça a recommencé.

Lorsqu'ils se sont collés pour danser, je me suis levée pour partir. Il n'y avait rien qu'ils ne faisaient pas. Si ç'avait été légal, ils auraient fait ça, là, au milieu du bar. J'avais envie de vomir. En me levant, je me suis rappelé que j'avais laissé ma veste de cuir dans sa voiture. Je suis allée la lui demander.

— Tu pars déjà? m'a-t-il demandé comme s'il en était tout étonné.

— Je suis fatiguée...

— Attends un peu, je t'ai amenée, c'est moi qui vais te reconduire.

— J'ai pas envie d'attendre, Dylan.

Il a haussé les épaules. Ne sachant plus quoi faire, je suis allée trouver son ami Réjean qui était arrivé plus tôt et je me suis mise à faire celle qui avait beaucoup de fun, m'accrochant aux uns et aux autres. S'il avait un petit quelque chose pour moi, il souffrirait bien lui aussi.

Mais il semblait très attiré par cette fille. Pour le dernier slow, il a longtemps hésité, je le voyais bien. Il nous regardait tour à tour comme s'il avait une dure décision à prendre. Chaque fois que ses yeux repartaient vers elle, c'est comme s'il me déchirait. Je ne sais pas ce que ça lui a fait, toujours est-il qu'il est quand même venu me chercher. Il m'avait finalement choisie, mais je n'arrivais pas à retrouver ce que j'avais ressenti la dernière fois que nous avions dansé.

Au moment de partir, j'ai vu qu'il avait encore une hésitation ou peut-être du regret vers la fille. C'était net : elle le tentait. Je pouvais presque sentir son désir. Il m'a tout de même raccompagnée et je lui en étais presque reconnaissante. Après tout, il lâchait une belle prise pour moi.

Et puis j'ai été longtemps sans avoir de ses nouvelles. Trop longtemps. Est-ce pour essayer de l'oublier? Est-ce pour qu'il me revienne lorsqu'il saurait qu'il y en avait un autre? J'ai laissé un dénommé Éric prendre un peu de place dans ma vie. J'ai su tout de suite que ça n'irait nulle part. Il était bien gentil, mais beaucoup trop jeune de caractère et il n'avait aucune maturité. Disons qu'il était pour moi ce qu'est l'enrobage autour de l'aspirine : ça aide la pilule amère à passer.

Il n'y a jamais eu rien de bien sérieux entre Éric et moi, mais, un jour qu'il était chez nous, un peu comme je l'avais secrètement espéré, Dylan a appelé. Au bout d'un moment, il a fini par comprendre :

— Il y a quelqu'un chez toi?

— Oui, un ami…

— Est-ce que ça dérange si je passe prendre un café avec vous?

— Dylan! ça ne se fait pas…

— Très bien. Alors amuse-toi bien… Salut.

Trop de foin pour les vaches

En raccrochant, je m'en voulais terriblement. J'ai évacué Éric de ma vie en lui expliquant, non pas qu'il était trop jeune, ce qui lui aurait causé de la peine, mais que j'étais trop vieille pour lui, que j'avais des enfants et que je ne voulais pas lui imposer tout ça.

Puis je me suis remise à penser à Dylan à plein temps. Même si en réalité je ne peux pas dire que j'avais réussi à l'oublier. Un jour que je ne m'y attendais plus, il a fini par redonner de ses nouvelles.

— Une petite sortie tous les deux, ça te tente? m'a-t-il demandé comme si nous nous étions quittés la veille.

— Évidemment que ça me tente! Ça t'en a pris du temps à donner des nouvelles!

— Je suis occupé ici et là… Et puis tu sais, j'aime pas trop m'imposer.

— Dis surtout que tu aimes te faire désirer.

Il riait dans le téléphone. Il m'a dit que, quand il était petit, il avait vite remarqué que les vaches mangent beaucoup plus de foin quand on leur en met juste un peu à la fois devant elles; si on leur en met toute une balle le matin, elles ne se sentent pas obligées de manger.

— Est-ce que ça veut dire que tu considères les femmes comme les vaches?

Il riait encore, même si j'avais pris un ton un peu offensé.

— Pantoute, rassure-toi, c'était juste pour parler.

— Peut-être, mais je ne sais pas comment je dois le prendre.

— C'était juste pour te dire qu'en général on a moins de chance de se faire haïr quand on se fait désirer. Celui qui s'impose comme un petit chien, il casse vite les pieds.

— Je comprends tout! Ce n'est pas d'être aimé que tu as peur, c'est d'être haï.

— Peut-être…

Il est venu me chercher, très galant et très attentionné. Toute la soirée, il a tenu à me payer mes consommations. C'est aussi ce soir-là, preuve que je ne rajeunis pas, que ma fille Jessie, qui avait maintenant ses dix-huit ans, est venue se joindre à nous. Nous avons bien ri. Dylan ne cessait de chercher à m'amuser et il y réussissait. C'était la première fois que je le voyais comme ça.

En sortant, nous sommes allés reconduire ma fille chez elle et c'est après ça qu'il m'a entraînée sur le boulevard et que là, au milieu des voitures qui passaient de chaque côté en klaxonnant, il s'est arrêté pour m'embrasser.

J'avais l'impression d'être dans un film.

— Est-ce que tu veux venir passer Noël à la maison? je lui ai demandé.

— Noël… Je ne sais pas. Je t'appellerai.

— Tu as quelque chose de spécial en vue?

— Non, rien de prévu.

— Alors pourquoi tu ne sais pas?

— Parce qu'on est pas encore à Noël et que je ne sais pas comment je vais filer ce jour-là.

— Tu n'aimes pas te sentir retenu, pas vrai?

— Pantoute!

Je le savais déjà. Ça ne me mettait pas en joie, mais au moins il avait la franchise de dire ce qu'il voulait ou ce qu'il refusait. Je ne lui tenais pas rigueur d'être ce qu'il était puisque, lui, il ne me contait pas de menteries. Après tout, on dirait que c'est un peu dans la normale des choses: la femme cherche avant tout la stabilité parce que quelque part elle sait qu'elle va devoir élever ses enfants; l'homme, lui, tout le temps qu'il s'imagine qu'il peut séduire à droite ou à gauche, il aime mieux courir partout et se donner la chance de tremper son biscuit dans tous les bénitiers. Ça doit être dans les gènes, je suppose. Mes expériences m'amènent souvent à penser que c'est peut-être une erreur que de vouloir croire que l'homme et la femme sont faits pour vivre ensemble. C'est sûr qu'il y en a plusieurs qui réussissent à faire quelque chose de bien, mais est-ce que ça veut dire que la recette est bonne pour tout le monde?

Si je prends mon cas, il est net que je suis plutôt portée vers le genre de gars un peu cow-boy, un peu survenant. Je rêve d'une vie de famille avec un bon mari aimant et prévenant, dans le style de Charles, mais d'un autre côté, je n'y peux rien, ce sont les numéros pas toujours fréquentables qui me font de l'effet. Ça ne peut pas aller ensemble. Ce sont des choses que j'aurais dû comprendre il y a longtemps.

Enfin, tout ça n'empêche pas que j'étais très heureuse du retour de Dylan dans ma vie, et que je ne pouvais pas m'empêcher de m'imaginer que, peut-être un jour, j'allais réussir à le garder pour moi, à le dompter. Tiens! c'est ça la véritable image: j'aime les étalons fougueux et indomptables, mais je m'étonne qu'ils ne veuillent pas rester gentiment dans leur enclos. Pourtant, il est normal qu'un étalon fougueux veuille toujours courir droit devant lui comme un fou, sinon ça devient un gros pitou pour les labours.

Noël

Le soir de Noël, Dany avait emmené William en lui promettant, comme d'habitude, des fêtes de millionnaire. Je restais chez moi avec David – que son père n'avait encore jamais accueilli une seule nuit sous son toit – et mes deux plus vieux, Jack et Jessie, venus passer le réveillon avec leur mère. Je riais avec eux, mais je ne pouvais pas m'empêcher de penser que, si Dylan avait été là, j'aurais vraiment été comblée.

Je n'attendais plus rien quand le téléphone a sonné. Sur l'afficheur, j'ai tout de suite reconnu le numéro de Dylan. J'ai immédiatement senti comme du soleil qui coulait en moi.

— Joyeux Noël, Élisa, a-t-il dit.

— Joyeux Noël, Dylan. Mais qu'est-ce que tu fais? Où es-tu?

— Je fais un petit tour en ville. J'étais dans un bar, mais la barmaid bâille tellement qu'elle m'endort. J'avais pas l'air à être son type pantoute, je suis parti. Elle avait hâte que je débarrasse le plancher…

— Pourquoi tu n'es pas venu à la maison? Est-ce que je suis si pire que ça, que tu préfères encore une barmaid qui s'endort? Où es-tu?

— Oh, je tourne en rond. Noël pis moi… Les fêtes familiales…

— Ça te fait peur?

— C'est ça. Trop sucré tout ça… Le petit Jésus dans la paille de la crèche, les cadeaux pis les embrassades sous le sapin… Tu sais, quand j'étais flo, y a une vieille qui m'a raconté une histoire. La petite fille aux allumettes, que ça s'appelait. Tu dois la connaître: c'est une gamine qui se gèle le derrière dehors pis qui regarde aux fenêtres ce qui se passe chez les autres, chez les soi-disant braves gens qui ne la laissent entrer nulle part, qui ne lui donnent même pas un maudit pilon de dinde, pas une crisse de cuillerée de bûche.

Bref, il fait froid et la petite ne passe pas la nuit. Le matin, tous ces gens qui ont fêté l'arrivée du petit Jésus, qui ont été à la messe de minuit dans leurs beaux manteaux, pis qui en avaient des larmes aux yeux de se trouver si bons d'avoir offert des jouets à leurs flos, tous ces gens-là rouspétaient encore parce que le cadavre de la pauvre p'tite, il les dérangeait pas mal...

— C'est une histoire, Dylan. Ça sert à rien de se morfondre un jour de Noël pour une histoire.

— C'est peut-être une histoire, mais c'est comme ça que ça se passe pareil.

Je sentais en lui cette tristesse du gars seul au monde et ça me retournait complètement. Je voulais qu'il vienne, je voulais qu'on fête Noël ensemble.

— Ben en attendant, je lui ai dit, c'est toi qui es tout seul pis moi j'ai pas envie que tu restes à te morfondre pour des vieilles histoires. Des histoires de petites filles pas gâtées, j'en connais aussi, pis elles sont vraies, celles-là. C'est pas pour ça que je vais m'arrêter de fêter Noël. Jésus, il n'y est pour rien, lui. Allez, viens-t'en, il y a Jack, mon fils, qui est là et que tu ne connais pas encore.

— Je vais peut-être passer faire un tour...

— Arrête de dire peut-être pis viens-t'en. On va se faire du fun.

Ça lui a pris encore un bout de temps pour se décider à venir. Je commençais à désespérer. Mais lorsqu'il a cogné à la porte, je ne portais plus à terre, j'étais folle comme un balai. J'avais Dylan avec moi pour Noël, c'était moi qu'il avait choisie!

Nous avons jasé avec les enfants; l'atmosphère était au bonheur. Pas de chicane, des rires, tout était parfait. Des fois nos regards se rencontraient et on se souriait, complices. J'avais demandé d'avoir Dylan pour cadeau de Noël et j'étais exaucée.

Puis mes deux plus vieux sont partis. David a été

se coucher et nous sommes restés tous les deux. J'avais l'impression que c'étaient des moments comme ça que j'avais attendus toute ma vie. Être bien avec un homme qui serait bien avec moi. Je ne demandais rien de plus.

Nous avons pris un bain et je lui ai offert un massage.

— Tu ne sais pas ce que j'ai dit à Réjean l'autre jour? m'a-t-il avoué alors que nous étions dans les bras l'un de l'autre. Tu ne devineras jamais…

— Qu'est-ce que tu lui as dit?

— Je lui ai dit que, si je devais un jour m'accrocher à une fille pour de bon, j'aimerais que ce soit avec une fille comme toi. C'est vrai, je crois que tous les deux on pourrait être heureux…

— Je le crois aussi, Dylan.

Je n'en revenais pas! J'avais fini par ne plus attendre rien d'autre que quelques moments volés à la solitude, et voilà que celui dont je n'avais jamais pu imaginer qu'il s'attacherait à moi ou à une autre me parlait d'un bonheur à deux.

Nous n'avons pas été jusqu'à fixer de dates ou même à envisager que cela pourrait se faire dans un avenir rapproché; en fait, après ce bain d'espérance, nous nous sommes enlacés très fort et, pour la première fois débarrassés de toute espèce de retenue, nous avons fait doucement l'amour jusqu'au petit matin.

Quelle belle nuit de Noël!

Il était presque midi lorsqu'on s'est levés. Nous nous sommes longuement embrassés et il est parti voir son fils pendant que j'allais dans ma famille.

Il y a une vérité qu'il faut dire et répéter, une vérité que j'ai apprise à mes dépens. Je n'arrêterai plus de la dire: lorsqu'on est bien avec la personne que l'on aime, il ne faut jamais retourner sur les lieux où jusque-là on a cherché l'âme sœur.

Pour ma part, je l'ai appris trop tard…

Le malentendu

Le lendemain soir nous sommes retournés veiller au Capitole. C'était déjà l'énervement du jour de l'An et nous avons vite été entourés par tous ceux que nous connaissions, au point de nous retrouver séparés. Le cherchant des yeux, je l'apercevais parfois en compagnie de femmes que la crème de menthe, le bloody mary ou le Tia Maria commençaient à échauffer pas mal. Je n'aimais pas ça. Tellement que c'est pour cette raison, je crois, que j'ai été danser avec Arnold que j'avais déjà un peu fréquenté.

— Allez, on fait notre jour de l'An, a dit ce dernier à la fin de la danse.

Et sans me demander mon avis, me pressant dans ses bras, il avait déjà ses lèvres sur les miennes avant que j'aie pu dire oui.

Il m'embrassait encore lorsque j'ai tourné les yeux vers Dylan. Un petit sourire triste aux lèvres, celui-ci m'a regardée une seconde et puis il s'est détourné pour parler à je ne sais plus qui, comme si je n'existais plus.

Sans nouvelles de lui par la suite, je l'ai appelé le 30 décembre :

— Dylan, j'irai pas par quatre chemins : si tu veux continuer à me niaiser en faisant le beau avec les autres femmes, on ne sort plus ensemble…

— C'est toi qui le dis, moi je n'ai rien demandé…

— Qu'est-ce que tu veux dire?

— Que c'est fini, tout simplement. Il n'y a pas d'autre solution.

— Alors, c'est fini?

— Ben oui, c'est fini.

Après des heures de désespoir, je l'ai revu durant la soirée du réveillon. D'abord j'ai cru que nous passerions la veillée sans nous adresser la parole, puis, à un moment donné, il est venu m'inviter à prendre un verre. Ce qu'il ne m'avait pas dit, c'est que ma présence à sa table n'allait pas l'empêcher de trôler les autres.

— Pourquoi tu m'as invitée à ta table? je lui ai dit lorsque nous avons pu être seuls.

— J'ai eu pitié.

— Quoi!

— Qu'est-ce que tu veux que je te dise…

C'était pire que s'il m'avait mis son poing sur la figure. Je me souviens que je ne voyais plus clairement ce qu'il y avait autour. J'ai câlé un verre, puis un autre, puis encore un autre. Je voulais quitter tout ça d'une manière ou d'une autre. Je ne voulais pas que la boisson me fasse oublier, je voulais qu'elle m'emporte, pour toujours.

Mais la boisson ne me faisait rien. J'avais un nœud dans le cœur qui ne voulait pas partir. Je pleurais et je pleurais sans pouvoir m'arrêter. Il y a même eu ma fille Jessie qui est venue pour essayer de me consoler, ce qui a fait qu'en plus de ma peine, j'avais honte d'être comme ça devant elle.

Le gris était revenu dans ma vie, je le savais. Et je savais aussi que ça risquait d'être pour longtemps. Est-ce que le bon Dieu m'avait faite tout exprès pour le gris, la tristesse et les mauvais coups? J'étais tentée de me répondre oui.

Au petit matin, dans mon lit, je n'avais pas encore trouvé le sommeil. Pleurant toujours, je me demandais ce que j'avais qui n'allait pas. Pourquoi est-ce que je n'avais pas le droit à l'amour comme tout le monde? Et surtout, pourquoi est-ce que je me trompais tout le temps? D'abord j'avais pris Marius pour la raison que c'était le seul qui tenait tête à ma mère; ensuite ça avait été Louis; impossible de comprendre pourquoi j'avais pu m'accrocher à celui-ci; puis il y avait eu Dany dont le physique m'avait attirée au point que je m'étais inventé tout un roman d'amour. Et enfin Dylan! Je n'avais rien à lui reprocher, à lui. Que s'était-il passé? Je ne comprenais pas. Est-ce que j'avais perdu mon unique chance d'aimer à cause d'un baiser du jour de l'An avant le temps? Où alors est-ce que c'était la porte de sortie qu'il s'était trouvée pour échapper à l'amour?

Je me posais toutes les questions, mais n'avais aucune réponse. Tout ce que j'avais, c'était de la peine. Une peine énorme. Au point que c'est ce jour-là que j'ai compris que la puissance du chagrin peut même modifier ce que l'on voit. Oui, ce jour-là, tout ce que j'avais de blanc à la maison me paraissait gris. Gris comme lorsque la lumière s'en va en fin d'après-midi les jours d'automne.

Mais peut-être aussi qu'il s'était fichu de moi et qu'il m'avait tout simplement utilisée pour baiser? Après tout, c'est des choses qui arrivent. La question faisait mal, mais, dans un sens, elle était moins pénible que de se dire que je l'avais perdu pour rien. Ce serait dans l'ordre des choses comme je les avais toujours connues.

Je l'ai revu quelquefois dans les semaines qui ont suivi, et la dernière fois ce fut une nuit. Toute une nuit que nous avons passée ensemble. La plus belle de toutes les nuits, celle dont j'avais toujours rêvé. Si belle que je ne peux pas la conter, je n'ai pas les mots qu'il faut pour la décrire. Et puis ce serait indiscret. En tout cas, je croyais bien qu'après cette nuit-là nous serions pour rester ensemble toute la vie, mais non: au matin il est parti et je ne l'ai pas revu. Est-ce qu'il avait trop cru mes paroles lorsque je lui avais dit que je pourrais me contenter d'une seule fois?

Le temps a passé, puis un jour, juste après Jessie qui venait à peine de me prévenir, Diane m'a confirmé la terrible nouvelle :

— Savais-tu que Galop sortait avec une femme?

— Jessie vient de m'en parler…

— Ben oui, je viens de les voir passer dans le centre commercial…

— Et comment sais-tu qu'ils sortent vraiment ensemble?

— Ben voyons! Il y a des choses qui ne se cachent pas. Ils sont main dans la main et il semble complètement fou d'elle.

— Tant mieux pour eux…

— Est-ce que tu penses encore à lui?

— Ben non, voyons! Il y a longtemps que c'est fini…

Est-ce que c'est le ton que j'avais? Ma sœur a deviné que je ne lui disais pas la vérité. Après tout, avec Jessie, c'est elle qui avec le temps est devenue ma confidente. C'est avec elle que je partage tout. Diane, je lui veux un ami qui cette fois ne soit pas un sac de nœuds, car elle aussi on dirait qu'elle a le don de frapper les numéros pas chanceux. Jessie, je lui veux ce que je n'ai pas eu et je ferai tout pour lui épargner ce que j'ai pu vivre avec certains. Je me suis même demandé une fois si je n'aimerais pas mieux tuer un éventuel Dany qui s'en prendrait à elle plutôt que de la voir passer par où je suis passée. Et c'est comme ça que je me suis demandé si ma mère avait jamais eu une pensée semblable pour moi. A-t-elle, un seul instant, songé à tuer Arthur? J'ai bien l'impression qu'elle a dû y penser lorsqu'elle a compris qu'elle ne pourrait jamais l'abandonner, et que c'est qu'elle ne s'est pas senti ce courage qui m'a valu une partie de l'enfance que j'ai eue. Ou pas eue, diront plusieurs avec raison.

Mais, pour le moment, Diane avait deviné que je pensais toujours trop fort à Dylan.

— Tu vaux mieux que lui, m'a-t-elle dit.

Je n'ai pas voulu répondre que, si tous les hommes me laissaient tomber comme ça, c'était sans doute que je ne devais pas valoir cher.

Puis c'est à ce moment que j'ai repensé à l'histoire de Dylan à propos des vaches qui ne mangent pas beaucoup lorsqu'on leur place trop de foin devant elles. Est-ce que ce n'était pas la même chose avec moi? Voulant moi-même beaucoup d'amour, est-ce que j'en offre de trop, au point de lasser ceux à qui je le destine?

Mais comment ne pas vouloir l'amour? Qu'est-ce qu'il y a d'autre? Mais non! je raconte des histoires. L'amour, je l'ai trouvé, il s'appelle Dylan, et depuis notre rencontre il est en moi. Lui-même et les autres peuvent dire ce qu'ils voudront, la nuit que nous avons eue, personne, jamais, ne pourra nous la prendre et elle est la preuve de ce que nous éprouvons l'un pour l'autre. Ce que je ne comprends pas, c'est pourquoi il est parti.

POURQUOI?

Des placotages

Il y a quelques jours, croisant une connaissance qui avait des nouvelles de Dylan, je lui ai demandé comment il allait.

— Cette fois il est vraiment amoureux, tu sais...

— Ah bon...

— Ah oui, cette fois c'est pour de vrai.

Savait-elle que ça me faisait mal, ce qu'elle me disait là? Le faisait-elle exprès? Savait-elle que je ne pouvais pas cesser de penser à lui? Savait-elle que c'était lui qui aurait pu me faire faire n'importe quoi et que j'aurais pris ça pour du bon pain?

— Tant mieux s'ils sont heureux, j'ai dit.

— Oui, mais tu devrais faire attention à toi, Élisa, il parle de toi et c'est pas toujours gentil…

— Comment ça! Qu'est-ce qu'il dit?

— Que tu n'étais rien pour lui, par exemple.

— Il dit sans doute ça pour faire plaisir à l'autre. Je le connais, il veut toujours faire plaisir.

Mais au fond, plus que triste, j'étais fâchée. Qu'il en aime une autre, je n'y pouvais rien, mais il n'avait pas à nous comparer! J'étais assez fâchée qu'en arrivant chez moi je l'ai appelé pour lui dire ce que je pensais de tout ça. Là, il faut dire aussi que, même si je ne voulais pas l'admettre, ça me donnait une occasion de l'entendre. J'aurais voulu lui demander comment il allait, parler pour parler, mais tout de suite en commençant, je lui ai reproché ce que j'avais sur le cœur.

— Tu aurais pu me dire que c'était fini entre nous avant d'aller en trouver une autre…

— Et toi, est-ce que tu m'as prévenu lorsque tu es sortie avec ce gars, ce Éric? Pantoute. Et puis l'autre sur la piste… Et puis tu me l'as écrit, on était juste amants. Ça, c'est toi-même qui me l'as écrit, c'est pas moi.

— Mais tu savais que j'étais amoureuse de toi, Dylan… Pour moi tu étais plus qu'un ami.

— Pour moi aussi, Élisa, tu étais plus qu'une amie. Mais quand je t'ai appelée une fois pour prendre un café et que tu n'as pas voulu que je vienne… Pis quand j'ai vu l'autre t'embrasser sur la piste, j'ai compris qu'il y avait quelque chose entre vous. Je veux que tu le saches une fois pour toutes, pour moi, entre nous, ce n'était pas juste une question de cul.

— Pour moi non plus, Dylan!

— J'ai pourtant cru que c'était ça. Ton histoire de vouloir passer juste une fin de semaine avec un type dans un chalet à s'envoyer en l'air sur une peau d'ours, ta lettre qui me disait qu'on était juste amants... Pour moi, des amants, quand c'est pas ceux qui trompent leur conjoint, c'est des gens qui s'envoient en l'air puis qui retournent à leurs affaires.

— C'est pas du tout ce que j'avais voulu dire, Dylan! J'ai écrit amants parce que j'avais l'impression que tu ne voulais pas être attaché et je voulais te garder d'une façon ou d'une autre. Plutôt que de ne rien être pour toi, je me serais contentée d'être ta maîtresse.

— Alors, ça a de l'air qu'on s'est mal compris...

Nous avons continué à parler pendant plus d'une heure. Même au téléphone, j'étais bien avec lui. Je passerais des journées à lui parler.

Mais il a bien fallu se quitter.

— Tu peux m'appeler quand tu veux, il m'a dit, on reste amis.

— J'aime mieux pas appeler, si je tombe sur elle...

— Pas grave, ça. Je peux parler à qui je veux...

— Appelle-moi, toi. D'accord?

— O.K., je t'appellerai...

Oui, j'aurais bien poursuivi la conversation et je savais que lui aussi aurait bien continué, mais, parce qu'on se dit il le faut, même sans savoir vraiment pourquoi, parfois on fait des choses qu'on ne veut pas faire, comme raccrocher lorsqu'on n'en a pas envie.

— Alors on reste amis? m'a-t-il demandé.

— Pour la vie, je lui ai répondu en me demandant comment j'allais faire pour ne pas pleurer avant de raccrocher.

— Salut, Élisa.

— Salut, Dylan.

J'avais l'impression de poser le combiné sur toute une partie de ma vie. Un peu comme lorsqu'on tourne un film, il y a un coup de clapet lorsqu'une scène est terminée.

Celle-ci avait été longue comme scène, je crois qu'elle a commencé lorsque pour la première fois je me suis dit que peut-être un gars pourrait me faire oublier ce que me faisait subir ma mère. Ceux qui étaient passés dans ma vie avaient presque réussi, mais pas du tout de la façon dont je l'espérais.

Et puis, même si la scène est finie, cela n'empêche pas que j'aime toujours Dylan.

Les autres, les Dany, m'ont enseigné le mensonge de l'amour; avec Dylan j'en ai appris la vérité. Ou tout du moins je le crois; car je sais aussi que rien n'est jamais sûr. Quoi qu'il en soit, ce que je crois savoir est que la vérité de l'amour est peut-être douloureuse, mais elle ne s'appuie sur rien qui laisse un goût de honte et de gâchis, au contraire! À propos de Dany, malheureusement, rien de réjouissant à en dire, il continue à s'enfoncer dans la drogue et la boisson. Quand je le vois, je comprends de moins en moins ce qui s'est passé en moi ce jour de juillet 1990. Je dois dire cependant qu'il vient chercher son fils à peu près régulièrement et qu'il semble l'aimer à sa façon.

Je suis entourée de beaucoup d'amis et d'amies à présent. J'ai beaucoup d'affection autour de moi et j'en profite ici pour les remercier de tout mon cœur. Je revois aussi mon père. Je vais le visiter avec Diane. Il nous parle de sa terre d'autrefois, du bois qu'il bûchait et du temps où le drame n'était pas commencé. Il nous a donné un héritage à chacun et distribue la plupart de ses biens à l'Église. J'avoue que parfois j'aimerais mieux qu'il les donne à ses petits-enfants, mais il doit avoir ses raisons.

Je n'y peux rien, toutes ces gentillesses n'empêchent pas que souvent je me sens comme la petite fille aux allumettes dont a parlé Dylan. Dans ma nuit trop longue, je craque des allumettes à la recherche d'une chaleur, d'une vision dorée où je suis heureuse avec lui. Mais mon paquet s'achève; il ne m'en reste plus beaucoup et le temps passe sans me voir.

J'ai peur qu'il ne m'oublie. Allez! encore une autre allumette… Scraaach…

Trois mois que Dylan est parti au moment où j'écris ces lignes. J'ai réussi à faire une dépression, j'ai encore perdu du poids, j'attrape des grippes les unes derrière les autres. Je n'arrête pas de penser à lui. Je l'aime.

Je m'éveille. Ce matin, il y a du soleil à la fenêtre, de la lumière d'or partout et je comprends que ce n'est pas fini. Un beau jour, mon amour va passer la porte, on va se regarder, se sourire et puis se jeter dans les bras l'un de l'autre, pour s'aimer, toujours, comme c'est écrit quelque part dans un grand livre sur lequel rien ni personne ne peut changer un mot.

DISTRIBUTEURS EXCLUSIFS

Distributeur pour le Canada et les États-Unis
LES MESSAGERIES ADP
MONTRÉAL (Canada)
Téléphone : (450) 640-1234 ou 1 800 771-3022
Télécopieur : (450) 640-1251 ou 1 800 603-0433
www.messageries-adp.com

Distributeur pour la France et autres pays européens
DISTRIBUTION DU NOUVEAU MONDE (DNM)
PARIS (France)
Téléphone : 01 43 54 49 02
Télécopieur : 01 43 54 39 15
Courriel : info@librairieduquebec.fr

Distributeur pour la Suisse
(À l'usage exclusif des librairies)
SERVIDIS / TRANSAT
GENÈVE (Suisse)
Téléphone : 022/342 77 40
Télécopieur : 022/343 46 46
Courriel : transat-diff@slatkine.com

◆◆◆

Dépôts légaux
Bibliothèque nationale du Canada
Bibliothèque et Archives nationales du Québec, 2009
Imprimé au Canada

◆◆◆

DISTRIBUTEURS EXCLUSIFS

Distributeur pour le Canada et les États-Unis
LES MESSAGERIES ADP
MONTRÉAL (Canada)
Téléphone : (450) 640-1234 ou 1 800 771-3022
Télécopieur : (450) 640-1251 ou 1 800 603-0433
www.messageries-adp.com

Distributeur pour la France et autres pays européens
DISTRIBUTION DU NOUVEAU MONDE (DNM)
PARIS (France)
Téléphone : 01 43 54 49 02
Télécopieur : 01 43 54 39 15
Courriel : info@librairieduquebec.fr

Distributeur pour la Suisse
(À l'usage exclusif des librairies)
SERVIDIS / TRANSAT
GENÈVE (Suisse)
Téléphone : 022/342 77 40
Télécopieur : 022/343 46 46
Courriel : transat-diff@slatkine.com

◆◆◆

Dépôts légaux
1er trimestre 2006
Bibliothèque nationale du Canada
Bibliothèque et Archives nationales du Québec
Imprimé au Canada

◆◆◆